2.

WISH

Evie

Ce livre est une fiction. Toute référence à des événements historiques, des personnages ou des lieux réels serait utilisée de façon fictive. Les autres noms, personnages, lieux et événements sont issus de l'imagination de l'auteur, et toute ressemblance avec des personnages vivants ou ayant existé serait totalement fortuite.

Collection New Romance® créée par Hugues de Saint Vincent
et dirigée par Arthur de Saint Vincent
Ouvrage dirigé par Bénita Rolland
Traduit par Robyn Stella Bligh
Photo de couverture : © Shutterstock

34-36, rue La Pérouse
75116 - Paris
www.hugoetcie.fr

ISBN : 9782755647235
Dépôt légal : janvier 2021
Imprimé en France par Corlet
N° d'impression : 20110512

AUDREY CARLAN

NEW ROMANCE®

2. WISH

Evie

Traduit de l'américain par Robyn Stella Bligh

Hugo Roman

À Gabriela McEachern, car comme Evie,
tu es un rayon de soleil dans ce monde.
Continue de briller.

NOTE AUX LECTEURS

Chers nouveaux amis,

Ce roman peut parfaitement se lire tout seul. Toutefois, si vous souhaitez lire le premier de la série, vous découvrirez l'histoire de Suda Kaye Ross, alors que celui-ci concerne sa sœur, Evie Ross. Dans *Suda Kaye*, j'explique comment j'ai imaginé l'histoire après que ma chère amie de longue date, Jeananna, qui est aussi mon assistante, m'a parlé de sa famille. C'est sa mère qui m'a inspiré le personnage de Suda Kaye Ross. Sa tante est ainsi la véritable Evie Ross, même si l'aventure que vous vous apprêtez à découvrir est une pure fiction.

Cette série se base sur l'origine amérindienne des sœurs Ross. Après ce que Jeananna m'a raconté de sa mère et de ses ancêtres comanches et wichitas, je n'ai pas pu m'empêcher d'imaginer ma propre version de la vie d'une jeune femme qui aurait grandi par intermittence dans une réserve d'Indiens d'Amérique.

Beaucoup de ce que je relate dans ce roman est le fruit de nombreuses recherches, y compris à propos des langues comanche et navajo, afin d'être la plus précise possible. Jeananna m'a également fait part des expériences personnelles de sa famille, ce qui m'a permis de créer une fiction qui, je le crois, parlera aux femmes du monde entier.

Néanmoins, en tant qu'auteur, j'ai pris énormément de libertés et je ne souhaite offenser personne. Je sais combien la culture amérindienne est riche et diversifiée, et je suis ravie d'avoir pu placer ce peuple merveilleux sous le feu des projecteurs.

Comme Evie, je crois que nous sommes nombreuses à craindre de déployer nos ailes, de prendre des risques, attitude qui a parfois pour résultat de nous mettre encore plus en danger. J'espère que, grâce à ma fiction, vous apprendrez que tenter sa chance mène bien souvent aux plus belles récompenses, et qu'on n'est jamais trop âgé pour partir à la poursuite de ses rêves.

Quant aux sœurs, j'ai trois sœurs biologiques ainsi que deux sœurs de cœur. Je viens d'une grande famille italienne, et mes sœurs sont mêlées à tous les aspects de ma vie, comme c'est le cas pour Suda Kaye et Evie.

Mon plus grand espoir est qu'Evie, Suda Kaye, Milo, Camden, Toko, ainsi que les aventures des autres personnages du roman, vous parlent et que vous terminiez la lecture de ce livre en pensant à un rêve que vous souhaitez voir se réaliser. Peut-être que cette histoire vous aidera à vous jeter à l'eau.

Je vous promets qu'il n'est jamais trop tard.

Je vous aime,

Audrey

PROLOGUE

Il y a dix ans…

Mes larmes coulent sur mes joues tandis que Tahsuda, mon Toko, qui signifie « grand-père » en comanche, me tend une pile d'enveloppes maintenues ensemble par un ruban. Sur la première, je vois la superbe écriture de ma mère. Il se tourne vers Suda Kaye, ma sœur de dix-huit ans, et lui donne également une pile d'enveloppes.

– C'est de ma Catori, pour ses Taabe et Huutsuu, dit-il, employant les surnoms comanches que ma mère nous avait attribués. Pour qu'elle puisse être avec vous le jour de votre anniversaire ; celui-ci, mais aussi les autres, ainsi que pour toutes les étapes importantes de vos vies. Je vous laisse en paix pour lire la première, mais je suis là pour vous. Aujourd'hui, comme pour toujours.

Tahsuda joint ses mains sous son vieux poncho rouge usé, et incline légèrement la tête. Ses longs cheveux noirs et soyeux brillent d'un éclat bleu sous les rayons de soleil qui pénètrent dans notre chambre. Ma mère avait exactement les mêmes cheveux, et je déglutis pour retenir le sanglot qui menace de jaillir tandis qu'une vague immense de misère et de tristesse menace de m'engloutir.

Je me sens misérable, car j'en veux terriblement à ma mère pour tout le temps que l'on aurait pu passer ensemble. Et je suis triste, car elle a quitté ce monde il y a six mois et qu'à présent, alors que ma sœur fête ses dix-huit ans et moi mes vingt ans, nous devons affronter le monde seules. Car, cette fois, elle n'est pas partie pour une de ses nombreuses aventures. Or, nous nous étions habituées à sa routine ; elle voletait dans la maison, préparant sa valise en nous disant tout ce qu'elle espérait voir durant son voyage. Elle parcourait le monde après nous avoir déposées dans la réserve de notre grand-père, sans que nous ne sachions pour combien de temps. Elle déboulait dans nos vies plusieurs mois plus tard, le cœur léger et un immense sourire sur les lèvres, comme si elle n'était jamais partie.

Mais, au moins, elle revenait.

J'ai eu beau détester chacun de ses départs, je savais qu'elle reviendrait toujours à la maison. Ses ailes finissaient par se fatiguer, et elle arrivait chez Toko pleine de récits à propos de choses que je n'avais pas envie de connaître. Je n'ai jamais ressenti l'envie de voir un coin de la planète qui m'obligerait à abandonner ma famille. Qui forcerait ma famille à se demander où j'étais, avec qui et si j'allais bien.

Jamais. Ce genre de vie n'était pas pour moi. Et ça ne le serait jamais.

J'effleure du bout du doigt le ruban qui entoure les enveloppes et vais m'asseoir dans le fauteuil en osier de la chambre que je partage avec ma sœur, tandis qu'elle s'allonge sur son lit. Nous vivons dans un trois-pièces à Pueblo, où j'étudie à la fac alors que Suda Kaye vient de finir le lycée.

La seule chose que Catori Ross n'avait jamais envisagée, c'est de tomber malade. Avec ses voyages aux quatre coins du globe, elle n'a pas pris le temps de voir un médecin régulièrement. N'ayant pas tendance à être malade, maman n'avait pas vu de docteur depuis une bonne dizaine d'années lorsqu'elle a commencé à se sentir mal. Après trois mois de fatigue intense et de dépression, ce qui était parfaitement anormal pour ma mère, les premiers résultats ont été la pire des douches froides.

Un cancer.

De stade quatre.

Elle était intimement persuadée qu'elle pouvait le combattre mais, comme le dit Toko, le cancer lui aura pris sa femme, puis sa fille. Il dit que c'était écrit dans les étoiles. C'est d'ailleurs pour ça qu'il n'a jamais reproché à maman ses voyages ; car, selon lui, chacun doit écouter son cœur. Les rêves ne sont pas seulement pour ceux qui dorment ; on est censé les pourchasser et les attraper.

Notre mère a vécu. Elle a traqué chacun de ses rêves avec une faim insatiable. Et je crains que ma sœur en fasse de même.

Suda Kaye s'assoit contre la tête de lit et je m'installe en tailleur sur ma chaise. Je défais le ruban et ne garde que la première lettre, sur laquelle sont écrits la date d'aujourd'hui ainsi que le surnom qu'elle m'avait donné, Taabe, qui veut dire « soleil » en comanche.

Maman m'a appelée ainsi, car j'ai la peau claire là où elle et ma sœur sont plus sombres. Comme Toko, maman était une Amérindienne pure souche. Suda Kaye et moi ne le sommes qu'à moitié, et nous avons des pères différents. J'ai donc hérité des gènes de mon père, Adam Ross, comme lui mes cheveux sont blond doré et j'ai les yeux bleus. Toutefois, mes pommettes sont hautes et j'ai les yeux en amande, comme ma mère. Suda Kaye est brune, avec des yeux ambrés, et elle aura bientôt un corps de rêve. Sa silhouette commence à dessiner un joli huit, avec une poitrine généreuse, de longues jambes, des hanches marquées avec une taille fine. Quant à moi, j'ai un corps mince et athlétique. Néanmoins, personne ne peut nier notre héritage amérindien, même si nous n'avons pas les cheveux, les yeux et la peau foncés de notre mère.

Nos traits ne mentent pas : nous sommes les filles de Catori et nous portons les gènes de nos pères biologiques. Ceci étant dit, nous ne savons pas grand-chose du père de Suda Kaye, seulement ce que notre mère nous a dit il n'y a pas si longtemps ; qu'elle avait fait une erreur. Elle et son mari, mon père, avaient traversé une période difficile dans leur couple et se sont séparés pendant un an. Durant ce temps, Catori est partie à l'aventure et est tombée enceinte de ma sœur. Je n'avais que deux ans lorsqu'elle est née, donc tout ça n'a jamais eu d'importance pour moi. Mon père a toujours traité Suda Kaye comme sa fille, même si finalement ça n'avait pas grande importance puisqu'il était rarement présent, lui aussi, étant sans cesse en mission pour l'armée.

Je caresse l'enveloppe et retrace du bout du doigt l'écriture de ma mère.

Tu me manques, maman.

Je respire, recule dans ma chaise et ouvre la première lettre.

Evie, ma Taabe dorée,

Je n'ai jamais pensé me retrouver dans cette situation. Pas une seule seconde je n'ai imaginé quitter ta sœur et toi pour ne jamais revenir. Je sais que tu as toujours détesté mon besoin de vagabonder qui m'éloignait de Suda Kaye et de toi ; mais vous étiez constamment dans mon cœur et dans mes pensées. Vous étiez sans cesse aimées.

Je devais partir en quête de mes rêves, Taabe. Un jour, tu comprendras.

J'espère du fond du cœur que tu sais que mon amour pour toi transcende toute réalité, tout lieu et toute destination, même si celle-ci est ma dernière. Mon amour pour toi est comme le soleil ; il brille chaque jour sans faute. Il est infini, toujours chaud, et baignera toujours ta sœur et toi de sa lumière.

Maintenant que je suis partie et que tu n'as plus à t'occuper de moi et de ta sœur, je veux que tu penses sérieusement à ce que tu veux, dans la vie. Toi, seulement toi. Rien n'est hors d'atteinte. N'aie pas peur de vivre.

Qu'y a-t-il à explorer, au dehors ?

Quelle aventure souhaites-tu entamer ?

Pense à toute la beauté que je vous ai décrite durant toutes ces années, grâce à mes histoires et à mes photos. Toutes ces expériences font partie intégrante de moi, et je me sens chanceuse de les avoir vécues. Elles m'ont permis d'ouvrir les yeux et de comprendre que tout est possible.

Mon seul regret est d'avoir dû vous laisser, ta sœur et toi. J'espère seulement que, maintenant, tu vas prendre du temps pour toi.

Tes pieds sont si fermement ancrés dans le sol, Evie. Tire sur tes racines, ma chérie. Romps ces attaches qui te maintiennent en place et autorise-toi à vivre une expérience qui ne ressemble à aucune autre. Peut-être comprendras-tu alors mon besoin de partir, de sentir le vent dans mes cheveux, le sable sous mes pieds nus. J'ai profité au maximum de chaque instant, et je désespère que tu n'en fasses pas de même.

S'il te plaît, utilise l'héritage que je te laisse pour vivre.

Découvre le monde, ma fille chérie.

Avec tout mon amour,

Maman

Je grince des dents et essuie mon nez du revers de la main. Je replie la lettre et la remets brusquement dans son enveloppe. Je me racle la gorge et porte le papier à mon nez pour respirer son parfum d'agrume et de patchouli.

– Ça sent son parfum, je dis avant de me racler de nouveau la gorge alors qu'une larme coule sur ma joue.

Suda Kaye imite mon geste et me sourit tristement.

– Maman disait toujours que quitte à porter du parfum, il fallait qu'il soit naturel. Des fruits et des épices.

– Rien que des délices ! j'ajoute en gloussant tristement.

Je soupire car le poids des mots de ma mère écrase mon cœur, s'ajoutant à l'immense peine qui ne me quitte pas depuis qu'elle est décédée il y a six mois.

– Elle me manque. Parfois, j'imagine qu'elle est simplement repartie à l'aventure. Comme ça, je peux être en colère contre elle et prévoir toutes les horreurs que je vais lui dire quand elle rentrera enfin, la valise pleine de vêtements sales et de cadeaux avec lesquels elle espère nous amadouer et nous faire oublier tout le mal que nous a fait son absence.

Ma sœur soupire et ses beaux yeux ambrés se remplissent de larmes.

– Evie, elle ne voulait pas partir...

Je ferme les poings, ma tristesse cède la place à la colère qui bouillonne en moi chaque fois que je pense au temps qu'on aurait pu passer avec elle.

– Pas cette fois, Kaye, mais tu fais quoi de toutes les fois précédentes ? Des années et des années perdues. Et tout ça pour quoi ? je gronde en me levant et en faisant les cent pas dans notre chambre, les lettres de maman plaquées sur ma poitrine, comme un doudou adoré. Pour s'amuser. Découvrir de nouvelles choses. Partir à l'aventure ! Ça l'a tuée. Son besoin de voir si l'herbe est plus verte ailleurs l'a tuée ! Eh bien, je ne ferai pas comme elle. C'est hors de question. Moi, mes pieds sont bien ancrés dans le sol. Je vais finir le lycée, décrocher une licence en finance, puis un master, et je ferai quelque chose de ma vie. Et je compte bien être heureuse !

Cependant, je ne sais pas comment réussir à être heureuse sans ma mère. Je n'ai jamais su remplir le vide qu'elle laissait en moi chaque fois qu'elle partait à l'aventure. Au contraire, ce vide semblait grandir sans cesse. Toutefois... ma mère était solaire. Elle était lumineuse et pleine de vie et, quand elle était là, sa présence était immanquable. Quand elle rentrait, elle n'avait aucun mal à rassembler les morceaux brisés de mon cœur.

Faire les cent pas ne m'aide en rien, et je balance mes lettres sur le fauteuil avant de me jeter à plat ventre à côté de ma sœur, sur le lit, le visage caché dans le creux de mon coude. Je me force à respirer lentement et me retiens de craquer devant ma petite sœur.

Elle caresse lentement mes cheveux pendant plusieurs minutes et, lorsque je me sens plus calme, je roule sur le côté pour la regarder.

– Que dit ta lettre ? je demande.

Elle fuit mon regard. Kaye et moi n'avons pas de secret l'une pour l'autre, mais je devine qu'elle préférerait ne pas me révéler celui-ci. Toutefois, elle finit par me tendre sa lettre. Je me redresse et m'assois en tailleur sur le lit pour la lire à voix haute.

– *Suda Kaye, ma petite Huutsuu,* je commence avant de fermer les yeux et de me couvrir la bouche.

Maman avait donné à Suda Kaye le surnom de Huutsuu, qui veut dire « petit oiseau » en comanche. Ma sœur a toujours été partante pour l'aventure. Avec elle, un aller-retour à la supérette devenait pour tout le monde l'événement de la semaine. Faire les courses, laver la voiture, faire le tour du pâté de maisons est toujours pour ma sœur l'occasion de faire une nouvelle expérience, de voir, d'entendre, de sentir. Ma sœur croque la vie à pleines dents. Hélas, comme le dit le proverbe, la pomme n'est pas tombée loin de l'arbre.

– Pour toujours et à jamais, Taabe, chuchote-t-elle en souriant jusqu'aux oreilles.

Ne souhaitant pas rendre ma petite sœur plus triste qu'elle ne l'est déjà, je me dépêche de lire sa lettre en silence. À chaque mot, ma poitrine se resserre un peu plus. En gros, maman lui dit de partir. De monter en voiture et de partir à la découverte du monde, à commencer par les États-Unis. De me laisser trouver ma propre voie, sans que je n'aie à m'inquiéter pour ma petite sœur. Mon estomac et ma gorge se nouent tandis que je lis les dernières lignes, dans lesquelles elle lui dit que si Camden, son petit ami de longue date, l'aime vraiment, il la laissera partir.

Mes mains tremblent lorsque je lui rends la lettre, crispée des pieds à la tête. Les mots de ma mère m'ont transpercé le cœur comme les plus aiguisés des poignards.

Ma mère veut que ma sœur, ma meilleure amie, me quitte.

Qu'elle parte pour aussi longtemps que nécessaire afin de se trouver.

– Tu ne vas pas le faire, si ? je demande d'un ton inquiet.

Elle se mord la joue et hoche la tête.

– Kaye... ne fais pas ça. Et Camden, dans tout ça ? Il ne comprendra pas. Un mec comme ça... La vie qu'il veut t'offrir... Tu... tu ne peux pas...

Je ne termine pas ma phrase, prenant les mains de ma sœur dans les miennes pour lui transmettre la peur et la tristesse que je ressens à l'idée qu'elle m'abandonne. Toutefois, je ne le lui dis pas. Car elle doit prendre cette décision toute seule, pour elle.

Je ravale un sanglot et la regarde dans les yeux.

– Qu'est-ce que tu vas faire ? je chuchote.

Son regard me transperce jusqu'au fond de l'âme quand elle prononce ces mots que je ne veux pas entendre.

– Je vais m'envoler. Être libre.

Je ferme les yeux et me penche pour l'embrasser sur le front.

– Je t'aime, Suda Kaye.

Il n'y a rien d'autre à dire.

– Tu sais, tu pourrais venir avec moi ? demande-t-elle d'un ton plein d'espoir.

Mais il ne faut pas que j'empêche ma sœur de s'envoler, que je prenne des décisions à sa place. Maman a été très claire dans la lettre de ma sœur. Dans la mienne aussi, d'ailleurs.

Je secoue la tête et prends son visage dans mes mains.

– Tu dois faire tes propres choix, je réponds.

Elle hoche la tête, range sa lettre dans son enveloppe et noue la pile avec le ruban.

N'étant pas du genre à perdre de temps, ma sœur se lève, saisit l'énorme valise que ma mère lui a offerte le jour de sa remise de diplôme et la pose sur le matelas. Ensuite, méthodiquement, sans un mot, je l'aide à faire sa valise. La dernière chose qu'elle y met est une photo de maman, elle et moi, prise l'an dernier, avant que maman ne soit trop malade. Nous avions passé une belle journée à pique-niquer dans le parc. À rire, à grignoter et à écouter les histoires de maman.

Je savais que son état se dégradait rapidement, donc je l'encourageais à parler. Bien sûr, Suda Kaye était suspendue à ses lèvres.

– Tu sais où tu vas aller, après avoir vu Camden ? je demande, consciente qu'elle ne partira pas sans lui dire au revoir.

– Je vais filer vers le centre du pays, répond-elle en haussant les épaules. Je vais choisir une direction et rouler jusqu'à ce que je sois trop fatiguée. Ensuite, je m'arrêterai pour décider où aller.

– Appelle-moi, hein ? Je viendrai te chercher n'importe où, n'importe quand. Quoi qu'il arrive, je dis d'une voix tremblante en l'attirant dans mes bras pour respirer son parfum de cerise.

Je m'imprègne autant que possible de son parfum, consciente que j'aurai besoin de m'en souvenir lorsque je me sentirai seule dans les mois, voire les années, à venir.

Suda Kaye fait le tour de sa voiture et ouvre la portière conducteur.

– Languis-toi de moi, dit-elle.

Un déluge de larmes coule aussitôt sur mes joues.

– Et toi de moi, je chuchote en levant la main, paume tournée vers elle.

Elle imite mon geste et pose sa main contre la mienne.

– Toujours, dit-elle.

Je la regarde ensuite partir jusqu'à ce que ses feux arrière disparaissent dans la nuit. Quelques minutes plus tard, je lève la tête vers le ciel étoilé.

Je choisis alors une étoile et formule le même souhait que j'adresse au ciel depuis que je suis petite.

– Un jour, j'aimerais que quelqu'un que j'aime reste.

CHAPITRE 1

Aujourd'hui...

J'ai toujours rêvé d'avoir une vie normale. Une mère qui vienne me chercher à l'arrêt de bus après l'école, qui nous aide, ma sœur et moi, à faire nos devoirs, qui nous fasse à manger et nous borde dans nos lits le soir. Un père fort, dévoué à sa famille et, surtout, présent pour les bons comme les mauvais moments que peuvent traverser deux jeunes filles influençables. Et puis, un jour, j'épouserais l'homme de mes rêves, je profiterais de la carrière que j'aurais choisie, qui m'apporterait assez d'argent pour participer à la vie du foyer mais qui me laisserait suffisamment de temps pour mes enfants. Lorsque ceux-ci auraient pris leur envol, je vieillirais aux côtés de l'amour de ma vie, et nous découvririons de nouvelles choses en passant du temps avec nos petits-enfants.

Une vie stable et belle.

Je crois que les gens désirent ce qu'ils n'ont pas eu pendant leur enfance. Il y avait beaucoup d'amour dans ma famille, mais aucune stabilité. La seule personne sur laquelle je pouvais compter en matière de responsabilité parentale était mon grand-père. Ma mère avait l'âme vagabonde. J'ai davantage vu mes camarades de classe, durant mon enfance, que ma propre mère. Idem pour mon père, Adam Ross. C'était un militaire fort, courageux, doté d'un sens patriotique inébranlable, dont les rangers ont passé plus de temps sur le sol étranger que sur celui de son pays.

Ensuite, il y avait Suda Kaye. Mon monde. Ma petite sœur. Toujours à mes côtés, sa main dans la mienne tandis que nous affrontions les hauts et les bas d'une enfance peu conventionnelle. Sauf que Suda Kaye n'a jamais reproché à nos parents leur manque d'implication. Au contraire. Comme notre mère, ma chère sœur croque la vie à pleines dents. Elle ressentait comme elle le besoin de voler, d'aller partout où le vent la porterait et de profiter de tout ce que la vie peut offrir.

Moi, j'ai toujours été le contraire, mature, attentionnée, rationnelle. Satisfaite du chemin tracé devant moi. Pourtant, quoi que je fasse, quoi que je dise, j'avais beau les supplier, les êtres que j'aime sont toujours partis

Toujours.

Certes, maman revenait régulièrement pour passer quelques semaines à la maison avec ses filles, mais elle claquait la porte dès que le besoin de voyager la saisissait de nouveau. Je n'ai jamais compris ce besoin de partir, de laisser ses êtres chers derrière elle, pour vivre une énième aventure. Suda Kaye le comprenait, elle. Elle admirait notre mère et voulait lui ressembler. Elle a donc passé dix longues années à voyager. Elle m'a abandonnée quand j'avais le plus besoin d'elle, jusqu'à ce que quelque chose lui dise de revenir à mes côtés et à ceux de Camden Bryant, l'homme qu'elle aimait mais qu'elle avait néanmoins abandonné, comme moi.

Je ne pourrais jamais faire cela à l'homme que j'aime. Rien ne garantit que l'herbe soit plus verte ailleurs, et je ne prendrais jamais le risque de partir et de perdre tout ce que j'ai déjà.

Néanmoins, il y a de rares moments, dans la vie, qui définissent une personne, des défis qui nous amènent à choisir un chemin plutôt qu'un autre, qui déterminent notre avenir.

Des choix. La vie est une question de choix.

Je suis persuadée que si l'on prend les bonnes décisions, que l'on évalue les risques et les conséquences potentielles, on peut obtenir la plus belle des récompenses : le bonheur. Le mauvais choix mène inéluctablement à l'échec et au mal-être.

J'ai pris toutes les bonnes décisions.

J'ai élevé ma sœur alors que mes parents parcouraient le monde.

J'ai été une élève parfaite durant toute ma scolarité.

J'ai décroché une licence, puis un master en finance.

J'ai travaillé d'arrache-pied, construisant ma clientèle en ouvrant ma propre entreprise de conseils en finance. J'ai désormais deux bureaux, à Denver et à côté de Pueblo, dans le Colorado. Je me suis tenue à ma décision d'être rationnelle et stable. Or, je suis malheureuse.

J'ai trente ans, je suis une femme d'affaires avec un important portefeuille de clients, un compte en banque rempli et des investissements qui rapportent déjà gros, des épargnes retraites qui me garantissent de beaux jours, mais... rien.

Je suis célibataire.

Je n'ai pas de famille avec qui partager tout ce que j'ai construit.

En fin de compte, il n'y a que moi.

Evie Ross.

Je suis à la croisée des chemins, me demandant ce qu'il m'arrivera si je prends la mauvaise décision. Tout ce dont je rêve est au bout de ces chemins, mais chaque choix vient avec son lot de risques, de sacrifices et d'incertitudes.

Je n'ai pas peur des sacrifices. Je ne suis pas arrivée ici sans donner de moi-même et sans travailler dur. Non. Ce sont les risques et les incertitudes qui m'empêchent d'avancer. Si j'étais aussi téméraire que ma mère et ma sœur, je fermerais les yeux et je sauterais à pieds joints vers l'avenir. Où que j'atterrisse, ce serait le chemin qui m'était destiné. Mais je ne suis pas faite ainsi. J'ai besoin de connaître toutes les issues possibles pour faire un pas en avant.

La foi.

Tahsuda, mon grand-père, me dirait que j'ai besoin d'avoir la foi, de croire en mon destin. De l'accepter et de prendre autant de risques qu'il le faut. Il me dirait d'imaginer mon rêve, de le confier à l'univers et de laisser à celui-ci le temps de me l'offrir, même si, en l'occurrence, cela prend des lustres.

Je ne crois ni au destin ni aux rêves. Ils ne m'ont jamais rien apporté.

D'ailleurs, comment est-on censé attraper un rêve ?

Les rêves sont insaisissables et changent constamment en fonction des désirs du moment.

Le saurais-je, même, si j'avais attrapé mon rêve, et ne me passerait-il pas entre les doigts, comme l'eau d'un ruisseau de montagne ?

Suda Kaye pense qu'on peut avoir un nombre illimité de rêves, qu'il faut les empiler les uns sur les autres et partir à leur conquête avec détermination et sincérité. Elle dit que ce n'est pas grave si certains souhaits ne se réalisent pas, que c'est peut-être parce qu'ils n'étaient pas censés voir le jour.

Depuis aussi longtemps que je me souvienne, je n'ai rêvé que d'une seule chose.

Trouver quelqu'un à aimer et qui m'aime suffisamment pour que je ne veuille plus jamais partir.

Ce rêve n'est jamais devenu une réalité.

Et je crains qu'il ne le devienne jamais.

♦

– Je n'en reviens pas que tu m'aies convaincue de faire ça, Kaye, je marmonne en ajustant la ceinture dont pendent des dizaines de piécettes dorées.

Ma tenue est d'un superbe bleu sarcelle et le soutien-gorge est couvert de perles d'or. La jupe en tulle est assortie au haut, elle flotte à chacun de mes mouvements pour accentuer mes courbes.

Je me regarde dans le miroir et remarque qu'elle met en valeur mon ventre nu au lieu de cacher quoi que ce soit.

Suda Kaye est à côté de moi, devant le miroir, ajustant le bandeau argenté sur ses longues boucles brunes. Sa tenue est rouge bordeaux avec des touches argentées, elle incarne à merveille la parfaite danseuse orientale.

Cela dit, je ne suis pas mal moi non plus. Simplement, il est moins courant de voir une danseuse blonde, aux yeux bleus, vêtue de ces habits traditionnels.

– Tu es canon. Et tu fais la danse du ventre depuis que tu es petite. C'est un spectacle d'entreprise ; si tu te déhanches au mauvais moment, personne ne verra rien. Je te le promets. Tu nous rends un sacré service en venant ce soir.

Je lève les yeux au ciel en soupirant. Si ma sœur ne m'avait pas expliqué la triste histoire de la danseuse que je remplace ce soir, je n'aurais jamais accepté. Je suis incapable de rester insensible face à un enfant qui subit une chimiothérapie pour vaincre une leucémie. La danse est la seule échappatoire que sa mère a trouvée. Or, apparemment, le garçon va très mal et elle n'a pas pu venir au spectacle ce soir, d'où ma présence.

Notre mère était une danseuse sublime, et elle nous a appris très tôt cette danse. Un des premiers cadeaux qu'elle nous a offerts au retour d'un de ses voyages était ces petites cymbales pour les doigts. Suda et moi étions folles de joie de nous en servir en dansant sur la réserve où nous avons passé le gros de notre enfance.

– Attends, laisse-moi t'aider.

Ma sœur pose le petit bandeau doré sur ma tête, et je dois avouer que je me sens comme une princesse des *Mille et une nuits*. Son regard s'illumine en nous regardant. Elle secoue alors ses hanches, les pièces vibrent les unes contre les autres, créant une musique qui fait battre mon cœur plus fort et, je dois l'avouer, m'excite à l'idée de danser. J'imite ses gestes et, ensemble, nous donnons naissance à une sublime symphonie.

Je vois bien, dans le reflet du miroir, que nous sommes comme les deux faces d'une même pièce : l'une claire, l'autre sombre.

Après quelques minutes, ma sœur sautille sur place et me prend dans ses bras.

– On va tellement s'amuser ce soir ! Comme au bon vieux temps !

Je serre ma sœur contre moi et la berce tendrement.

– Tu dis ça parce que ton mari est dans le public et que tu veux faire la maligne.

– Bien sûr ! s'exclame-t-elle en souriant jusqu'aux oreilles. Toutes les occasions de me déhancher devant Cam sont bonnes à prendre. Il travaille tellement, ces derniers temps, sur le nouveau projet que soutient son fonds d'investissement... Il est grand temps de lui faire oublier le boulot !

Je glousse et vérifie que je n'ai pas de rouge à lèvres sur les dents. Le rose de ma bouche est parfait pour ma peau hâlée et mes cheveux blonds. Je baisse les yeux sur mon ventre nu et frissonne, nerveuse. Je pose alors mes mains sur mon nombril et prends plusieurs longues inspirations.

– Tu stresses ? demande Suda Kaye en fronçant les sourcils.

J'écarquille les yeux, ne comprenant pas qu'elle s'étonne.

– Quand m'as-tu vue aussi dénudée ? Si ça ne me dérange pas de montrer un peu mes jambes, je n'ai pas pour habitude de me promener en bikini et de remuer les fesses devant une salle remplie d'inconnus.

Suda Kaye agite la main, comme si je m'inquiétais pour rien.

– Mais arrête, dit-elle. Tous les mecs vont baver devant toi.

– Kaye, aucun de ces mecs ne m'intéresse.

– C'est faux. Il y en a un qui t'a toujours intéressée, répond-elle en souriant d'un air diabolique.

– Non...

Son visage s'illumine.

– Si !

– Tu ne m'as pas dit qu'il serait là, Kaye. Je ne peux pas faire ça, je gronde en désignant mon ventre nu. Pas devant lui !

Kaye éclate de rire et me pousse vers la sortie et les autres danseuses.

– Si, tu peux et tu vas le faire, parce que la maman d'un petit garçon malade a besoin que tu la remplaces, et je te connais. Ma tendre Evie ne laisserait jamais tomber une sœur parce qu'elle a la trouille de voir son béguin d'enfance.

– Je te déteste, je grommelle en fermant les poings.

– Bah ! Tu m'aimes tellement que tu mourrais pour moi. Maintenant, fais confiance à ta petite sœur. Je gère, frangine. Je gère tellement, tu n'imagines pas à quel point, ajoute-t-elle en jouant des sourcils et en faisant tinter sa ceinture.

La meneuse de la troupe arrive alors et nous donne une paire de cymbales à chacune. Je les mets sur mes doigts et les fais sonner plusieurs fois pour m'assurer qu'elles sont bien en place.

– Bien, Mesdames. Comme on l'a vu en répétition, on se faufile parmi les tables et on s'arrête aux endroits où sont placées des croix noires sur le sol.

Je bouscule légèrement Kaye et lui parle à voix basse.

– Je n'étais pas là à la répétition, je ne sais pas où m'arrêter.

– Ne t'en fais pas. Reste deux ou trois mètres derrière moi. Quand je m'arrête, arrête-toi aussi. Je ferai en sorte que tu sois au bon endroit.

– Ok, je réponds en me forçant à respirer lentement pour calmer les battements de mon cœur.

Je préfère ne pas penser au fait que, quelque part dans la salle, se trouve mon amour d'enfance. Ou plutôt mon béguin. Celui que j'évite depuis des mois, depuis qu'il est entré dans nos vies pour aider ma sœur à ouvrir sa boutique, Gypsy Soul. C'est lui qui l'a aidée à obtenir un rendez-vous avec la fondation de Camden. Or, lors de son rendez-vous, le premier amour de ma sœur, Camden Bryant, était là. Il lui a ensuite été assigné comme mentor et, une chose menant à une autre, presque un an et demi plus tard, ma sœur est fraîchement mariée à l'homme de ses rêves et elle vit enfin dans le même État que moi.

Je suis folle de joie que ma sœur soit de retour. Sa présence remplit un peu du vide qui m'anime depuis toujours. Même si je me suis habituée à ce vide, au sentiment de ne jamais être comblée, le retour de Suda Kaye m'aide énormément. L'avoir dans ma vie au quotidien a commencé à recoudre les morceaux brisés de mon cœur, mais pas complètement. Toutefois, ça fait longtemps que j'ai fait une croix sur l'espoir d'être comblée un jour.

La musique commence et les portes s'ouvrent sur la vaste salle de réception de l'hôtel. Les premières danseuses font leur entrée et nous nous suivons les unes derrière les autres, laissant quelques mètres entre nous. Je ferme les yeux un instant et laisse la musique pénétrer mon inconscient et me débarrasser de ma peur. Lorsque j'ouvre les yeux, je vois ma sœur écarter les bras, et j'imite son geste, prête à la suivre.

Suda Kaye me mène vers le côté droit de la salle, à l'avant, et je la vois avancer vers la table où se trouve un homme aux cheveux blonds qui n'a d'yeux que pour elle. Je la suis jusqu'à la table de Camden, puis je la contourne et trouve la croix noire à côté d'une table pour quatre. Ma sœur hoche la tête, et je m'arrête.

La musique change et je regarde Suda Kaye lever les bras et entamer la chorégraphie que je connais par cœur depuis que je suis petite. C'est celle que notre mère nous a apprise il y a si longtemps. Elle me revient aussitôt et je passe en mode automatique, me déhanchant en faisant tinter les cymbales pour accentuer le rythme de la musique. Je me perds aussitôt et savoure l'instant, tournant sur moi-même pour faire face aux deux autres tables. Mais lorsque je tombe sur les yeux noirs du seul homme que je convoite depuis toujours, j'en ai le souffle coupé.

Milo Chavis.

Je ravale ma surprise et continue de danser. Mais, cette fois, j'ai l'impression de ne me déhancher que pour un seul homme.

Son regard noir ne quitte le mien que pour me regarder des pieds à la tête, et j'ai l'impression que l'on me caresse avec une plume. Je sens ses yeux brûlants sur mes pieds, mes jambes, mes hanches, mon ventre, mes épaules.

Je connais si bien la danse que je peux profiter du moment pour étudier chaque centimètre de son corps viril. Ses longs cheveux noirs et raides sont attachés sur sa nuque par un cordon en cuir. Sa mâchoire et ses pommettes sont si puissantes qu'on les dirait sculptées dans la pierre par

Rodin lui-même. Ses sourcils sont comme deux éclairs ébène surplombant ses yeux noirs, et sa peau mate me rappelle les collines de la réserve lorsqu'elles sont plongées dans l'ombre, au soleil couchant. Il est vêtu d'un costume noir et d'une chemise blanche sur laquelle repose un bolo[1] en cuir noir dont diverses cordes torsadées tombent sur son torse impressionnant, nouées sur sa gorge par un médaillon argenté avec une turquoise en son centre.

Cent pour cent Indien d'Amérique.

Cent pour cent viril.

Cent pour cent sublime.

Cent pour cent tout ce dont j'ai toujours rêvé, mais qui ne sera jamais à ma portée.

Préférant ne pas me torturer plus longtemps, je lui tourne le dos pour regarder dans la direction opposée. Je jette un coup d'œil vers Suda Kaye, qui sourit et hoche la tête en direction de Milo, persuadée de m'avoir fait un cadeau.

Je ferme les yeux et poursuis ma danse jusqu'à ce que la musique change pour annoncer le grand final. Ouf.

Je tourne alors sur moi-même sans m'arrêter, des dizaines de fois, faisant tinter les cymbales jusqu'à la fin du spectacle, m'arrêtant à quelques pas de Milo, comme si mon corps avait été attiré vers lui contre ma volonté.

Sa mâchoire est crispée. Cet homme est magnifique, et je l'aime depuis que j'ai huit ans. Non pas qu'il le sache. Milo ne m'a jamais vue ainsi, et je crois que ça ne changera jamais. Il ne m'a jamais donné la moindre indication

---

1. Le Bolo, Bolo tie ou cravate texane, est une sorte de cravate généralement associée avec l'habit traditionnel du cow-boy ; il consiste en une corde attachée par une barre ou une agrafe ornementale. (NdT, ainsi que pour les notes suivantes.)

que je lui plaisais autrement qu'en amie. Comme il a quatre ans de plus que moi, il m'a toujours vue comme une gamine, la petite blonde maigrichonne qu'il devait protéger des brutes quand nous étions petits.

La petite-fille de Tahsuda. La fille de Catori. La sœur de Suda Kaye.

C'est tout ce que je suis pour lui et, même s'il me harcèle par mail et m'appelle au bureau pour programmer un rendez-vous d'affaires, je fais tout pour l'éviter.

Lorsque je l'ai croisé il y a quelques mois avec sa femme – soi-disant son ex-femme –, j'en ai eu le cœur brisé, et cela a mis fin au béguin que j'ai pour lui depuis vingt-deux ans.

Fini mon rêve d'être avec Milo Chavis.

Il ne sera pas l'homme de ma vie.

Ma décision est plutôt récente, mais je compte m'y tenir jusqu'à ce que je trouve un homme beau et ambitieux qui voudra m'aimer pour qui je suis, avec tous mes problèmes. Cela dit, je ne crois pas en avoir beaucoup, rien que je ne soigne pas déjà avec ma psy.

Milo et moi nous regardons si longtemps que la musique change de nouveau et que je sursaute lorsque Suda Kaye me bouscule.

– Allez, avance, me dit-elle en me poussant discrètement en avant.

Je me dirige donc vers les portes en dansant, rejoignant les autres danseuses qui se retrouvent dans les loges, essoufflées.

Ma sœur m'emmène aussitôt dans un coin à l'écart des autres.

– Bon, dis-moi tout. Je suis sûre qu'il salivait de plaisir de te voir ! s'exclame-t-elle, tout excitée.

– Tu aurais dû me dire qu'il allait être là, je râle en secouant la tête.

– C'était mort, tu ne serais jamais venue.

– Mon Dieu, je m'exclame en levant les yeux vers le plafond, sauvez-moi de ma sœur avant qu'elle me rende chèvre !

– Il ne t'a pas quittée des yeux un instant ! Pas même pour regarder les autres danseuses. Il n'avait d'yeux que pour toi.

– Parce que j'étais plantée devant lui, à cause de toi !

– Sœurette, faut que tu ailles lui parler. Baisse ta garde et écoute-le...

– Ça me semble être une idée parfaitement rationnelle. Tu devrais écouter ta sœur, Nizhoni, dit une grosse voix d'homme derrière nous.

Nizhoni. « Sublime », en navajo. Je ferme les yeux en entendant le compliment. Je ne sais plus à quel moment il s'est mis à m'appeler ainsi, mais j'ai toujours trouvé ça mignon. Hélas, cela a aussi rempli mon cœur d'espoir, me laissant croire qu'il pouvait partager ne serait-ce qu'un iota de ce que j'ai ressenti pour lui pendant toutes ces années.

Suda Kaye me fait les gros yeux en souriant jusqu'aux oreilles.

– Milo, ça me fait tellement plaisir de te voir, beau gosse. On parlait justement de toi, ronronne-t-elle.

Je fusille ma sœur du regard et me force à sourire en me tournant vers Milo, tout en reculant. Je joins mes mains devant moi et mes cymbales tintent bêtement.

De son côté, Milo se tient les mains dans les poches, si grand et impressionnant que le couloir semble soudain trop étroit.

– Je vais voir Cam, déclare Suda Kaye en me prenant par les épaules pour m'embrasser sur les cheveux avant de partir d'un pas léger.

Je me mords la lèvre et attends que Milo me parle.

– Tu m'évites, dit-il simplement, d'un ton ferme.

– Eh bien, je n'irais pas jusque-là, je réponds, refusant d'admettre la vérité.

– Tu ignores mes coups de fil.

– Peut-être que je suis juste occupée. Tu sais comment c'est, dans les finances. On ne s'ennuie jamais.

Je mens, bien sûr. Il y a tellement de moments ennuyeux, dans ce métier, passés à étudier les tendances du marché et à guetter les clients potentiels.

– Pourquoi, Evie ? demande-t-il d'un ton grave et tonitruant, comme un orage sur le point d'éclater.

Je déglutis et fuis son regard.

– Écoute, ça fait longtemps qu'on se connaît...

Il se contente de hocher la tête.

– ... Tu as ta vie, j'ai la mienne, je dis lâchement, évitant d'aborder la véritable raison.

Milo ne lâche pas l'affaire, mais ne m'aide pas non plus. Il croise les bras et sa veste de costume se tend sur ses larges épaules. Bon sang, je ferais tout pour voir ses bras nus. Avant, je le voyais tout le temps courir torse nu dans la réserve, mais nous étions enfants. J'avais huit ans, et lui douze. Il n'était pas encore le géant qu'il est aujourd'hui. À l'adolescence, j'ai eu le plaisir de le voir devenir plus viril de jour en jour, mais il est parti à la fac et maman nous a fait déménager à Pueblo quand j'avais quatorze ans. On est restés en contact par mail et sur les réseaux sociaux lorsqu'on a tous les deux fini la fac et qu'on a découvert qu'on travaillait dans le même domaine, mais rien de plus.

– Ce n'est pas une réponse, déclare-t-il.

– Écoute, je ne te dois rien et je ne compte pas me justifier auprès de toi, je réponds d'un ton sec qui ne me ressemble pas.

Je suis plutôt fière de moi.

– Tu es attirée par moi, dit-il.

Je me fige et cesse de respirer.

– Quoi ?

– C'est la raison pour laquelle tu m'évites. Parce que je te plais.

– Pas du tout ! je m'exclame. Tu as un sacré culot !

Sa bouche tressaute et il esquisse un minuscule sourire.

– Ça ne me dérange pas, au contraire. J'ai toujours eu de l'affection pour toi.

Il a de l'affection pour moi.

Je cligne bêtement des yeux, essayant de me faire à l'idée que l'homme de mes rêves a de l'affection pour moi. Comme ce qu'on ressent pour une personne sympa qu'on vient de rencontrer ou quelqu'un qu'on connaît vaguement depuis des années.

Je secoue la tête et lève la main, paume tournée vers lui.

– Je m'en vais.

Je vais pour lui passer devant, mais il tend le bras et me saisit par la taille, m'attirant à lui pour me plaquer contre son torse massif.

J'ai le vertige d'être dans ses bras et je pose mes mains sur son torse. Il me tient fermement contre lui, ses mains jointes dans mon dos, et je lève la tête vers lui. J'ai beau ne pas être petite, avec mon mètre quatre-vingts, mais il mesure un bon mètre quatre-vingt-quinze, et je suis pieds nus.

– Je me suis mal exprimé, pardon, dit-il. Je suis profondément attiré par toi, Evie Ross.

Ses paroles se fraient lentement un chemin dans mon cerveau, puis le long de ma colonne vertébrale avant de se loger entre mes cuisses, me faisant rougir tandis que mon cœur bat la chamade.

– Ah bon ?

– Oui. Cependant, ce n'est pas pour ça que je suis ici. Nous parlerons de mon attirance pour toi une autre fois. J'ai une proposition professionnelle à te faire.

Je fronce les sourcils et me redresse.

– Une proposition ?

– Je crois que nous avons les mêmes intérêts à cœur. Ensemble, nous pourrions former une équipe dynamique, une force incontournable dans notre domaine.

Le fait qu'il me parle de travail alors que je suis à moitié nue dans ses bras me fait réagir et je recule de plusieurs pas. La chaleur qui brûlait dans mes veines disparaît aussitôt et je suis soudain frigorifiée.

– Bien sûr. Tu veux faire affaire avec moi, je souffle.

– Tu es rusée. Tu es même une des meilleures consultantes en finance de la région, et on a des intérêts communs.

– Ah bon ?

Suis-je en train de rêver ? Si c'est le cas, pourvu que je me réveille vite, bon sang !

– Oui. Notre peuple. Ton entreprise est plus importante que la mienne, mais toutes les tribus de la région me font confiance. Or, cette confiance pourrait facilement s'étendre au-delà des frontières du Colorado. J'aimerais qu'on se voie pour parler de la fusion de nos entreprises. Ensemble, je suis convaincu qu'on pourrait avoir encore plus de succès et qu'on pourrait aider les Amérindiens de tout le pays.

Je ferme les yeux et croise les bras pour me réchauffer.

– Je ne suis pas certaine de vouloir faire grossir mon entreprise pour le moment.

C'est encore un mensonge, je sais déjà que je pourrais aisément ouvrir deux ou trois antennes supplémentaires, peut-être même au Kansas ou dans l'Utah.

– Permets-moi de plaider ma cause autour d'un dîner, dit Milo, alors que son regard s'embrase lorsqu'il tend la main pour effleurer une mèche de cheveux sur ma joue.

Est-ce qu'il utilise mon attirance pour lui pour obtenir de moi des faveurs, qu'elles soient sexuelles ou professionnelles ? Mon estomac fait un saut périlleux lorsque je me rends compte que tout ça n'est qu'une ruse. Milo a vu une occasion de gagner de l'argent et il se sert de son charme pour obtenir ce qu'il veut.

– Non, non, je ne peux pas faire ça, je réponds en secouant la tête. Il faut que j'y aille. Je te souhaite une belle vie, Milo.

Les larmes aux yeux, profondément gênée, je m'enfuis dans le couloir en courant vers la pièce où je me suis changée. Je ne prends même pas la peine de me rhabiller, je saisis mon sac avant de filer vers la sortie.

– Evie ! s'exclame Suda Kaye en courant derrière moi, suivie de près par Camden.

Je ne m'arrête pas et me précipite dans mon Cayenne pour rentrer chez moi aussi vite que possible.

CHAPITRE 2

– Mademoiselle Ross, Mademoiselle Williamson est prête à vous recevoir, dit Shelley, la secrétaire de ma psy, en me souriant tendrement.

Je lui réponds par un demi-sourire sans enthousiasme. Je ne suis absolument pas d'humeur à offrir davantage que le strict minimum. Je suis toujours furieuse de ma conversation d'hier soir avec Milo.

Depuis, il m'a laissé un message vocal et m'a envoyé un sms, ce qui m'a surprise, parce qu'il ne semble pas du genre à écrire lorsqu'il peut appeler et rentrer dans le vif du sujet. Cela dit, après avoir lu son « Appelle-moi », je ne crois pas me tromper en pensant que ce n'est pas son mode de communication habituel.

Mon téléphone sonne et je découvre un énième message de ma sœur. Le sixième depuis hier soir. Faut dire qu'elle, elle aime les sms. Pour sa défense, je dois reconnaître qu'elle a bien essayé de m'appeler hier soir et encore ce matin, mais je n'ai pas répondu. Je relis ses messages et note qu'elle semble de plus en plus agacée.

Pourquoi t'es partie en courant ?

Il s'est passé quoi avec Milo ?

T'avais l'air de pleurer. Rappelle-moi. Peu importe l'heure.

Les deux suivants sont arrivés ce matin.

Tu m'en veux ? Je t'en supplie, ne m'en veux pas.

Merde. Tu m'en veux. Rappelle-moi pour me crier dessus. J'encaisserai.

Et maintenant, celui-ci. Je soupire et me lève en lissant ma jupe crayon noire.

Sœurette, tu me fais flipper. Rappelle-moi aujourd'hui, sinon je débarque.

Que ça lui serve de leçon ! C'est elle qui m'a mise dans cette position. Sans ça, je ne me serais pas ridiculisée devant Milo. Elle savait qu'il serait là et elle a fait exprès de me le cacher. Pour moi, c'est une véritable trahison, et c'est encore pire venant de ma sœur. Suda Kaye était parfaitement consciente de ce qu'elle faisait. Finalement, je ne serais pas surprise qu'elle ait inventé la leucémie de ce petit garçon pour que je me retrouve à moitié nue devant Milo.

Je contracte ma mâchoire et entre dans le bureau de ma psy. Ce n'est que la troisième fois que je la vois, mais après ce qui s'est passé hier soir, j'avais besoin de parler.

Mademoiselle Williamson est une petite femme d'environ cinquante ans, avec un sourire resplendissant et des tresses serrées attachées en queue-de-cheval sur sa nuque.

– Bonjour, Evie, dit-elle en me tendant la main.

Je la lui serre et lui offre un sourire sincère, contrairement à celui que j'ai réservé à Shelley.

– Merci de m'avoir prise entre deux rendez-vous, je dis en m'asseyant.

Je croise sagement les jambes, les yeux rivés sur mes superbes Louboutin à bout ouvert. Elles m'ont coûté une petite fortune, même en soldes, mais elles en valaient largement la peine. Lorsque je les mets, mes jambes sont vraiment canon, et je mesure huit centimètres de plus. Quand on est une femme et qu'on travaille dans un milieu masculin, il faut prendre tous les avantages possibles. En plus, elles sont aussi sexy que classe, et c'est justement le look que j'aime.

– Je suis contente que ça ait pu marcher, répond la psy en reculant dans son fauteuil. Comment puis-je vous aider ?

Je fronce les sourcils, ne sachant par où commencer.

– À l'évidence quand vous m'avez appelée ce matin, vous aviez urgemment besoin de parler de quelque chose, donc commençons par là, dit-elle.

– J'ai passé une mauvaise soirée, hier. Je n'ai pas réussi à dormir. Ce matin, je me sentais encore plus frustrée et perdue qu'en me couchant hier.

– Que s'est-il passé pour vous mettre dans cet état ?

Je passe dix minutes à lui raconter ce que j'ai fait hier soir, pourquoi je me suis retrouvée dans cette situation et ce que Milo m'a dit.

– Vous n'aviez pas parlé d'un homme lors de nos deux premières séances, dit-elle en étudiant son bloc-notes jaune.

Je déglutis et me tiens plus droite.

– Parce que je n'ai personne dans ma vie.

– Sauf que votre sœur semble penser que si et qu'elle cherche à vous mettre dans des situations où vous serez forcée de parler à cet homme.

– Ma sœur est une romantique incurable, je réponds en levant les yeux au ciel, surtout depuis qu'elle a épousé l'homme de sa vie.

Mademoiselle Williamson me dévisage d'un air neutre, attendant quelque chose, mais je ne sais pas quoi.

– Ce n'est pas comme si elle rêvait d'amour, avant. Fallait la voir ; elle a couché avec plus de mecs que je n'ai passé d'années à l'école. Et je compte ma licence et mon master !

– Mmm-hmmm.

– Elle a voyagé pendant dix ans, me laissant seule ici, puis une lettre de maman lui a dit de rentrer. Voilà qu'elle obéit et qu'elle retombe presque aussitôt dans les bras de l'homme qu'elle a abandonné dix ans auparavant. Le pire, c'est qu'il l'aimait encore ! Il l'a aidée à ouvrir sa boutique, qui est déjà un succès, et il l'a épousée ! Et il lui parle d'avoir des enfants. Vous y croyez, vous ? Ma petite sœur, maman avant moi, je rouspète en secouant la tête. C'est dingue.

– Ah oui ?

Je la regarde en écarquillant les yeux.

– Ben oui. Suda Kaye est la personne la plus irresponsable que je connaisse. Elle est le portrait craché de notre mère. Elle n'écoute que ses propres désirs et elle se contrefiche de gâcher les projets des autres ou de leur tourner le dos.

– Ah, je vois. Donc, vous en voulez à votre sœur non pas parce qu'elle vous a obligée à voir cet homme qui vous a toujours plu mais parce qu'elle vous a abandonnée pour partir à l'aventure. Comme votre mère.

– Oui ! je m'exclame avant de réaliser ce qu'elle a dit. Enfin, non. Je lui en veux pour hier soir. Suda Kaye et moi avons tourné la page sur son absence. On a recommencé à zéro, je déclare en décroisant les jambes et en posant mes mains sur mes genoux.

– Vous avez vraiment tourné la page ?

– Bien sûr. Ma sœur est agaçante de mille façons différentes, mais il n'y a personne de plus important dans ma vie. C'est ma meilleure amie.

– Je n'en doute pas une seconde. Mais j'ai l'impression que vous lui en voulez toujours un peu de vous avoir abandonnée il y a tout ce temps.

– Ben... Ça m'a fait mal, c'est clair, j'admets en haussant les épaules.

– Mais elle vous avait demandé de l'accompagner, non ?

– Ben, oui, mais...

– Et vous avez choisi de rester ici pour aller à la fac et, comme vous l'avez dit vous-même... faire quelque chose de votre vie, dit la psy en relisant ses notes. Ce qui est le cas.

– Oui, c'est vrai. J'ai une carrière de rêve.

– Néanmoins, le fait que votre sœur ait trouvé l'amour après l'avoir quitté il y a dix ans vous dérange.

J'ouvre la bouche et la referme plusieurs fois.

– Non. Je veux qu'elle soit heureuse.

– Encore une fois, ce n'est pas la question.

– Comme je l'ai dit, ma sœur est la personne la plus importante dans ma vie. Je serais prête à mourir pour elle. Je ne veux que son bonheur, et Camden la rend si heureuse que, pour la première fois, j'ai l'impression qu'elle va se poser. Ici, dans le Colorado, près de moi.

– Et comment vous vous sentez, à cette idée ?

– Soulagée.

– Soulagée. Votre choix de mot est intéressant. Pourquoi soulagée ?

– Parce que je sais qu'elle est en sécurité et que quelqu'un s'occupe d'elle. Camden fera tout pour qu'elle soit heureuse, protégée et pour qu'elle ne cesse jamais de sourire.

– Et vous ? Qu'est-ce qui vous fait sourire ?

– Euh, plein de choses.

Mademoiselle Williamson agite sa main devant elle pour m'inciter à poursuivre.

– Comme quoi ?

Je gonfle mes poumons et me creuse la cervelle.

– Le travail, pour commencer. Mon métier me rend heureuse.

– Ok, et en dehors du travail ?

– Ma sœur.

– En dehors de votre sœur ?

Je remue sur mon fauteuil et sens mon dos se couvrir de sueur.

– Je… euh… j'aime la famille de Camden. Ils m'ont parfaitement intégrée à la bande et ils m'invitent toujours aux repas de famille, qui sont super-fun.

– C'est gentil de leur part. Mais ce que je veux savoir, Evie, c'est ce que vous faites pour vous qui vous rende heureuse.

– Je me suis acheté ces chaussures la semaine dernière, je déclare en levant la jambe. Et j'ai eu une super-réduc, en plus.

Ma psy joint ses mains et les pose sur son bloc-notes en pinçant les lèvres.

– Evie, est-ce que vous avez des hobbies ?

Je me racle la gorge.

– Je n'avais pas beaucoup de temps à accorder à mes hobbies quand je construisais ma carrière et travaillais d'arrache-pied pour que mon entreprise réussisse.

– Mais c'est le cas maintenant. Vous l'avez dit vous-même. Vous avez tant de succès que votre béguin d'enfance veut travailler avec vous. Nous devons encore en parler, d'ailleurs.

– C'est inutile, je réponds. Je lui ai déjà dit non.

– Justement, pourquoi ? Si vous êtes vraiment la femme d'affaires que vous vous vantez d'être, vous devriez être curieuse d'entendre sa proposition. Mais comme cela vient de quelqu'un pour qui vous avez clairement des sentiments, vous vous êtes enfuie. Physiquement, d'ailleurs. Est-ce qu'il a cherché à vous joindre ?

– Oui.

– Et ?

– Je l'ai ignoré.

– Pourquoi ? demande-t-elle d'une voix douce.

– Parce que je ne peux pas être dans la même pièce que lui pour des raisons professionnelles, alors que la seule chose à laquelle je pense, c'est de le déshabiller ! je rétorque, désespérée de lui faire lâcher le sujet pour passer à autre chose.

La psy sourit pour la première fois.

– Enfin. Voilà enfin la vérité. Vous vous êtes enfuie parce que vous vous êtes sentie rejetée. Est-ce que c'est parce que ça ne vous est jamais arrivé d'être rejetée par un homme ?

Je la regarde avec de gros yeux, bouche bée.

– Non ! Mon Dieu, non.

– Alors, vous avez souvent été rejetée par le sexe opposé ?

– Non, parce que je ne tente jamais rien, je réponds en secouant la tête.

– Ah, je vois. Vous êtes en colère parce que vous attendiez beaucoup de Milo. Vous vouliez qu'il ressente la même chose pour vous que vous pour lui. Et lorsqu'il n'a pas eu la réaction que vous espériez, et qu'il a préféré parler du travail, vous vous êtes fermée et avez refusé de lui parler.

– Non. Enfin... euh... je...

La psy penche la tête sur le côté et rive sur moi un regard plein de tendresse.

– Evie, vous devez oublier les attentes que vous avez de Milo. Il se peut bien qu'il ne désire qu'une relation professionnelle avec vous, mais vous ne le saurez jamais si vous le fuyez et l'évitez.

Je m'affaisse dans le fauteuil, abattue.

– Vous voulez que je le voie.

– C'est à vous de décider. Est-ce que vous pensez que vous devriez le voir, vous ?

– Je suppose, oui. Après tout, c'est lui qui me court après et moi qui me cache.

Je tapote mon ongle sur mon genou en comprenant soudain que je laisse Milo avoir tout le contrôle. Eh bien, plus maintenant.

– Vous savez quoi, je vais le faire. Je vais le rappeler et fixer un rendez-vous. Comme ça, je saurai ce qu'il veut. Si je veux lui prouver que je suis bien la femme d'affaires qu'il pense, mais aussi me prouver à moi-même que je suis capable d'outrepasser le fait que Milo est mon béguin d'enfance, il n'y a qu'un seul moyen pour le faire.

Je hoche la tête, comme si la décision était prise, signée et irrévocable.

– Excellent. Maintenant, essayons de comprendre pourquoi les seules choses qui vous rendent heureuse sont votre travail, votre sœur et la famille de votre beau-frère.

Qu'est-ce que vous faites pour profiter de la vie que vous vous êtes construite ?

Mes épaules se tendent soudain sous le poids de sa question, et je baisse la tête en tripotant mes doigts.

– Honnêtement, je ne sais pas. J'ai passé tant de temps à prévoir l'avenir que, maintenant qu'on y est, je ne sais pas quoi faire. J'ai l'impression de ne plus savoir qui je suis.

– Alors, essayons de le savoir. Qu'en dites-vous ? demande-t-elle d'un ton léger et joyeux.

– Oui, ce serait bien. Mais je ne sais absolument pas par où commencer.

♦

Inspire... Expire...

Pendant deux minutes, je m'agrippe à mon bureau et me force à respirer, mettant de côté mon angoisse pour laisser la femme d'affaires reprendre le dessus. Une fois que j'ai maîtrisé mes nerfs, j'ouvre les yeux et saisis mon téléphone fixe pour composer le numéro que je connais par cœur depuis toujours. J'aurais pu appeler depuis mon portable, mais comme il s'agit d'un appel professionnel, je préfère me servir du fixe de mon bureau, histoire que les choses soient claires dès le début.

Son téléphone sonne une fois, deux fois, trois fois, avant qu'une grosse voix réponde : « Chavis ».

– Salut, Milo. C'est Evie.

– Attends une seconde, dit-il d'une voix rauque et ferme.

J'entends un bruit métallique en fond, ainsi qu'une musique dansante qui se fait de plus en plus lointaine.

– Désolé. Tu es toujours là, Evie ? demande-t-il un peu essoufflé.

– Euh, oui. Je suis désolée, je te dérange ?

Je jette un œil vers la pendule ; il est presque dix-huit heures.

– Non, je suis à la salle de sport. Je viens de finir.

La salle de sport.

Je visualise aussitôt Milo en short et en baskets, couvert de sueur, et une vague de chaleur parcourt mon corps.

– Ok, ben, je voulais juste t'appeler pour m'excuser de m'être enfuie hier soir. C'était loin d'être professionnel, ce qui est très inhabituel pour moi.

– Tes excuses sont acceptées, répond-il de sa voix grave qui déclenche une nuée de papillons dans mon ventre.

Je souris, même s'il ne le voit pas.

– Parfait.

– Ça n'explique pas pourquoi tu es partie, Nizhoni. Mais on en reparlera, déclare-t-il.

– Milo...

Mon cœur se met à battre la chamade et mon angoisse resurgit, faisant déguerpir ces pauvres papillons qui me chatouillaient agréablement.

– Un dîner. Ce soir. Pas d'excuses. Et n'envisage pas de t'enfuir. Je te retrouverai, Evie.

Je me force à rester calme. S'il veut parler, très bien. Je gère. Dans ma tête, la femme d'affaires me fait un check.

– Très bien. Où ?

– Tu choisis.

Je grince des dents, ce type est tellement agaçant ! C'est lui qui veut dîner et c'est moi qui dois choisir ?

Je pense aussitôt à la brasserie de Porter, le frère de Cam.

– Bryant Brews. Ça appartient à la famille de mon beau-frère. Ils ont un super-menu.

Avec Porter dans les parages, il y aura quelqu'un pour m'aider si besoin.

– Très bien. On s'y retrouve à dix-neuf heures, répond-il avant de raccrocher.

Je reste quelques secondes au téléphone, écoutant la ligne sonner, avant de reculer le combiné et de le regarder comme s'il pouvait m'expliquer la conversation la plus étrange de ma vie.

Je secoue la tête en raccrochant, puis je m'accoude sur le bureau et cache mon visage dans mes mains.

– Qu'est-ce que je viens de faire ? Un dîner, avec Milo. Mais quelle idiote ! je grommelle.

Je suis assise face à la fenêtre, le regard perdu sur la vue de Pueblo, lorsque mon portable vibre.

C'est ma sœur, qui m'appelle pour la millième fois.

– Allez, d'une pierre deux coups. Ma psy serait fière de moi. Salut, sœurette... je dis en décrochant.

– Salut sœurette ? Tu plaisantes ? Je me fais un sang d'encre pour toi, et tu sais bien que le stress ne me va pas au teint !

Je ne peux pas m'empêcher de rire.

– Mais oui, moque-toi de ta pauvre sœur qui s'inquiète en se demandant si sa sœur la déteste. Taabe, je suis désolée. Je suis vraiment désolée.

– Ah oui ? Vraiment ?

Je connais trop bien Suda Kaye.

– Je devrais l'être ? demande-t-elle d'un ton amusé.

– Ce que tu as fait n'était pas cool, mais tes intentions étaient bonnes. Juste, la prochaine fois que tu veux t'immiscer dans ma vie sentimentale, tu peux me prévenir ? Je n'aime pas les surprises, Kaye, et tu le sais.

– Je sais, et je suis désolée, vraiment. C'est juste que... je ne sais pas. Je pensais qu'il te verrait danser, toute sexy, remuant tes hanches et tes fesses, et que son cœur s'enflammerait au point qu'il n'aurait d'autre choix que de te déclarer sa flamme !

– Tu lis trop de romans d'amour, je soupire en tripotant la souris de mon ordinateur.

– Meuf, c'est surtout que je vis dans un roman ! Camden est mon chevalier en costard et en bottes de cow-boy. Bien évidemment, je veux la même chose pour ma sœur. Evie, je veux que tu sois heureuse.

– Moi aussi. J'y travaille. Promis.

– C'est vrai ?

– Je dîne avec Milo dans moins d'une heure.

La ligne devient soudain silencieuse et je me demande si on a été coupées. Mais je l'entends soudain frapper dans ses mains et pousser un cri strident.

– Waouh ! Enfin, mes prières ont été exaucées ! Je vais tout de suite appeler Toko et lui dire qu'il n'a pas besoin de réunir les anciens. C'est génial !

– Ne t'emballe pas. On se voit pour parler de sa proposition commerciale.

– On s'en fout, c'est top ! Tu vas mettre quoi ?

Je baisse les yeux sur ma tenue : une jupe crayon noire qui moule mes hanches et s'arrête juste au-dessus du genou, mes talons à bouts ouverts et un chemisier bleu roi. Je répète le tout à ma sœur.

– Nul ! Passe à la boutique, je te prépare quelque chose.

– Non ! C'est pour le boulot, pas un rencard. Maintenant, arrête de t'en mêler.

Je sais que je n'aurais rien dû lui dire mais, sincèrement, j'ai rarement quoi que ce soit d'excitant à raconter à ma sœur.

– Tu n'es pas drôle ! râle-t-elle.

– C'est pour le boulot, ne l'oublie pas.

– Ok, appelle-moi dès que tu montes dans ta voiture.

– Je ne téléphone pas au volant, c'est dangereux, je rappelle à ma sœur.

Depuis que j'ai eu un accident de voiture, étant ado, et que ma mère s'est cogné si fort la tête qu'elle a dû se faire recoudre, je ne prends plus aucun risque au volant.

– Alors, appelle-moi avec ton kit mains-libres. Mais appelle-moi.

– Tu ne vas pas lâcher l'affaire, hein ?

– Ça fait vingt-huit ans que tu me connais. J'ai déjà lâché l'affaire pour ce genre de chose ?

Je ferme les yeux et accepte ma défaite.

– Ok. Je t'appellerai.

– Super ! Au fait, ne commande rien avec des oignons ou de l'ail.

– Pourquoi ? je demande en fronçant les sourcils.

– Parce que si vous finissez par vous embrasser, mieux vaut que tu ne sentes pas l'ail !

– Tu n'écoutes vraiment rien, hein ? C'est un dîner d'affaires !

– Ouais, tu l'as dit mille fois. Mais avec Cam, on s'est remis ensemble grâce à notre relation professionnelle. Donc ça arrive. Oooh, j'espère tellement que ça va t'arriver avec Milo le Musclor amérindien ! Il est la nuit où tu es le soleil, ce serait parfait. Je te dis que c'est écrit dans les astres. Vous êtes destinés à être ensemble ! s'exclame Suda Kaye.

– Tu es folle.

– Mais tu m'aimes.

– Languis-toi de moi, je déclare, l'obligeant à clore le sujet.

– Languis-toi de moi plus encore ! crie-t-elle, folle de joie.

– Toujours. Maintenant faut que je file.

– Souviens-toi, ni ail ni oignons, et s'il te donne le signal, mets la langue !

– Doux Jésus, tu ne sais vraiment pas t'arrêter...

– Jamais ! Je t'aime. Ciao !

Elle raccroche. Je me lève de mon fauteuil, jette mon portable dans mon sac, j'attrape mon blouson en cuir et l'enfile avant de me regarder dans le grand miroir de pied. Je me trouve branchée, mais professionnelle.

– Roh, et puis, qu'est-ce qu'on s'en fout ! je grogne en donnant un peu de volume à mes cheveux. C'est pour le boulot. Certes, je vais dîner avec le seul et unique homme qui m'a toujours intéressée, mais il est hors d'atteinte. C'est pour le travail, rien de plus.

Je me force à redresser les épaules, puis je me souffle un baiser dans le reflet du miroir.

– Tu gères, ma grande, je me dis, essayant de me motiver avant de passer la porte de mon bureau.

CHAPITRE 3

Quand j'arrive chez Bryant Brews à sept heures moins le quart, le bar est bondé. L'hôtesse d'accueil s'approche, mais je la remercie d'un geste de la main, ayant prévu d'aller directement au comptoir. Ça fera moins rencard, et il y aura plus de bruit. Hélas, les seules places libres sont autour d'une table flanquée de banquettes. Je soupire et m'y installe, prenant aussitôt la carte des boissons. Il va me falloir une bonne dose d'alcool pour tenir face à Milo.

Je suis en train de lire le menu lorsqu'on me tapote l'épaule. Je lève la tête et découvre le visage souriant de Porter Bryant, le propriétaire, qui est aussi un ami de longue date.

Je me lève, et il m'attire aussitôt dans ses bras.

– Hey, ça fait longtemps, je dis en souriant, mes mains sur ses biceps.

Selon moi, Porter est le plus beau des frères Bryant, parce qu'il a un charme fou, mais aussi parce qu'il est le plus cool de tous. Avec ses cheveux bruns et ses yeux marron si gentils et expressifs, il séduirait n'importe quelle femme.

Mais c'est surtout la confiance et l'aisance qu'il dégage qui me séduisent chez lui.

– Comment ça va, Sunshine[2] ? demande-t-il, employant le surnom que les Bryant m'ont attribué.

– Bien. Apparemment, les affaires marchent bien ? je réponds en désignant la salle bondée d'un geste de la main.

– Toujours, oui. Tu attends quelqu'un ? demande-t-il en caressant mon épaule avec son pouce.

C'est un geste anodin mais aussi sensuel, et je frissonne sous mon chemisier en soie.

Il ricane en me voyant gênée, et hausse un sourcil d'un air arrogant.

– Oui, moi, dit une voix, parfaitement audible malgré le brouhaha ambiant.

Je tourne la tête pour découvrir Milo, vêtu d'un pantalon de costume noir et d'une chemise rouge. Les manches sont retroussées sur ses bras musclés et ses cheveux sont lâchés. Il me suffit de voir ces mèches ébène tomber sur les larges épaules de ce demi-dieu amérindien pour que mes genoux se mettent à trembler.

J'ouvre la bouche pour parler lorsque Milo m'empoigne par le bras et m'attire à lui, loin de Porter. Son bras entoure ma taille, et il baisse la tête pour m'embrasser sur la joue.

– Tu es superbe, Nizhoni, chuchote-t-il dans mon oreille.

Crispée de la tête aux pieds, je reste figée, ne sachant quoi faire ni quoi dire tant sa présence me perturbe.

– Vous êtes ? demande Porter d'un ton irrité.

2. Soleil.

Je me tourne vers mon ami et me rends immédiatement compte de mon erreur lorsque le bras de Milo ne me lâche pas et que sa main se retrouve sur mon ventre, plaquant mon dos contre son torse. Sa chaleur me pénètre alors et je fais tout mon possible pour ne pas tomber en pâmoison, m'efforçant plutôt de me rappeler que c'est un dîner d'affaires, pas un rencard.

– Milo Chavis, je te présente Porter, mon ami, et le frère de Camden, je déclare.

– Tu es le petit frère de CJ ? répond Milo.

– Ouais, acquiesce Porter.

– On a été à la fac ensemble. C'est moi qui ai mis Suda Kaye en contact avec le fonds d'investissement de Camden.

– Ah, oui, s'exclame Porter en claquant des doigts, je me souviens, maintenant. Cool, mec. Ravi de te rencontrer, dit-il en tendant sa main à Milo.

Plutôt que de me lâcher pour la prendre, Milo me place à ses côtés sans desserrer son étreinte et salue Porter de sa main droite.

Mon ami ne rate pas le geste de Milo, il fronce les sourcils.

– Tu sors avec Evie ? demande-t-il d'un ton étonné.

– Non, on est juste amis, je réponds en secouant la tête alors que Milo répond : « C'est l'objectif. »

Je fais un pas de côté et lève la tête vers les yeux noirs de Milo.

– De quoi tu parles ?

– J'ai été on ne peut plus clair, hier soir, quant à mon attirance pour toi, répond-il.

– Tu es sérieux ? je rétorque en pressant mes mains sur son torse.

– Oui, acquiesce-t-il fermement.

– Oui ? Mais de quoi tu... Tu as dit que tu voulais parler affaires !

– Et c'est le cas.

Je secoue la tête, essayant de recouvrer mes esprits.

– C'est dingue. Je ne te suis pas. Tu as dit que tu avais de l'affection pour moi.

– C'est vrai aussi. Énormément d'affection.

Il sourit jusqu'aux oreilles et des papillons s'envolent dans mon ventre.

– Tu es une femme incroyable. Je peux avoir de l'affection pour toi et être attiré par toi.

Ne sachant pas quoi répondre, je me contente de le regarder dans les yeux. Et je m'y perds. Je n'ai jamais eu l'occasion d'admirer son regard de si près, ses yeux sont magnifiques, comme deux onyx noirs entourés d'épais cils noirs. Quant à ses pommettes, elles sont si spectaculaires que j'ai envie d'en dessiner le contour du bout du doigt. Et c'est sans parler de sa bouche... D'ailleurs, mieux vaut que je ne m'y attarde pas, car mes pensées s'emporteraient et me feraient inexorablement espérer en vain.

– Euh... j'y vais. Je vous laisse régler vos différends, dit Porter. À plus, Sunshine. Je t'envoie un verre de ce vin que tu as aimé l'autre fois.

Morte de honte, je le regarde partir en rougissant. Je n'en reviens pas d'avoir oublié que Porter était là, mais c'est bien le cadet de mes soucis. Je ravale ma gêne, lève le menton et me force à me ressaisir en me concentrant sur l'homme qui me garde si près de lui. Milo me tient toujours fermement contre lui et ne semble pas avoir l'intention de bouger.

– Milo, tout ça est très bizarre. On est censés parler de la proposition commerciale que tu veux me faire, pas se faire des papouilles.

Ses lèvres esquissent le plus beau sourire que j'ai jamais vu, et mon sang s'embrase. Je n'ai pas le moindre contrôle de mes émotions ni de mes désirs physiques en étant collée à l'homme de mes rêves.

– Avant de te lâcher, j'ai besoin que tu saches que je n'ai jamais dit que je ne voulais pas être avec toi. J'ai simplement dit que je voulais parler boulot avant.

Ses paroles parviennent difficilement à mon cerveau embué, mais mes synapses se remettent enfin en marche, du moins suffisamment pour donner l'ordre à mes jambes de tenir sans l'aide de Milo.

Je fronce les sourcils et tente de reculer, mais il ne me lâche toujours pas.

– Je n'ai pas fini de te vouloir contre moi, Nizhoni.

Il baisse la tête et m'embrasse sur la tempe avant de promener son menton sur ma joue, puis sur ma mâchoire. Ses longs cheveux chatouillent ma peau et je ferme les yeux, respirant ce parfum de cuir et de feu de cheminée qui l'a toujours accompagné.

Soudain, je le sens m'embrasser dans le cou et je frissonne en plantant mes ongles dans son torse.

– Mmm, je te fais de l'effet. C'est parfait, murmure-t-il contre ma peau, me caressant de son souffle chaud.

Je vide tout l'air de mes poumons, perdue et submergée de désir.

– Arrête, je réponds en poussant sur son torse pour reculer. Je ne comprends pas ce qui se passe, je rouspète en m'installant sur une banquette.

Ses lèvres tressautent, m'indiquant que la situation l'amuse, et il s'assoit en face de moi. Une serveuse arrive alors et pose un grand verre de vin blanc sur la table. Je le saisis comme si ma vie en dépendait, et j'en bois plusieurs grosses gorgées. Je me sens sur le point de défaillir tant mon cœur bat fort dans ma poitrine et je suis plus confuse que jamais.

– Je vais prendre une Colorado IPA. Je prendrai aussi un faux-filet, à point. Des pommes sautées et des légumes. Evie ? Tu as déjà dîné ici, qu'est-ce qui te ferait plaisir ?

Je me force à lâcher le verre à pied auquel je m'accroche comme un bébé à son doudou.

– Euh... la même chose.

– Ce sera tout, pour l'instant, déclare Milo à la serveuse avant de river son regard magnétique sur moi.

Je regarde mon verre en me raclant la gorge.

– Tu voulais parler du travail ? je demande d'une voix toute tremblante.

Je ne me suis pas remise de son étreinte et de ses baisers. Ils avaient beau être sur ma tempe et mon cou, je n'ai jamais vu Milo aussi démonstratif. D'ailleurs, je ne le pensais pas capable d'être aussi... intime.

– J'ai changé d'avis. On ne parlera pas de boulot.

– Mais... je commence en fronçant les sourcils.

– C'est toi que je veux, déclare-t-il en s'accoudant sur la table et en joignant ses mains pour y appuyer son menton.

Son regard me transperce et ne me quitte plus.

– Désolée, mais je ne crois pas avoir bien compris. Tu veux quoi ?

Je n'ai jamais été aussi perdue de toute ma vie.

– Toi.

Je gonfle mes poumons et expire lentement.

– Milo, je ne comprends pas.

– Bien sûr que si.

– Non, je ne comprends pas, on se connaît depuis longtemps et tu ne m'as jamais donné la moindre indication que je te plaisais. Du moins, pas avant que je me ridiculise hier soir. Et...

– Je n'étais pas en mesure de te faire part de mon intérêt, avant. Maintenant, si.

Je fronce les sourcils et empoigne mon verre, j'avale si vite que le liquide froid me brûle la gorge.

– Toi, moi, on... je suis perdue.

Mes paroles le font sourire, et il recule sur la banquette pour croiser ses bras, me faisant penser à un dieu imposant qui regarde son disciple.

– Alors, je vais être bien clair, Evie. Je te veux, toi, de toutes les façons qui comptent.

Je cligne bêtement des yeux, mon verre à quelques centimètres de ma bouche. Il esquisse un sourire en coin et se rapproche de nouveau, posant ses mains à plat sur la surface en bois. La table semble minuscule, maintenant que son torse massif est penché dessus.

– Je te veux dans ma vie. Je te veux comme associée, je te veux dans ma maison et je veux ton superbe corps nu sous le mien, dans mon lit. C'est suffisamment clair, Nizhoni ?

Chacune de ses phrases me fait tressaillir et je dois me retenir de me jeter dans ses bras. Milo vient de formuler tout ce dont j'ai toujours rêvé, mais mon cerveau peine à enregistrer les informations. Je ne comprends toujours pas comment on en est arrivés au point où il me dit qu'il me veut comme collègue, mais aussi dans sa vie et dans son lit.

– Euh, ouais. C'est très clair. Limpide, même, je bégaie avant de vider mon verre.

La serveuse apporte nos plats et les pose devant nous.

– Je vais prendre un autre grand verre de vin. Énorme. Le plus grand que vous ayez. S'il vous plaît. Et merci.

Milo ricane, sort sa fourchette et son couteau de la serviette dans laquelle ils sont enroulés, et pose celle-ci sur ses cuisses.

– Mange. Tu vas avoir besoin de forces. Nous avons beaucoup à discuter.

♦

En fin de compte, mon repas a surtout consisté en de copieuses quantités de vin blanc. J'ai enchaîné les verres, évitant d'aborder tout sujet sérieux. Dès l'instant où Milo a parlé de m'avoir nue dans son lit, mon QI semble avoir disparu et mon cerveau être parti en vacances, laissant ma libido danser la macarena et donner les instructions à ma bouche.

Heureusement, Milo est un véritable gentleman, et c'est lui qui m'a reconduite chez moi. Cela dit... je ne suis pas sûre de ce qui s'est passé ensuite.

De minuscules éclats de souvenirs me reviennent au réveil.

Je me rappelle m'être accrochée à la taille de Milo tandis qu'il déverrouillait ma porte.

Je me souviens qu'il m'a emmenée dans ma chambre.

Je crois bien avoir sorti sa chemise de son pantalon pour plaquer mes mains sur son ventre chaud.

Je ne pense pas me tromper en le voyant me déshabiller.

Mais après ça... c'est le trou noir.

Je m'assois dans mon lit et plaque une main sur mon front douloureux.

– Mon Dieu, qu'est-ce qui s'est passé hier soir ? je marmonne en massant mes tempes.

– Tu as bu toute la cave du restau, Nizhoni, dit la seule voix que je ne veux absolument pas entendre ce matin.

Je lève la tête et vois Milo debout dans ma chambre, vêtu de son pantalon et d'un marcel blanc. Ses pieds sont nus, ses superbes cheveux lâchés, et il tient dans ses mains une tasse fumante. Je renifle de merveilleux arômes de café.

– Milo... Tu es toujours là ? je demande en repoussant la couette pour me lever, non sans mal.

– Je ne pouvais pas partir.

– Pourquoi ?

– Premièrement, parce que c'est toi qui portes ma chemise.

Je baisse les yeux et mon cœur s'emballe lorsque je découvre qu'il dit vrai.

– Ensuite, je ne te laisserais jamais chez toi sans m'assurer que la porte est verrouillée. Pas dans l'état où tu étais. Je voulais rester dans les parages au cas où tu aurais eu besoin de moi dans la nuit.

Je promène mes mains sur mon corps et constate que je suis en sous-vêtements sous sa chemise, dont un seul bouton est fermé sur mon ventre et rien d'autre.

– Est-ce qu'on a... ? je demande en désignant mon lit, baissant honteusement la tête.

Il éclate soudain de rire, et je l'observe, aussi fascinée qu'horrifiée. Fascinée parce qu'il est tout simplement sublime lorsqu'il rit à gorge déployée, mais horrifiée parce que je ne me souviens vraiment pas de ce qui s'est passé après qu'il m'a déshabillée.

– Milo, s'il te plaît, on a couché ensemble ?

Je me redresse, épaules en arrière, prête à assumer ce qu'on a pu faire, même si j'étais on ne peut plus saoule.

Il quitte l'embrasure de la porte où il se tient et pose la tasse sur la commode. Il avance vers moi et m'attire dans ses bras, joignant ses mains dans mon dos.

– Mon adinidiin, tu me fais rire.

– Ça veut dire quoi, adinidiin ?

– Ma lumière, répond-il en me souriant tendrement, comme si j'étais l'objet le plus précieux sur terre.

Je contracte ma mâchoire et grimace en me sentant soudain mal à l'aise. Je suis dans ma chambre, collée au torse presque nu de Milo, c'est moi qui porte sa chemise. Et je ne sais toujours pas pourquoi je l'ai sur moi, et voilà qu'il rit et m'appelle « sa lumière ». J'ai l'impression de m'être réveillée dans un monde parallèle.

– Je dors encore ? Peut-être que tout ça n'est qu'un rêve ? je dis en me passant les mains dans les cheveux.

– Tu ne dors pas, mais je veux bien croire que ton cerveau est encore embué après tout le vin que tu as bu.

Je hoche la tête sans un mot.

Il sourit, baisse la tête et effleure mon nez avec le sien avant de m'embrasser au coin de la bouche.

– Viens. J'ai préparé le petit déj.

Sans autre explication, il saisit ma main et m'emmène dans la cuisine. Je me laisse faire en essayant de suivre ses grandes enjambées. Il sort un tabouret de sous le comptoir et je m'y assois, glissant mes mains sous mes cuisses.

Milo fait le tour du bar et se dirige vers la cafetière pour me servir une tasse. Je le regarde faire, fascinée de voir les muscles de ses épaules et de ses bras se bander à chacun de ses mouvements.

Il est immense, et sa peau semble lisse. Je me demande si elle est douce.

– Qu'est-ce que tu mets dans ton café ? demande-t-il, me tirant de mes rêveries.

– De la crème. Beaucoup. Avec une grosse dose d'Ibuprofène, je marmonne.

Je suis surprise lorsqu'il pose aussitôt la boîte de médicaments devant moi. Il me fait un clin d'œil, puis il retourne au frigo pour sortir la crème, qu'il verse dans ma tasse avant de la poser devant moi.

– Où tu as trouvé l'Ibuprofène ? je demande.

– Dans le placard de la salle de bains.

– Tu as fouillé dans mon placard ? Ça ne se fait pas ! Tu ne peux pas faire ça chez les gens, c'est une violation de ma vie privée !

Je prends la tasse et la tiens devant mon visage pour me réchauffer les mains

Il hausse les épaules, se fichant de ce que je lui dis, puis il ouvre de nouveau le frigo. Il en sort des œufs et les pose à côté de la gazinière, où des tranches de bacon cuisent déjà à feu doux.

– Tu as l'air sacrément à l'aise étant donné que c'est la première fois que tu viens ici et qu'on n'a fait que coucher ensemble pour une nuit, je lance d'un ton grinçant.

Il se fige, immobile face à la gazinière pendant plusieurs secondes, avant de couper le feu, de faire volte-face et de contourner le bar pour venir vers moi. Je pose ma tasse et tourne sur le tabouret pour lui faire face, mais il prend aussitôt le dessus en saisissant mes genoux pour écarter mes jambes et se placer entre mes cuisses.

Entre mes cuisses.

Je retiens mon souffle et recule lorsqu'il se penche vers moi. Il pose alors ses mains sur le bar, derrière moi, m'emprisonnant entre ses bras.

– Écoute-moi bien, Evie, car je ne vais le dire qu'une fois. On n'a pas couché ensemble hier soir. Mais ce sera pour bientôt, et quand ce sera le cas, tu seras parfaitement réveillée, sobre, et tu me supplieras de ne jamais m'arrêter. Entre toi et moi, ce n'est pas un coup d'un soir. C'est plus que ça : Milo et Evie.

Je déglutis, essayant de dénouer ma gorge pour parler.

– Et si je ne veux pas de Milo et Evie ? je demande d'une voix rauque.

Il m'offre un sourire machiavélique et se rapproche encore, plaquant son sexe sur le mien, et j'ai honte de constater que je serre les cuisses pour l'empêcher de repartir.

– Ton corps dit l'inverse, Nizhoni.

Sa main lâche le bar pour se poser sur l'extérieur de ma cuisse. Je me mords la lèvre et inspire lentement tandis que sa paume chaude remonte lentement sur ma jambe pour se poser sur ma fesse.

Tout à coup, d'un geste qui doit sortir tout droit de son répertoire de demi-dieu, son énorme main empoigne ma fesse et me soulève pour me coller à lui, sexe contre sexe.

– Mon Dieu, je m'écrie en avançant mon bassin sans le vouloir.

Il me soulève avec ses deux mains et j'entoure sa taille avec mes jambes.

– Milo !

Il se tourne pour s'asseoir sur mon tabouret et me garder à cheval, plaçant son érection pile où je la veux tant.

– Tu as envie de moi, Evie ? chuchote-t-il en posant sa main sur ma joue.

Nos bouches sont à quelques centimètres l'une de l'autre et mon corps croule de désir pour cet homme. Chacun de mes pores, chacun de mes nerfs et de mes muscles s'enflamment et me crient de saisir ce qu'il m'offre.

– Milo... je ne... c'est complètement dingue, je chuchote, si près de sa bouche que je sens son souffle sur ma langue.

– Alors, laissons une chance à la folie.

Il empoigne ma nuque et rapproche encore mon visage du sien. Nos lèvres s'effleurent à peine et je ferme les yeux, entourant ses épaules avec mes bras pour le serrer contre moi et presser ma bouche sur la sienne.

Cette fois, je suis vraiment perdue.

Perdue dans ce baiser.

Milo pousse un grognement et plonge sa langue dans ma bouche. Je découvre enfin le goût de Milo Chavis, l'homme de mes rêves. Mais, c'est encore plus beau que dans mes rêves, et mes pensées se chamboulent. Mon corps s'embrase et je mets de côté mes réserves pour plonger mes mains dans ses longues mèches soyeuses. Ses lèvres sont douces. Il a un goût de café et d'homme. Ce parfum de cuir auquel je l'associe toujours lui colle à la peau et m'envoûte. Sa bouche quitte la mienne pour se promener le long de ma mâchoire et de ma gorge, mais il revient vite pour m'embrasser de nouveau. Nos langues s'entremêlent et dansent l'une contre l'autre, chacune essayant d'avoir le dessus, lorsqu'il rompt enfin le baiser.

– Je savais que tu t'embraserais dès que je te toucherais, dit-il en prenant mon visage dans ses mains pour en étudier chaque centimètre. La seule femme que j'ai toujours voulue, mais que je ne pouvais avoir.

Mon estomac se noue et le vin d'hier soir se mélange au café de ce matin tandis que ses paroles parviennent à mon cerveau malgré le brouillard qui l'enveloppe.

– Je ne comprends pas. La femme que tu as toujours voulue ?

Il plaisante, non ? À quoi il joue ? Mais peut-être que mon esprit a seulement entendu ce qu'il rêve d'entendre ?

– Il faut que tu manges, et moi je dois aller au boulot, dit-il en m'embrassant brièvement sur la bouche. J'ai une réunion.

Il me soulève comme si je ne pesais rien et je pose les pieds par terre en me tenant au comptoir pour ne pas perdre l'équilibre.

– Milo, on vient de s'embrasser, je déclare bêtement.

– Oui, Evie. Et c'est loin d'être la dernière fois, dit-il en rallumant le gaz. Et si tu allais t'habiller, pour que je récupère ma chemise ? demande-t-il en souriant, désignant d'un mouvement de tête sa chemise rouge avant de se concentrer sur les œufs brouillés.

Je baisse les yeux et rougis en me rappelant que je suis toujours à moitié nue. Au moins, on n'a pas couché ensemble. Non seulement je paniquerais mais, en plus, je serais furieuse contre moi-même de ne pas m'en souvenir.

Je file dans ma chambre, enlève sa chemise et mets un legging noir et un débardeur avant d'aller dans la salle de bains.

Mes lèvres sont rouges et gonflées par ses baisers, mes joues sont roses, ce que je n'ai pas vu depuis longtemps, et je suis contente de voir que si mon mascara a coulé un peu, je ne fais pas peur à voir. Pour ce qui est de mes cheveux... c'est une tout autre histoire. On dirait la crinière d'un lion. Je prends le temps de les brosser et de les attacher en un chignon fouillis avant de me laver les dents.

Lorsque je retourne dans la cuisine avec la chemise froissée de Milo, il est déjà en train de manger. Sur le bar, devant mon tabouret, une assiette fumante d'œufs brouillés, de bacon et de pain grillé m'attend. Je m'assois à côté de lui et pose sa chemise sur le dossier de son tabouret. Je crève d'envie de savoir comment je me suis retrouvée à la porter, mais j'ai trop peur et trop honte de lui poser la question.

– Merci pour le petit déj.

J'avale une bouchée d'œufs et découvre que je suis morte de faim.

Nous finissons vite nos assiettes.

– Je vais m'occuper de ranger, je dis.

– Il faut que je file chez moi pour me doucher et partir au boulot. On a encore beaucoup à discuter, Evie.

Je hoche la tête, ne souhaitant pas m'engager alors que je suis complètement perdue.

– Je t'appelle plus tard.

– Ok, ça roule, je réponds, sachant parfaitement qu'il est hors de question que je réponde à son appel.

J'ai besoin de temps pour comprendre ce qui se passe et décider quoi faire. Mais d'abord, j'ai besoin qu'il parte.

– Raccompagne-moi à la porte.

– Euh... d'accord.

Je pose les assiettes, me sèche les mains et le suis dans l'entrée. Il défait le verrou et s'arrête sur le pas de la porte avant de se tourner vers moi.

Il plonge son regard dans le mien.

– Maintenant, embrasse-moi.

Mon cœur bat aussitôt la chamade.

– Je ne crois pas que ce soit une bonne idée. Tu sais, tout s'est passé très vite et je pense qu'il nous faut un peu de recul pour évaluer la situation, je réponds.

Toutefois, je n'ai pas le temps de lui expliquer toutes les raisons pour lesquelles s'embrasser serait une mauvaise idée, car il me saisit par la taille et me plaque de nouveau contre lui, baissant la tête pour me regarder dans les yeux.

– Je ne compte pas reculer, Evie. Je veux seulement avancer avec toi. Tu verras, tu apprendras. Je te montrerai, dit-il avant de s'emparer de ma bouche.

Sa langue effleure mes lèvres et je ne peux pas m'empêcher d'ouvrir la bouche. J'oublie tous mes doutes et passe mes bras dans son dos en me mettant sur la pointe des pieds, profitant de l'instant. J'empoigne ses cheveux pour les tirer et mordille sa lèvre avant de sucer sa langue. Mon Dieu, il est délicieux.

Il finit par reculer et me regarder en souriant.

– Voilà comment on embrasse son homme, Nizhoni.

Mon homme ?

– Euh...

Il prend mon visage dans ses mains et caresse ma joue avec son pouce.

– Je t'appelle. Réponds.

– Mmm-hmm, je murmure bêtement tandis qu'il s'en va en souriant.

Je ferme la porte et m'appuie dessus en fermant les yeux.

– Je suis la femme la plus faible de la terre. Qu'est-ce que je viens d'accepter ?

CHAPITRE 4

Une fois douchée et habillée, je file au travail. Heureusement, je n'avais pas de réunion ce matin, car le temps que j'arrive dans mes bureaux de Colorado Springs, il est déjà onze heures.

Regina Procopio, mon assistante, est une petite femme italienne de soixante ans passés. Elle est la mère de quatre filles qui la rendent chèvre, mais qui l'admirent et l'adorent. Elle me traite comme sa cinquième fille, se mêlant toujours de mes affaires, râlant à propos de mon manque de vie sociale et amoureuse, me disant que je travaille trop.

– Tu n'as pas de rendez-vous, aujourd'hui, mais tu dois encore rappeler Monsieur Chavis. Il est insistant, celui-là, dit-elle en me tendant une dizaine de Post-it où sont notés divers messages.

– Je lui ai déjà parlé. Ou plutôt, j'ai dîné avec lui hier soir et on a... bref, tu peux le mettre de côté, je réponds en désignant le petit carré de papier jaune qu'elle me tend.

Je passe devant son bureau pour me rendre au mien et me laisse tomber dans mon fauteuil, soufflant fort pour dégager la mèche qui tombe sur mes yeux.

Regina se lève sans un mot et se plante devant mon bureau, avec un sourire étrange. Pour une femme de soixante-deux ans qui fume comme un pompier, elle est vraiment en forme. Elle n'a que quelques rides du sourire autour de la bouche et des yeux, et ses yeux noisette me transpercent jusqu'au fond de l'âme.

– Quoi ? je demande en lui faisant les gros yeux.

– Tu as dîné avec Monsieur Chavis. L'homme à la grosse voix incroyable.

– Mmm-hmmm, j'acquiesce en regardant par la fenêtre.

– Et de quoi avez-vous parlé ?

– Ça ne te regarde pas, je réponds en le regrettant immédiatement.

Dire à une femme comme Regina que quelque chose ne la regarde pas la met automatiquement dans les starting-blocks pour en savoir plus. C'est la pire des commères, elle ne tient pas en place et elle se sert de ma vie et de celle de ses proches comme terrain de jeux préféré. Elle vit par procuration en prétendant mener la vie qu'elle aime avec ses enfants, sa petite maison, Dieu et ses clopes.

Le regard de Regina s'illumine et elle s'assoit sur la chaise face à mon bureau, croisant les jambes en souriant jusqu'aux oreilles.

Merde.

Elle est mon assistante depuis que j'ai monté ma boîte il y a une dizaine d'années. Quand Suda Kaye est partie à l'aventure, j'ai passé tous mes Noëls et mes anniversaires avec Regina et sa famille. Je sais donc qu'il n'y a rien que cette deuxième mère aime autant que des infos juteuses à propos d'un homme. Quand je suis sortie avec Stan pendant deux ans, elle me répétait sans cesse qu'elle ne pensait pas qu'il était fait pour moi. Elle le trouvait trop ennuyeux. En fin de compte, elle avait raison même si je le suis sans doute tout autant pour le sexe masculin. Je suis clairement accro à mon travail.

– Ah bon... Ça ne me regarde pas ? Très bien, dit-elle en tapotant son ongle rose sur sa lèvre. En dix ans, à peu près tout ce qui te concerne m'a concernée également. Et comme ta mère, paix à son âme, ajoute-t-elle en se signant, n'est plus de ce monde pour s'occuper de toi, Dieu a décidé de me mettre sur ta route. Cela implique donc qu'il est de mon devoir de le faire. De m'inquiéter, d'être à tes côtés et surtout d'entendre tous les détails croustillants de ton dîner avec Milo Chavis la grosse voix. Maintenant, crache le morceau ! insiste-t-elle d'un ton ferme.

Je croise les bras sur mon bureau et repose ma tête sur mes avant-bras.

– C'est mon béguin d'enfance. Je suis amoureuse de lui depuis que j'ai huit ans. Tout à coup, il a décidé qu'il voulait qu'on fusionne nos entreprises, mais aussi qu'on sorte ensemble. Je suis complètement paumée et je panique, et je viens de réaliser que je dois parler de toi à ma psy, et lui dire que toi et tes filles me rendez heureuse, et que c'est une autre chose, pour lui prouver que je ne suis pas une grosse loseuse !

– Revenons plutôt au dîner avec Milo. Que s'est-il passé ?

Je fronce les sourcils et appuie mon menton sur mes bras pour regarder le visage tendre de mon assistante.

– J'ai trop bu. Il m'a ramenée chez moi. Je me suis réveillée vêtue de sa chemise en ne me souvenant de rien...

Cette fois, c'est Regina qui écarquille les yeux.

– Et...

– Apparemment, il ne s'est rien passé. Il m'a préparé un petit dej. On s'est embrassés deux fois, et il a dit qu'il m'appellerait.

Regina bondit de sa chaise et sautille sur place avant d'esquisser une petite danse.

– Dieu soit loué, le soleil brille de nouveau sur toi !

– Argh ! Pas du tout. Tu ne m'as pas entendue dire que je panique ? Je ne comprends pas pourquoi il me veut. Il n'a jamais fait attention à moi quand on était petits, en dehors de la fois où il m'a sauvée d'une bande de brutes. Et la dernière fois que je l'ai croisé, ou plutôt l'avant-dernière, puisqu'il était aussi à l'inauguration de la boutique de Suda Kaye...

– Il y était ? Mince, je suis tellement dégoûtée d'avoir raté ça ! Si mes filles ne m'avaient pas offert une croisière aux Bahamas avec ma sœur, tu sais bien que j'aurais été là.

– Je sais, je sais, je réponds en me relevant. Bref, l'avant-dernière fois que je l'ai vu, il déjeunait au restaurant avec sa femme !

Regina retient son souffle avec un cri aigu et pose ses mains sur son cœur.

– Il est marié ! s'offusque-t-elle.

– Plus maintenant, apparemment. Du moins, c'est ce que dit Suda Kaye, mais je ne connais pas les détails. Tout ce que je sais, c'est qu'elle était blonde et superbe.

– Il aime un certain type de femmes, alors, dit-elle en souriant. Le tien.

Je me passe la main dans les cheveux et ferme les yeux.

– Je ne sais pas, Reggie. Le timing est bizarre, et le fait qu'il me parle de travail me fait douter de ses intentions.

– Tu penses qu'il se sert de ton attirance pour lui pour faire affaire avec toi ?

– Honnêtement... je suis paumée. Je ne sais pas quoi penser.

– Que te dit ton cœur ?

– Qu'il est tout ce dont j'ai toujours rêvé, je réponds en toute sincérité.

– Et ta tête ?

– Que je suis morte de trouille, je déclare tout aussi sincèrement.

Regina fronce les sourcils, fait le tour du bureau et me tend les bras. Je pousse mon fauteuil en arrière et me lève pour la serrer contre moi, savourant son étreinte. Elle caresse tendrement mes cheveux pendant plusieurs minutes et, quand je me sens plus calme, elle recule et prend mon visage dans ses mains.

– Evie, tu es gentille, tu as réussi en affaires, tu es intelligente et tu es une belle jeune femme. Tous les hommes sans exception se battraient pour t'avoir dans leur vie. Il n'y a rien d'étrange au fait qu'un bel homme veuille être avec toi. Je le sais, parce que je remercie le Ciel de t'avoir dans ma vie et je prie pour te garder avec moi le plus longtemps possible.

Mes yeux se remplissent de larmes parce que la seule mère que j'ai depuis dix ans me déclare son amour.

– Peut-être est-il temps de parier sur un rêve qui ne concerne pas ton travail ? Tu mérites davantage. Je veux plus pour toi, tout comme ta sœur, et ta mère au paradis.

Tu mérites d'être avec un homme bon. De fonder une famille. N'en doute jamais, pas une seconde.

– Je t'aime, Reggie.

Elle sourit et m'embrasse sur le front.

– Je t'aime aussi, ma chérie. Maintenant, prends le temps de respirer, récite-toi un de ces discours motivants que j'entends quand tu penses que personne n'écoute et mets-toi au travail. Et quand Milo t'appellera, plus tard, fais-toi un joli cadeau et décroche.

Lorsqu'elle a fini de me faire part de sa sagesse, elle marche lentement vers la porte.

– Je vais m'en griller une.

– Les cigarettes te tueront ! je lance.

– Sans doute. Mais au moins je mourrai en faisant ce que j'aime ! C'est pas beau, le libre arbitre ?

Le libre arbitre est génial, en effet.

Si seulement je pouvais l'appliquer à ma vie privée, ce serait super.

♦

La clochette au-dessus de la porte de Gypsy Soul, la boutique de ma sœur, tinte joyeusement lorsque j'entre.

Il y a une quinzaine de clientes parsemées dans la boutique, et je repère ma sœur, qui est en train de danser sur « Mamma Mia » d'Abba, derrière sa caisse. Elle tient par la main son employée de seize ans, la faisant tourner sur elle-même sous les applaudissements de la cliente qui attend pour payer.

– J'arrive en retard à la fête, apparemment, je dis en posant mon sac sur le comptoir.

– Sœurette ! s'exclame Suda Kaye en lâchant la main d'Addy pour courir vers moi.

Elle se jette sur le comptoir et m'attire brusquement dans ses bras.

– Oh, tu m'as manqué ! s'exclame-t-elle en m'embrassant. Je sais qu'on en a parlé, mais... tu m'en veux encore ?

– Non. Même si un peu de shopping me ferait le plus grand bien. Les dernières quarante-huit heures ont été un peu bizarres.

Elle plonge sa main dans ses boucles brunes pour leur donner du volume, faisant carillonner le milliard de bracelets dorés qu'elle porte à son poignet. Elle est vêtue d'un crop top et d'une longue jupe ample. Je ne vois pas ses pieds mais, la connaissant, ils sont chaussés de talons compensés couverts de perles ou de paillettes, ou bien de bottes de cow-boy.

– Tu m'as parlé de ton dîner avec Milo tout à l'heure, mais est-ce que tu as décidé de ce que tu vas faire ?

– Non. C'est pour ça que je suis venue. J'ai besoin de l'amour de ma sœur et de faire chauffer ma carte bleue.

– Tu sais bien que je te fais une réduc sur tout ce que tu veux. Du moment que tu couvres mes frais, c'est nickel, dit-elle en souriant.

– Kaye, tu ne gagneras jamais d'argent si tu fais des réduc à tout le monde.

– Roh, arrête. Je m'en sors à merveille grâce à mon homme et aux conseils de la meilleure conseillère financière du monde ! s'exclame-t-elle en tournant sur elle-même, faisant voler sa jupe, révélant une paire de sandales spartiates rouges qui se nouent sous son genou.

Mon Dieu, parfois, je regrette de ne pas être aussi libre et excentrique que ma sœur.

– Merci, Huutsuu. Je vais faire un tour.

– Oooh ! J'ai une superbe-robe à te faire essayer, dit-elle en claquant des doigts.

– Tu veux me la faire essayer, ou que je sois ton mannequin ? je demande d'un ton suspicieux.

La dernière fois qu'elle m'a fait essayer une robe, elle a sorti son téléphone pour prendre des photos, qu'elle a ensuite postées sur son nouveau site internet.

– Je ne peux pas avoir qu'Addy et ses amies comme mannequins, râle ma sœur. Elle a seize ans. Il me faut des femmes plus mûres, aussi ! Et tu m'as promis de m'aider autant que possible. Alors, viens avec moi.

– Eh, oh, tu me dois déjà gros pour m'avoir fait danser devant Milo, tu as oublié ? je marmonne en la suivant à la cabine d'essayage.

– Quoi ? De quoi tu parles ? répond-elle en posant une main sur sa hanche. Tel que je le vois, tu as eu deux baisers sulfureux et tu as vu ton mec en maillot de corps pour la première fois. Selon moi, c'est plutôt toi qui me dois gros ! lance-t-elle en souriant.

Je la fusille du regard, bouche bée.

– Et d'après toi, je devrais te remercier pour ce que tu as fait ?

– Ouaip ! Enfile quelques tenues, et on sera quittes, dit-elle joyeusement.

– Mon Dieu, est-ce que tout le monde est fou, aujourd'hui ? Toi, Milo, Regina ?

– Oh, comment va Regina ? Je l'adore.

– Bien. Elle veut organiser un brunch avec nous et ses filles, un de ces quatre. Elle dit qu'elle veut rassembler tous ses bébés. Tu sais qu'elle t'a adoptée comme sa sixième fille ?

– Ça me va, acquiesce Suda Kaye en haussant les épaules. J'adore cette femme. Je lui dois beaucoup, étant donné qu'elle s'est occupée pendant dix ans de la personne qui compte le plus pour moi.

– Camden ? je plaisante.

– Non, espèce d'andouille, répond-elle en me mettant un coup d'épaule. De ma sœurette. Hmmm, je vais lui trouver un joli foulard ou un bracelet ; je le lui apporterai. Oooh, et quelque chose pour ses filles, aussi. Ça me fera de nouvelles clientes, ajoute-t-elle en souriant.

Je prends le temps de regarder le visage sublime de ma sœur. Elle est vraiment superbe, avec ses longs cheveux bruns, ses yeux caramel, ses pommettes hautes et ses lèvres pulpeuses.

– Tu m'impressionnes, sœurette. Des cadeaux marketing. C'est très futé.

– N'est-ce pas ? Cam m'a convaincue de suivre un cours de marketing à distance, avec la fac de Colorado Springs.

Je m'arrête, stupéfaite.

– Tu es sérieuse ? Tu m'avais dit que tu ne mettrais jamais un pied à la fac. Que les études n'étaient pas pour toi.

– Et c'est vrai. Je ne suis qu'un cours de marketing. À distance. Je n'ai aucune envie de décrocher une licence, je veux juste apprendre deux ou trois trucs qui pourraient m'aider. Si je laisse tomber en cours de route, tant pis.

– Si tu décroches un C ou mieux, je te laisserai m'habiller comme tu veux et prendre des photos où tu veux.

Elle me regarde, bouche bée, et me tend la main pour que je la serre.

– Deal ! Ah ! Tu vas le regretter. J'ai un tas de maillots de bain qui arrivent pour l'été !

Je serre sa main plus fort, refusant de la lâcher.

– Je t'ai dit combien je suis fière de toi ? je demande, la gorge nouée.

Elle m'attire dans ses bras.

– Merci. Venant de toi, je suis particulièrement touchée, dit-elle.

– Tu sais, maman vanterait tes louanges aussi, j'ajoute, et mes yeux se remplissent de larmes.

– J'espère, répond-elle avec un sourire adorable. Tout ça est un tout nouveau monde pour moi, mais je m'y sens bien. Toi, Cam, sa famille, Gypsy Soul, Toko... tout ça me semble juste. Mon cœur et mon âme sont à leur place. Je n'ai jamais été aussi heureuse.

– Ce doit être merveilleux de pouvoir se réjouir de ce qu'on a, je dis, regrettant de ne pas pouvoir en dire de même pour moi.

– Et toi ? Est-ce que tu es satisfaite de ta vie ?

J'y réfléchis longuement, non pas parce que je ne connais pas déjà la réponse mais parce qu'il me faut du temps pour l'accepter.

– En partie, oui.

Suda Kaye hoche la tête d'un air solennel.

– Alors, on va trouver un moyen de combler les trous !

Elle est toujours si positive, à voir le verre à moitié plein. L'avantage, c'est qu'avec elle, j'y crois presque. En tout cas, j'ai envie d'y croire. C'est déjà un début, non ?

♦

Mon téléphone se met à sonner alors que j'enfile une troisième robe pour ma sœur. Je m'étudie dans le miroir en fouillant dans mon sac, décrochant sans même regarder qui m'appelle, occupée à enfiler les talons compensés argentés que ma sœur m'a donnés pour aller avec la robe.

– Evie Ross, je réponds, un peu à bout de souffle.

– Nizhoni, tu as répondu. Tu m'en vois ravi.

Merde ! Je n'avais pas prévu de décrocher et je ne pensais pas qu'il appellerait si tôt. Je recule le téléphone et suis surprise de voir qu'il est dix-huit heures pile.

– Euh… salut, Milo. Comment tu vas ?

– Mieux, maintenant que j'entends ta voix. Tu as déjà dîné ?

– Euh… non, je réponds bêtement, tout en enfilant la deuxième chaussure.

Elles sont un peu petites, mais ce n'est pas grave, puisque c'est seulement pour faire une photo.

– Parfait. Alors, je passe te prendre dans une heure.

– Attends, quoi ? Je ne peux pas, je rétorque en dégageant mes cheveux de mon visage, sursautant lorsque ma sœur ouvre le rideau de la cabine.

– Nom d'un chien ! Tu es méga-canon, Evie ! Waouh ! Les nanas vont s'arracher cette robe quand elles vont voir la photo sur le site.

– Kaye, je suis au téléphone. Donne-moi une minute, je marmonne en me concentrant sur ma conversation avec Milo.

– Tu es habillée comment, Evie, demande Milo d'un ton langoureux.

– Je te demande pardon ? Ah, oui, j'essaie des robes pour ma sœur. Je lui sers parfois de mannequin pour qu'elle ait de nouvelles photos sur son site.

– Et d'après ta sœur, tu es canon.

Je me sens rougir des joues jusqu'aux seins.

– C'est elle qui le dit, pas moi.

– Tu es une femme sublime, Evie. Et comme tu la portes déjà, pourquoi ne pas garder la robe pour que je la voie ? Je suis déjà en route.

– Non ! je m'écrie. Je ne suis pas chez moi, je suis à la boutique de Suda Kaye.

– Je m'en doutais, adinidiin. Je suis à Wigwam, à côté de Pueblo. J'étais en rendez-vous avec un client.

– Allez, dépêche-toi, je veux te prendre en photo, râle ma sœur. Et Cam veut m'emmener au restau, ce soir.

J'agite la main pour dire à Suda de me laisser tranquille.

– Je dois aider ma sœur. Et on est censées dîner avec son mari, je mens.

Suda Kaye fronce les sourcils, penche la tête sur le côté et articule : « Milo ? » Je hoche la tête et elle sourit jusqu'aux oreilles.

– Bien sûr que Milo peut dîner avec nous ! crie-t-elle, si fort que toute la boutique peut l'entendre.

Milo éclate joyeusement de rire.

– Je vois que ta sœur est aussi pressée de nous voir ensemble que moi. Je la remercierai en personne. J'arrive dans vingt minutes. Et... Evie ? dit-il, alors que mon cœur bat la chamade. Mets la robe. Pour moi, déclare-t-il avant de raccrocher.

Je verrouille mon téléphone et le jette dans mon sac.

– Je n'en reviens pas que tu m'aies fait ça ! Encore une fois ! je siffle en grinçant des dents.

– Quoi ? Tu ne voulais pas dîner avec nous ? C'est pas ce que tu as dit au téléphone ? dit-elle en faisant une moue qui se transforme vite en sourire machiavélique.

Une autre sonnerie retentit et Suda Kaye fouille dans son décolleté pour en sortir son téléphone. Elle sourit jusqu'aux oreilles et répond, levant son index vers moi pour me dire d'attendre.

– Bonsoir, Milo, ronronne-t-elle. Oui, Evie porte toujours la robe canon. Mmm-hmmm. Bien sûr que tu peux. Je te fais la réduc familiale, dit-elle joyeusement en se dirigeant vers la caisse. Avec la réduc, elle est à soixante-dix-neuf dollars. Les chaussures sont à quatre-vingts. Ah, le vrai prix ? Quatre-vingt-neuf et quatre-vingt-dix-neuf. Mmm-hmmm. Oh, mais ça me fait plaisir de te faire un prix. Comme pour Evie. Mais elle ne me laisse jamais faire, elle non plus. Vous êtes tous pareils, dans les finances, râle-t-elle en secouant la tête tout en notant quelque chose. Donc, ça fait cent quatre-vingt-huit dollars. Non, en revanche je refuse de compter la TVA. Ok, ça roule. La première tournée est pour toi, acquiesce-t-elle en tapotant sur sa machine.

– Qu'est-ce que tu fais ? je siffle en grimaçant dans les chaussures trop étroites. Aïe ! je m'exclame en la rejoignant sur la pointe des pieds.

– Evie, ces chaussures sont trop petites. Je te donne la taille au-dessus, dit Addy en filant en réserve.

– Pas de problème, poursuit Suda Kaye avant de me regarder. Elle est à couper le souffle. Je te promets que tu ne pourras pas la quitter des yeux. Ni t'empêcher de la toucher, d'ailleurs, ajoute-t-elle en se mordant la lèvre pour se retenir de rire.

Je lui fais les gros yeux, bouche bée.

– Tu es morte ! je chuchote avant de pousser un petit cri en trébuchant dans ces affreuses chaussures.

– Ah ! C'est le karma ! répond-elle en couvrant son téléphone pour que Milo ne l'entende pas. J'ai hâte, lui dit-elle ensuite. À tout de suite. Ciao !

– Ma propre sœur. La pire des traîtresses, je gronde d'un ton menaçant.

Suda Kaye s'éloigne de la caisse pour venir vers moi et pose ses mains sur mes bras.

– J'ai fait ça pour ton bien. Tu plais à Milo. Et Milo te plaît.

– Mais...

Elle secoue la tête et agite son index sous mon nez.

– Pas de « mais ». La vie est trop courte pour se soucier de ce qui peut se passer ou non. Pour une fois dans ta vie, saute à pieds joints pour saisir quelque chose dont tu as toujours rêvé. Arrête de peser le pour et le contre, et d'imaginer les risques. Jette-toi à l'eau, c'est tout. Je suis persuadée que Milo sera là pour te rattraper. Et si ce n'est pas le cas, je serai là pour toi et j'encaisserai tous tes « je te l'avais dit » sans rien dire.

– Et s'il me brise le cœur et que je suis inconsolable ?

– Je te tiendrai dans mes bras et te répéterai qu'il ne sait pas ce qu'il perd, et je pleurerai avec toi. Sœurette... tu ne peux pas savoir ce que tu rates si tu n'oses jamais saisir les occasions qui se présentent. C'est ce que j'ai fait, moi, et regarde ce qui s'est passé. Je suis avec le seul homme que j'aie jamais aimé. Je porte son alliance. J'ai ma propre boutique. Ma sœur est dans ma vie. J'ai une famille. Je ne parcours plus le monde à la recherche de ce que j'avais déjà. Mais je ne regrette pas d'être partie. Je ne saurais pas la chance que j'ai si je ne pensais pas l'avoir perdue. C'est ta chance d'avoir ce que tu as toujours désiré, Evie. Saisis-la.

Tu ne sauras jamais si tu ne te jettes pas à l'eau. Si tu ne tentes pas vraiment ta chance.

Mes épaules s'affaissent et je baisse les yeux sur les chaussures qui me coupent la circulation. C'est alors qu'Addy arrive avec la taille au-dessus. Je les enfile et elles me vont comme un gant. Soudain, je les trouve sublimes. Elles ne me font pas mal. Mon cœur s'emballe et je ne peux pas m'empêcher de voir une analogie entre la première paire et la seconde. J'ai essayé la première et elles ne m'allaient pas. Elles me faisaient souffrir et me blessaient à chaque pas. Or, les mêmes chaussures, dans une taille différente, semblent soudain faites pour moi. Elles me vont, elles sont hyper-sexy, et je suis même à l'aise avec.

Se pourrait-il que l'univers essaie de me dire que Suda Kaye a raison ?

– Très bien. On dîne avec vous. Mais je ne promets rien.

– Super. Et il t'a offert la robe et les chaussures. Il a dit qu'il paierait n'importe quel prix pour te voir dans une tenue canon, dit ma sœur en souriant jusqu'aux oreilles.

Je secoue la tête en soupirant, épuisée.

– Tu peux prendre tes photos pour que je puisse me refaire une beauté avant le restau ?

– Mets-toi là-bas, devant les tableaux.

J'obéis à ma sœur, posant ma main sur ma hanche, faisant scintiller le tissu pourpre sous les derniers rayons de soleil de la journée. Je regarde par la fenêtre et me demande si je suis vraiment capable de prendre un risque avec Milo. En plus de me briser le cœur, il pourrait me dégoûter des hommes à tout jamais. On ne s'est embrassés que deux fois, et tout ce que j'ai vécu avant lui semble déjà insignifiant.

Comment je survivrai si je me donne à lui et qu'il me quitte ? Car il me quittera, c'est certain. Comme tout le monde. Son travail lui prendra trop de temps, ou une autre femme le séduira. Ou, simplement, il finira par se lasser de moi. Après tout, comme me l'a fait remarquer ma psy, ma vie tourne autour du travail et je n'ai aucune passion. Or, Milo est trop intègre pour me tromper. Il se lassera et me quittera. Comme je l'ai fait avec Stanley.

Est-ce qu'une minuscule dose de bonheur avec Milo pourra me suffire et durer tout le reste de ma vie ?

Je ne sais vraiment pas si le jeu en vaut la chandelle.

CHAPITRE 5

J'entends des voitures arriver dans la rue. En tournant la tête vers l'entrée, j'aperçois la tête blonde de Camden qui sort de son 4x4, suivi de près par Milo, qui descend à son tour de son pick-up. Il est en costume, et ses cheveux que j'aime tant sont tressés en une longue natte qui descend dans son dos. Je me surprends à être jalouse de la personne qui a eu le privilège de plonger ses doigts dans ses mèches soyeuses.

– Merde ! grommelle Suda Kaye en regardant Camden. Il est sur son trente et un ! Faut que j'aille mettre une robe, s'exclame-t-elle en saisissant un ensemble noir et doré sur un portant avant de filer vers les cabines d'essayage. Addy, il va falloir que tu fasses la fermeture.

– Ça roule, Madame la Boss ! répond l'employée en passant derrière le comptoir pour encaisser les dernières clientes.

Suda Kaye glousse derrière le rideau de la cabine.

– « Madame la Boss » ! J'adore !

Je regarde Milo et Camden se serrer la main sur le trottoir, et je frissonne en observant leurs corps si virils.

Cependant, les deux hommes ne pourraient pas être plus différents. Camden est grand, un corps d'athlète, des yeux verts, des cheveux blond foncé qui lui arrivent aux épaules et un costume gris qui semble fait sur-mesure. Et son combo bouc-moustache lui va à ravir.

Quant à Milo, il est comme un étalon noir. Il mesure quelques centimètres de plus et il est plus massif, avec une mâchoire angulaire et des pommettes saillantes. Sa peau mate est rasée de près, et la raie de ses cheveux descend au milieu de son crâne avant de disparaître dans sa natte épaisse. Son costume et sa chemise noirs mettent en valeur la pierre turquoise de cette cravate bolo que je lui ai souvent vue. Il porte à la taille une ceinture assortie, avec plusieurs pierres turquoise dont je ne discerne pas la forme d'où je me tiens.

Les deux hommes sont aussi beaux l'un que l'autre, mais il y a quelque chose chez Milo qui embrase mon sang, là où Camden me laisse insensible.

Comme s'il sentait mon regard, Milo tourne la tête vers moi. Il esquisse un léger sourire et me toise des pieds à la tête. Même de loin, derrière la vitrine, je peux sentir la chaleur que dégage son corps tandis qu'il étudie ma tenue.

Je me sens rougir, mais ma gêne cède vite à la panique lorsqu'il avance d'un pas déterminé et s'arrête à moins d'un mètre de moi.

– Nizhoni, tu es plus belle que la lune et les étoiles par une nuit dégagée.

Je baisse la tête et me balance légèrement pour faire tournoyer ma robe, me sentant soudain toute timide.

– Merci.

– Non, merci à toi.

Il pose sa grande main sur ma hanche et m'attire à lui en baissant la tête.

– Je vais t'embrasser, Evie. Tu es prête ?

– Non, je réponds en secouant la tête, parce que ses baisers me perturbent bien trop.

Il me fait un sourire sublime et je me mets sur la pointe des pieds, passant mes bras autour de son cou pour m'emparer de sa bouche.

Il pousse un grognement contre mes lèvres et plonge immédiatement sa langue dans ma bouche, caressant la mienne avec une ferveur qui n'a rien de timide. Je gémis et réponds à ses caresses tandis que sa main remonte dans mon dos pour empoigner mes cheveux et contrôler mes mouvements. Son autre main prend le chemin inverse, descendant sur mes fesses pour les palper et me plaquer contre lui. Je soupire contre ses lèvres, lui laissant prendre son temps, savourant les flatteries de sa bouche experte.

Il rompt le baiser pour m'embrasser sur la joue, la mâchoire, puis dans le cou. Or, c'est en sentant ses lèvres sur ma gorge que mon sang s'embrase, et je contracte mes cuisses en frissonnant de plaisir. S'il continue comme ça, je ne vais pas pouvoir maîtriser ma réaction.

Je découvre alors que je suis affamée. Suda Kaye a raison. J'ai besoin de sexe. Il n'y a que ça qui puisse expliquer la vague de chaleur intense qui me frappe chaque fois que je suis avec lui, l'excitation qui mouille automatiquement ma culotte dès qu'il me touche.

Peut-être que je devrais le laisser me prendre. Ce serait sans doute la meilleure partie de jambes en l'air de ma vie. Mais... et après ? Il ne me resterait plus que le souvenir d'une nuit de rêve. Cela dit, techniquement, c'est mieux que rien.

– Ça, c'est un bonjour en bonne et due forme, mon adinidiin, dit Milo en me serrant dans ses bras.

Pour la première fois de la journée, je me sens en sécurité et en paix.

Je frémis en l'entendant m'appeler sa lumière, et je pose ma tête contre son torse chaud. Mes pensées se chamboulent. Après la journée et la nuit que j'ai eues, je ne sais plus où donner de la tête.

Néanmoins, pour l'instant, je crois qu'il est temps de lâcher prise, de passer un bon moment avec ma sœur et son mari, et de profiter de la soirée sans me poser trop de questions.

Ma psy serait fière de moi.

– Ooooh, vous êtes trop mimi, à vous câliner, se moque Suda Kaye, sortant de la cabine vêtue d'une robe ultra-moulante et ultra-courte.

Jamais je ne porterais une jupe aussi courte, mais avec sa couleur de peau, elle est vraiment à couper le souffle.

– Ma biche, tu es canon. Diaboliquement canon, même. Ça te couvre les fesses, au moins ? ricane Camden.

– Je ne sais pas, tu veux vérifier ? demande-t-elle d'un ton faussement timide.

Elle se tourne lentement sur ses talons compensés dorés. Ma sœur ne met que rarement des escarpins, car elle dit que ça l'empêche de courir. Je ne vois pas pourquoi elle s'attend à devoir courir en talons, mais Suda Kaye a toujours été une énigme et elle se fiche de ce que pensent les gens. C'est quelque chose que j'admire autant que je déteste, puisque c'est ce qui lui a permis de m'abandonner il y a dix ans.

Camden saisit ma sœur par la taille et plaque ses fesses contre lui avant de se baisser pour l'embrasser sur le cou et la mâchoire.

– Tu es à croquer, lui dit-il. On ferait mieux de partir tout de suite, sinon je ne pourrais pas m'empêcher de te traîner dans le studio à l'étage, annonce-t-il en me faisant un clin d'œil.

Je me couvre la bouche, à la fois choquée et amusée.

– Ah, j'ai oublié de te dire qu'on dînait avec Milo et Evie. Ça ne te dérange pas ? demande ma sœur en se tournant vers lui.

– Bien sûr que non. J'adore passer du temps avec notre Sunshine, répond-il en souriant avant d'embrasser sa femme sur la bouche.

– Apparemment, mon Evie fait briller son adinidiin sur d'autres que moi. Hmmm, Sunshine, répète Milo d'un ton que j'ai du mal à analyser.

Je ne sais si c'est un compliment ou de la jalousie. Peut-être un peu des deux. En tout cas, je l'espère.

Mon estomac émet soudain un horrible gargouillis et je le couvre avec ma main, morte de honte.

– Tu as mangé quelque chose depuis le petit déj ? demande Milo d'un ton ferme.

– Euh...

– Non, apparemment. Alors viens. On y va. Camden ?

– J'appelle le restau pour leur dire qu'on sera quatre. Tu n'as qu'à me suivre. À moins que vous vouliez qu'on prenne une seule voiture ? demande Camden sans conviction.

– Non, répond Milo en me prenant par la taille. Mais merci.

– Allons-y alors. Ma biche, ton carrosse t'attend.

– *Bye,* Addy ! Et merci ! crie Suda Kaye par-dessus son épaule.

Je me tourne vers la caisse pour saluer la jeune fille, qui court soudain vers nous.

– Attendez ! Il faut immortaliser ce genre de moment ! dit-elle en nous rejoignant dans la rue, son téléphone dans la main. Allez, rapprochez-vous.

– Bonne idée ! dit Suda Kaye en prenant son mari par la taille.

Je me mets à ses côtés et me tourne vers Milo avant de me figer, ne sachant pas quoi faire.

– Qu'est-ce qu'on fait ? marmonne Milo en me serrant contre lui, m'ôtant la décision des mains.

– Ça prendra quelques secondes. Et souris, je préviens, alors qu'Addy se prépare.

– Ça va être top pour le site, avec vos robes et vos chaussures, dit la jeune fille avant de se concentrer. Ok, maintenant on prend une photo marrante !

Je lève la tête vers Milo, qui fronce les sourcils.

– Elle veut qu'on soit drôles, je lui dis.

– Non ! rétorque-t-il.

Je soupire et regarde Suda Kaye passer derrière Camden pour lui sauter sur le dos. Heureusement qu'on est devant le 4x4, sinon elle montrerait ses fesses à toute la rue.

Milo regarde le couple d'un air envieux et me surprend en se baissant pour passer une main sous mes genoux et l'autre dans mon dos. Il me soulève brusquement et mes jambes s'envolent, me faisant éclater de rire.

Je lève la tête vers lui et découvre qu'il sourit jusqu'aux oreilles. Un sourire resplendissant. Bon sang, il devrait faire ça plus souvent.

– *Yes* ! s'écrie Addy. Trop cool !

Ça fait une éternité que je ne me suis pas sentie aussi libre et détendue. Je ne sais pas à quand remonte la dernière fois que j'ai ri avec ma sœur et avec un nouveau petit ami. Si c'est ce qu'est Milo...

Je me force à mettre mes doutes de côté et me réprimande de les avoir eus. Ce soir, il est question de s'amuser, et je m'interdis de me prendre la tête.

– Merci, Addy. Tu pourras me les envoyer ? Je te les transférerai, sœurette, dit Suda Kaye.

– Merci, ma belle.

J'ai hâte de voir une photo de moi et de mon mec, ça doit faire des mois que je n'ai pas été aussi excitée. Je lève la tête vers Milo et découvre son regard rivé sur ma bouche.

– J'adore te voir sourire, Evie. C'est pour ça que je t'ai toujours trouvée sublime. Même quand tu étais petite, ton sourire était hypnotisant. Un sourire comme le tien peut changer le monde. En tout cas, le mien est déjà chamboulé.

Ma gorge se noue devant la sincérité de sa déclaration.

Je cherche encore quoi lui répondre lorsqu'il m'embrasse tendrement sur la bouche.

– Allez viens, dit-il. Ma femme a faim.

– Ta femme ?

Il ricane et je regrette de ne pas pouvoir l'embrasser pour lui ôter son air narquois.

– Oui.

– On a encore beaucoup de choses à décider, pourtant !

Je trouve important de garder les pieds sur terre pour ne pas oublier la nature complexe de notre relation.

– Pas à ce sujet, non. Tu es à moi, Evie Ross. Et je prendrai le temps qu'il faudra pour te le prouver.

Il ouvre la portière de son pick-up et m'aide à y grimper.

– Voilà qui promet d'être intéressant… je marmonne.

Il fait soudain un pas vers moi, me bloquant dans l'embrasure de la portière, et il place son visage à quelques centimètres du mien avant de poser sa main sur ma joue.

– Rien ne m'empêchera de te faire mienne. Rien ne m'arrêtera ; aucune montagne ne sera trop haute ni trop raide, aucune distance ne sera trop grande. L'âge et les circonstances nous ont empêchés d'être ensemble lorsque nous étions plus jeunes. Mais je ne laisserai plus rien me priver de mon destin. Et mon destin, Nizhoni, mon Evie, c'est toi.

♦

– À boire, et vite ! s'exclame Suda Kaye lorsque la serveuse nous installe à notre table.

– À manger, plutôt, dit Milo. Evie a besoin de manger tout de suite.

Je suis installée au fond de la banquette, contre le mur, et Milo s'assoit à côté de moi, ne perdant pas de temps pour passer un bras autour mes épaules.

– Je vais bien, je peux attendre pour commander, je réponds. Mais je veux bien un Cosmopolitan.

Milo attend que Suda Kaye et Camden aient commandé pour s'adresser à la serveuse.

– Un whiskey, pur. Et on aimerait aussi grignoter quelque chose ; je vous laisse choisir.

– Oooh, j'adore la nourriture surprise ! dit Suda Kaye en gigotant sur place, tout excitée.

– Tu aimes les surprises tout court, ma biche, ricane Camden.

– C'est vrai, admet-elle en haussant les épaules.

Je regarde le menu avant de choisir un filet de poulet grillé, sans purée, avec un supplément de légumes. Camden commande un plat de pâtes, et Suda Kaye et lui envisagent de partager leurs plats. Bien évidemment, Camden concède à ma sœur tout ce qu'elle veut.

– Ma nana aime avoir le choix, dit-il en souriant.

Milo commande la même chose que moi, mais choisit comme accompagnement une pomme de terre au four.

– Qu'est-ce qui a fait disparaître ta joie ? me demande-t-il lorsque je fronce les sourcils.

– Ben maintenant, je regrette de ne pas avoir pris la pomme au four, moi aussi.

Il se penche pour m'embrasser sur la tempe.

– Ce qui est à moi et à toi, Evie. Je partagerai.

– Oh, c'est trop mignon. N'est-ce pas que c'est troooop mignon, Evie ? s'exclame ma sœur.

Je soupire en la fusillant du regard.

– Oui, Suda Kaye, Milo est très gentil de bien vouloir partager.

– Milo, dis-moi, comment se porte le milieu de la finance ? demande Camden.

Les deux hommes se mettent alors à parler travail et, si j'aurais bien des choses à dire étant donné que c'est aussi mon domaine, je suis contente qu'ils apprennent à se connaître. Je ne les écoute que d'une oreille lorsque j'entends Milo prononcer mon nom. Je tourne la tête vers lui :

– Qu'est-ce que tu as dit ? Je n'ai pas entendu.

– J'expliquais à Camden mon idée de fusionner avec toi. De ne former qu'une seule entité qui sera incontournable pour les membres de nos tribus.

– Mais mes clients ne sont pas amérindiens, je réponds. Enfin, peut-être que certains le sont, mais ce n'est pas le genre d'information que je retiens.

– Je sais, mais moi oui. Tous les miens le sont. Et je suis désormais en mesure de faire croître mon entreprise, mais il me faut plus de poids. Je dois prouver que je peux agrandir ma clientèle, notamment en matière d'entreprises. C'est là que tu interviens.

– C'est-à-dire ?

– Ton portefeuille de clients compte surtout des entreprises, n'est-ce pas ? demande-t-il.

– Oui, mes comptes professionnels ont presque triplé en six mois, en effet.

Il sourit jusqu'aux oreilles, saisit ma main et la porte à sa bouche.

– C'est pour ça que j'ai besoin de ton expertise et que je propose qu'on fusionne.

Suda Kaye pousse un petit cri de surprise.

– Une fusion ? Alors, les fruits du travail de ma sœur seraient à toi aussi ? demande-t-elle d'un ton suspicieux.

– Oui. Et tout ce que j'ai construit serait à elle. Ensemble, notre croissance serait astronomique. J'ai déjà rédigé un business plan. C'est en partie pour ça que j'ai besoin de toi, Evie.

– Attends une seconde, répond ma sœur d'un ton inquiet. Tu es là pour charmer ma sœur parce que tu veux faire affaire avec elle ou parce que tu veux être son mec ? demande-t-elle en l'étudiant de près.

Camden intervient :

– Ma biche, ce que veut Milo ne te regarde pas. C'est entre Evie et lui.

– N'importe quoi ! C'est ma sœur. On se soutient l'une l'autre. Maintenant réponds, Milo. Qu'est-ce que tu veux, précisément ?

– Suda Kaye ! je gronde d'un ton menaçant alors que Milo me prend par la taille et me ramène contre lui.

– Suda Kaye, j'ai la ferme intention d'avoir une relation intime et privée avec Evie, dit-il en m'embrassant sur l'épaule. Néanmoins, ce n'est pas la seule relation que je désire.

Elle fronce les sourcils et le regarde d'un air méfiant.

– Tu es sûr que la relation intime ne dépend pas de la relation professionnelle ? Il est hors de question que tu te serves de ma sœur. Elle a suffisamment souffert dans sa vie.

– Je suis d'accord, et je n'ai pas l'intention de la blesser, bien au contraire. Je veux lui offrir une vie merveilleuse : amour, travail, mariage, enfants, et tout le reste.

Suda Kaye et moi nous redressons toutes les deux pour dévisager Milo d'un air stupéfait.

– Je n'en reviens pas que tu dises ça, je siffle.

– Pourquoi ? Mes intentions ont pourtant été très claires, ces derniers jours.

– Mais je... tu...

Je secoue la tête, horrifiée par ce qu'il vient de dire. L'amour, le mariage, les enfants... !

– Evie, tu fais partie de ma vie et ça ne changera jamais. Bientôt, tu seras toute ma vie, et moi la tienne.

– Mon Dieu, chuchote Suda Kaye en joignant ses mains en signe de prière. Je suis désolée d'avoir douté de toi. Je ne savais pas que tu étais aussi sérieux, dit-elle, folle de joie.

– Ce n'est rien, répond Milo en souriant. J'ai conscience que tout ça est très soudain...

– Soudain ? je gronde. Tu avances à la vitesse de la lumière ! On s'est embrassés une poignée de fois, et maintenant tu parles enfants et mariage !

Soudain, mon cœur s'emballe et je peine à respirer.

– Respire, Evie. Evie, inspire... et expire... dit Camden. Merde, j'ai déjà vu ça. Elle fait une crise d'angoisse.

Et là, les souvenirs des va-et-vient incessants de ma mère me reviennent et j'en ai les larmes aux yeux. Ils sont accompagnés d'images de Milo m'offrant tout ce dont je rêve pour me le retirer en me quittant. Je secoue la tête, inlassablement, et une bouffée de chaleur me saisit, comme si j'étais restée assise trop longtemps devant une cheminée. J'ouvre la bouche, mais je ne peux pas respirer, ma vue se trouble.

Suda Kaye pousse mon verre vers moi, mais je n'ai pas assez d'énergie pour le saisir.

– Evie, chuchote Milo en prenant mon visage pour me regarder de ses yeux inquiets. Respire avec moi, Evie.

Je fais ce qu'il dit, mais c'est trop rapide. J'inspire, j'expire. Son beau visage devient flou... et je perds connaissance.

Environ une minute plus tard, je cligne des yeux et sens un tissu mouillé sur mon front et dans ma nuque.

– Elle revient à elle, dit Suda Kaye d'une voix qui me semble lointaine.

– Qu'est-ce qui s'est passé, je demande en enlevant le gant mouillé de ma nuque pour le poser sur la table.

– Tu t'es évanouie, Nizhoni, répond Milo en remplaçant le gant sur mon front par un tendre baiser. Je ferai plus attention, à l'avenir, ajoute-t-il.

– Est-ce que ça va ? demande ma sœur en me tendant la main.

Je la serre dans la mienne tandis que les sons et les lumières du restaurant reprennent leur aspect normal. Je regarde le beau visage de ma sœur dont les yeux se remplissent de larmes.

– Je suis désolée. Je n'aurais pas dû harceler Milo. Si je n'avais pas insisté, tu n'aurais pas paniqué. Mon Dieu, est-ce que ça va ?

– Oui, ça va. C'est juste... je ne sais pas ce qui s'est passé. Ça ne m'est jamais arrivé. J'ai... je me suis évanouie ? je dis en tournant la tête vers Milo. Peut-être que c'est parce que j'ai bu de l'alcool avant de manger...

– J'ai été trop insistant, trop pressé. Je suis désolé, Evie. Sincèrement.

Il pose de nouveau sa main sur ma joue et me regarde dans les yeux, révélant toute son inquiétude et sa peine. Je pose ma main sur la sienne et frotte ma joue contre sa paume chaude.

– Je vais bien. Promis. Juste... je vais manger et boire de l'eau.

– Ouf, vous allez bien, dit la serveuse en posant un verre d'eau devant moi. J'avais peur de devoir appeler les pompiers.

On s'en va, dit Milo en se levant.

Je tire sur sa main en regardant autour de moi, espérant que personne ne nous regarde.

– Non, je veux rester. Profiter du dîner. Mais allons-y doucement, tu veux ? je dis en le forçant à se rasseoir. Vous pourriez peut-être m'apporter du pain ? Je pense que j'ai fait une hypoglycémie ou quelque chose du genre, j'ajoute à l'intention de la serveuse.

– Oui, bien sûr ! Tout de suite ! s'exclame-t-elle en courant vers un buffet pour en rapporter une corbeille de pain. Je vais chercher vos hors-d'œuvre, vos plats vont arriver.

– Merci.

– Tu devrais rentrer. Peut-être même aller à l'hôpital, propose Milo.

– Mais non, je vais bien, je promets avant de mordre dans un morceau de pain et de réaliser combien j'ai faim. Tu vois ? Je me sens déjà mieux.

Milo éloigne mon Cosmo et m'approche le verre d'eau, Suda Kaye ne perd pas de temps pour saisir mon cocktail et le vider d'un trait.

– Tu m'as fichu une sacrée trouille ! dit-elle en reposant le verre vide.

– Je ne sais pas ce qui s'est passé, mais je me sens déjà mieux. Je veux juste profiter de la soirée. Camden, parle-moi de ta famille ; tout le monde va bien ? Kaye me dit que tu bosses comme un fou, tu travailles sur quoi en ce moment ?

Camden accepte volontiers de servir de diversion, nous parlant de son travail avant de nous raconter les aventures de ses trois frères. CJ, le plus âgé, est gaga d'une photographe depuis qu'il a vu son travail à l'inauguration de la boutique de Suda Kaye. Porter travaille comme un acharné, mais ça, je le savais déjà, et Preston est sous le viseur d'une auditrice qui travaille pour le gouvernement et qui épluche ses comptes sur les cinq dernières années. Apparemment, Camden pense que Preston a le béguin pour elle.

– Un coach sportif et une auditrice financière ? Pourquoi pas, je réponds lorsque mon beau-frère a fini de parler.

– Et c'est un mec tellement bien ! Il mérite d'être avec une nana futée qui va le tenir en alerte ! ajoute Suda Kaye en souriant.

Heureusement, mon optimiste de sœur a déjà oublié mon petit passage à vide. Après tout, elle a toujours eu le don de rendre une situation désagréable parfaitement supportable. Ça fait partie de ses super-pouvoirs.

Milo tend sa carte bleue à la serveuse.

– C'est mort, mec. On partage au minimum la note en deux, dit Camden.

– Et si on disait que le prochain repas est pour toi ? D'ailleurs, j'aimerais faire ça rapidement. La famille compte beaucoup pour Evie. J'aimerais qu'on se voie régulièrement, tous les trois.

Suda Kaye semble sur le point de défaillir tant elle est heureuse, s'agrippant au bras de Camden pour appuyer sa joue contre son épaule.

– Je t'aime, Milo, roucoule-t-elle.

– Tu ne sais pas ce que tu viens de faire, mec, répond Camden en riant.

Milo ricane, paie la note et prend ma main.

Je les observe en silence, ne sachant comment réagir. C'est comme si tout ce que j'ai toujours désiré était devant moi, à ma portée, attendant que je m'en empare, sauf que c'est couvert d'épines et de serpents. J'ai trop peur de saisir ce que je veux. En tout cas, pour l'instant. Ce qui m'inquiète le plus, c'est que je ne sais pas si j'y serai prête un jour. Je n'arrive pas à croire qu'une fois que tout ça sera entre mes mains, ça le sera pour toujours. Car, d'expérience, rien n'est aussi simple. Surtout lorsqu'il s'agit d'amour et de confiance. Comment suis-je censée accepter que tout soit en train d'arriver, tout en sachant que tout peut aussi facilement disparaître, du jour au lendemain ?

CHAPITRE 6

Ce n'est qu'au bout d'une demi-heure, lorsqu'on ne prend pas la sortie 25 de la voie express, que je comprends qu'on ne va pas chez moi. Honnêtement, je suis trop fatiguée pour dire quoi que ce soit. Je regarde par la fenêtre, observe le paysage, qui devient de plus en plus rural, jusqu'à ce que Milo prenne la sortie pour Lake Avenue.

Je tourne alors la tête et étudie son visage de profil. Avec ses cheveux en arrière, le clair de lune illumine ses traits virils qui, au repos, sont un peu plus doux. Il semble plus paisible. Je trouve toujours Milo superbe, mais également froid et stoïque. Il impose le respect non seulement par sa taille mais aussi par sa capacité à rester calme et à être direct et franc. Il ne sourit pas, à moins que ce soit sincère. Les sourires de Milo Chavis ne sont pas à prendre à la légère, et tout le monde n'y a pas droit. Lorsqu'il me sourit, je sais qu'il m'offre son attention et son admiration. Or, ce n'est pas rien, d'être admirée par cet homme.

– On est presque arrivés, Nizhoni.

Je cligne des yeux, émergeant lentement de mes pensées pour regarder de nouveau par la fenêtre.

– Et on va où, exactement ?

– Chez moi, sur ma terre.

Soudain, je panique de nouveau.

– Euh... et pourquoi on va chez toi, plutôt que chez moi ?

Il remonte une longue allée de gravier et s'arrête devant un immense chalet.

– Tu vis ici ? je demande en admirant le chalet à deux étages, entouré d'une immense véranda.

– Oui, répond-il simplement.

Je sors de la voiture et observe les environs.

– Tu vis dans un chalet ?

Il fait le tour du pick-up, prend ma main et m'entraîne vers la porte d'entrée.

– Oui.

– Et tout ça est à toi ? C'est toi le propriétaire ? je demande, surprise.

– De cent vingts hectares, oui.

– On est dans Emerald Valley, non ?

Il hoche la tête et me fait gravir les marches.

– Il y a un lac, je dis en désignant l'endroit où la lune se reflète sur une étendue d'eau.

Un ponton avance sur le lac, une petite barque y est attachée.

– J'aime l'eau, répond-il simplement.

Il aime l'eau.

Je m'arrête lorsqu'il lâche ma main pour sortir ses clés de sa poche, et je lui tourne le dos pour avancer sur le porche.

– Tu as une montagne dans ton jardin.

– En effet.

– Comment c'est possible ? je demande en secouant la tête. C'est digne d'un conte de fées.

Sa bouche tressaute mais, plutôt que de répondre, il avance vers moi et s'arrête dans mon dos pour poser ses mains de part et d'autre des miennes sur la rambarde, appuyant son menton sur mon épaule. Il m'attire alors contre lui.

– Je sais placer mon argent. Quand le marché immobilier a chuté, il y a une dizaine d'années, j'ai vendu mes actions pour acheter cette maison.

– Waouh, c'est incroyable. Vraiment sublime, je chuchote en regardant les pins immenses qui bordent le lac, la montagne et la lune.

Je n'ai jamais vu de paysage aussi apaisant et, dans les bras chauds de cet homme, je plonge dans un calme rêveur. Ça me rappelle la réserve, la nuit.

– Presque autant que toi, répond-il en resserrant son étreinte.

– Milo, qu'est-ce que je fais ici ? je demande en soupirant et en fermant les yeux.

– Je crois que tu as toujours été censée être ici, chuchote-t-il contre ma joue avant de m'embrasser sur la tempe. Viens, je vais te faire un thé.

Un thé.

Ce type m'a emmenée jusqu'ici depuis Pueblo et, maintenant, il va me faire un thé. C'est officiel, je suis dans un monde parallèle.

Il me prend par la main, ouvre la porte et allume les lumières. Je le suis dans une large entrée qui s'ouvre sur une immense pièce à vivre, avec un salon et une cuisine ouverte. Tout mon appartement pourrait tenir dans cette pièce. Sur la droite, les placards de la cuisine semblent se fondre dans les murs en bois. Sur le mur du milieu se trouve une immense cheminée en pierres massives. Sur la gauche, un mur de baies vitrées offre une vue sublime sur le lac et la montagne. Je ne vois pas grand-chose dans la nuit, mais j'imagine que la vue est à couper le souffle. À gauche de la cuisine se dresse une grande table en bois pour douze personnes. Ce serait parfait pour un dîner de Thanksgiving en famille.

Enfin, au centre de la pièce, un grand canapé en U fait face à la cheminée. Sur le sol, il y a un immense tapis amérindien orange, noir, marron et turquoise. Sur une table basse, des magazines posés en éventail, *Forbes*, *Native People*, *National Geographic* et *Entrepreneur*, parmi d'autres. En revanche, je note qu'il n'y a pas de télévision.

Milo me laisse découvrir sa maison en silence, s'affairant dans la cuisine.

– Tu n'as pas répondu à ma question tout à l'heure. Qu'est-ce que je fais ici ? je demande en posant mes mains sur le plan de travail en granit blanc.

– Tu t'es évanouie et tu ne veux pas aller à l'hôpital. J'ai donc besoin de rester avec toi pour m'assurer que tu vas bien, répond-il en allumant le gaz pour chauffer l'eau.

– Je t'ai dit que j'allais très bien.

Sa bouche se pince, il se place en face de moi, de l'autre côté du plan de travail, et pose ses mains à plat sur la surface en granit.

– En t'amenant ici, j'en aurai la certitude.

– Milo, qu'est-ce qui se passe ? je demande d'une voix timide.

– Je prends soin de toi.

– Je n'ai besoin de personne. Ça fait longtemps que personne ne s'occupe plus de moi.

– Et j'ai la ferme intention d'y remédier, répond-il d'un air triste.

Je baisse la tête et soupire avant de chercher de nouveau son regard.

– Pourquoi maintenant ?

– Peut-être que c'est ainsi que c'est censé être ? répond-il.

– Et Kimberly ?

– Tu n'as pas à te soucier d'elle, dit-il en fronçant les sourcils.

– C'est ta femme ! je m'exclame en faisant un pas en arrière.

– Plus depuis longtemps, dit-il en secouant la tête. C'était fini bien avant que notre divorce ne soit officialisé, il y a quelques mois.

Mon cœur bat la chamade et mon ventre se noue.

– Je vous ai vus au restau...

– Elle était venue dire au revoir. C'est ce jour-là que le divorce a été acté.

Je réfléchis à sa réponse et m'efforce de sembler calme alors qu'en mon for intérieur, c'est la panique. J'ai appris cette astuce grâce aux années de déception infligées par ma mère, chaque fois qu'elle annonçait qu'elle repartait à l'aventure.

– Je suis navrée de l'apprendre, je réponds.

Cependant, je ne suis pas certaine que ce soit vrai... Il faudra que j'en parle à ma psy.

– Dans mon cœur, je ne le suis pas, moi, dit Milo d'une voix sûre. Mais dans ma tête, avec ce que je pense du divorce, je suis partagé.

– Parce que le divorce est mal vu dans notre culture. J'ai grandi en entendant qu'on se mariait pour la vie, moi aussi. C'est en partie pour ça que ma mère est restée avec mon père, même après qu'ils se sont séparés et qu'elle a couché avec le père de Suda Kaye.

Milo hoche simplement la tête.

– Vous avez été mariés combien de temps ?

– Dix longues années solitaires.

– Solitaires ? je demande en fronçant les sourcils.

– Kimberly est actrice. Elle était plus souvent en tournage qu'à la maison. Moi, je ne voulais pas de sa vie de paillettes et de glamour. Elle faisait ce qu'elle voulait, et moi je restais ici.

– Alors, c'est la distance qui a eu raison de votre couple ? je demande, curieuse de comprendre ce qui s'est passé.

Milo grimace au moment où sa bouilloire se met à siffler. Il se tourne et la retire du feu avant de la poser sur un dessous-de-plat. Je le regarde ensuite sortir deux tasses noires d'un placard et remarque que tous ses gestes semblent mesurés et calculés.

– La distance peut rendre l'amour plus fort, répond-il d'un ton mystérieux.

Je ne dis rien, me contentant de l'observer remplir une boule à thé de feuilles vertes.

– Comme avec ta sœur. Elle est partie longtemps, non ?

Je hoche la tête.

– Et est-ce que ton amour a disparu ?

– Non, j'admets. Je crois que je l'aimais encore plus parce qu'elle me manquait.

Il m'offre un sourire minuscule, comme s'il était fier de ma réponse.

– C'était pareil pour moi. Mais pas pour Kimberly.

– Comment ça ?

– Elle a invité un autre homme dans son lit. Plusieurs hommes, même.

Son dos se voûte et mes pieds réagissent aussitôt, instinctivement. Je me retrouve derrière lui, mon front contre son dos, mes mains sur ses bras.

– Je suis désolée qu'elle t'ait fait du mal.

Je glisse mes mains sur sa taille et il les saisit pour les poser sur ses pectoraux. Il prend une profonde inspiration et j'ai l'impression que ce sont mes poumons qui se gonflent. Je ferme les yeux et, par la pensée, j'essaie de lui donner toute ma force.

– Ma tendre Evie, ta présence me permet d'y voir plus clair. Je comprends pourquoi j'ai souffert, à présent. Il fallait que je souffre pour être ici. Pour t'avoir à mes côtés. Tu es la beauté que j'ai méritée, qui récompense ma souffrance.

Il se tourne et prend mon visage dans ses mains alors que mes yeux se remplissent de larmes.

– Tu ne vois pas, Evie ? Tu es ma lumière au bout d'un long tunnel sombre. Mon trésor, ma récompense, après toute cette souffrance et tous ces sacrifices.

Une larme coule sur ma joue et il se penche pour l'embrasser.

– Tu pleures pour moi, dit-il d'une voix émue. Je n'ai jamais désiré une femme comme je te désire. Tu es un désir, un besoin qui vit en moi. Une chose bien réelle qui grandit chaque jour en moi. Est-ce que tu la sens ?

Il saisit ma main et la pose sur son cœur. Je retiens mon souffle en sentant ses battements sous ma main et mes larmes coulent de plus belle. Soudain, un courant électrique parcourt ma main comme un éclair.

– Je ferai tout pour que tes larmes deviennent des larmes de joie, mon adinidiin.

Il baisse de nouveau la tête pour embrasser chacune de mes larmes avant de s'emparer tendrement de ma bouche. Mon sang s'embrase aussitôt et je deviens esclave de mon désir. Je passe mes bras autour de son cou, penche la tête sur le côté et l'embrasse avec toute ma fougue, lui offrant tout ce que j'ai.

Mon désir.

Ma peur.

Mon cœur.

Milo accepte mon offrande, il empoigne ma nuque en plongeant également sa langue dans ma bouche. De toute ma vie, je n'ai jamais rien connu d'aussi bon, d'aussi puissant, d'aussi juste.

Il me plaque contre le plan de travail et prend son temps pour goûter à ma bouche, caressant ma langue avec la sienne, mordillant ma lèvre inférieure avant de sucer la supérieure. Je miaule et soupire à chaque nouvelle exploration, ne me privant pas d'en faire de même.

Je suis persuadée qu'il va passer à la vitesse supérieure lorsqu'il rompt le baiser et recule pour me regarder de ses yeux brûlants.

– Je savais qu'on prendrait feu, dit-il en caressant ma joue du bout du doigt, comme s'il mémorisait les traits de mon visage.

– Euh... peut-être qu'on devrait aller dans un endroit plus... confortable ? je demande en me sentant rougir.

Il sourit jusqu'aux oreilles et mes genoux se mettent aussitôt à trembler.

– Pas ce soir. Mais bientôt.

– Pourquoi pas ? On est tous les deux partants...

– Non, on fera ça comme il faut. Mon dernier mariage a commencé par ce qui était censé être une romance d'un soir, répond-il, et son regard devient froid soudain, comme s'il protégeait ses sentiments. Je refuse de prendre ce risque avec toi.

– Un risque ? Qu'est-ce que tu risques ?

– Notre avenir.

Je lui fais les gros yeux, confuse. Me voilà en train de parler de sexe alors qu'il parle du futur.

– Tu ne crois pas que tu mets la charrue avant les bœufs ? je demande en caressant son torse. Et puis, le sexe permet aussi d'apprendre à se connaître...

J'avance un peu pour coller mon bassin contre le sien, sentant son érection sur mon ventre. Je lève les yeux vers lui et me mords la lèvre en glissant ma main le long de sa verge épaisse.

Il pousse un sifflement et recule, me tenant à bout de bras.

– Je ne comprends pas. Tu as envie de moi. Tu m'as dit que tu me voulais dans ton lit. Et maintenant que je suis d'accord, tu me dis non ? je demande d'une voix tremblante, essayant de reprendre le contrôle de mes émotions en m'éloignant de lui.

Je regarde autour de moi, cherchant une échappatoire, mais en deux enjambées, il est de nouveau sur moi, me coinçant contre le plan de travail.

– J'ai passé une nuit avec Kimberly. Six semaines plus tard, elle est venue me trouver. Elle m'a dit qu'elle était enceinte. J'ai fait mon devoir et je l'ai épousée. On a perdu le bébé un mois plus tard. J'avais vingt-deux ans et j'étais marié à une femme que je n'aimais pas. Engagé auprès d'une femme et dans une vie que je ne voulais pas.

– Milo...

J'imagine ce qu'il a dû ressentir, si jeune. À l'époque, je vivais seule et ne pensais qu'à mes études, alors qu'il encaissait la perte de son enfant, marié à une femme qu'il ne connaissait pas.

– Je suis désolée...

– Merci, dit-il en appuyant son front contre le mien. Tu dois comprendre et accepter ce que tu es pour moi, Evie.

Je déglutis, essayant de ravaler ma peur et mon angoisse, allant contre mon instinct rationnel.

– C'est-à-dire ?

– Une deuxième chance pour une vie heureuse.

Waouh.

– Mais tu n'en sais rien. On se connaît à peine, je réponds.

– Je te connais depuis que tu es toute petite. Le jour où ces garçons t'ont fait du mal, j'ai découvert ma lumière, brillante comme le soleil du désert. Quand je les ai dégagés et que tu m'as regardé avec tes yeux bleus pleins de larmes, je me suis perdu, tout en trouvant enfin ma place dans ce monde.

– Milo, non, je gronde en serrant ses biceps dans mes mains.

– Si. Je t'ai regardée grandir et te transformer en adolescente, puis en une belle jeune femme. J'avais toujours prévu de rentrer. De te déclarer mon amour et de te faire mienne. Ma lumière. Mon ciel. Ma beauté. À moi. Mais tout a changé le jour où Kimberly m'a dit qu'elle était enceinte. Cependant, tous les sacrifices que j'ai faits pour elle, tous ses mensonges et ses tromperies ont fait sens le jour où je suis venu chez Toko et que je t'ai vue.

Je m'en souviens très bien, moi aussi. Suda Kaye était rentrée depuis peu et je l'avais emmenée voir Toko sur la réserve. Milo était venu le voir, lui aussi, alors que ma sœur et moi prenions le café sur le porche de sa maison.

– Tu portais une robe blanche et tes cheveux dorés tombaient sur tes épaules. Il m'a suffi de te voir pour que mes genoux se mettent à trembler. Tu m'as souri, et mon cœur s'est emballé. Tes yeux reflétaient le soleil et le ciel, si bleus que j'ai été frappé comme par une vague de clarté. Tu étais là, mon Evie, devenue femme. C'est à cet instant que j'ai su que je serais prêt à tout pour te faire enfin mienne.

– Je ne sais pas quoi dire.

– Promets-moi simplement d'être avec moi et d'explorer cette chose entre nous. De nous laisser une chance.

Je ferme les yeux et respire, mais ça ne m'aide en rien car je suis aussitôt hypnotisée par son parfum de cuir et de feu de cheminée. Mes pensées se bousculent tandis que je repense à tout ce qu'il vient de dire.

– Je crois que j'ai besoin de dormir. J'ai besoin de temps pour comprendre ce qui nous arrive.

– Prends tout le temps que tu veux, répond-il en m'embrassant sur le front. Viens.

Il me prend par la main et me guide à travers sa grande maison. Nous passons plusieurs portes ouvertes avant de gravir un escalier en bois.

– La suite parentale est en haut, tout comme mon bureau, la salle de bains et une chambre d'amis. Au rez-de-chaussée, il y a trois chambres, une salle de sport et une salle de cinéma.

Je ne crois pas avoir déjà entendu Milo parler autant, et je ne comprends pas pourquoi il me décrit sa maison en détail.

– Je voulais une grande maison pour accueillir une grande famille, dit-il, répondant à la question que je n'ai pas posée.

Je dois avouer qu'à l'entendre, mon cœur bat la chamade tandis que j'imagine le bruit de petits pas dans le couloir et dans l'escalier, courant jusqu'à la chambre parentale. J'ai toujours voulu une famille, mais je n'ai jamais pensé l'avoir un jour.

Il ouvre une double porte en bois qui donne sur sa chambre. Au fond, un lit king-size est entouré de quatre poteaux en bois, surélevé par rapport au reste de la pièce. Il y a une table de chevet de chaque côté, et des velux inondent le lit du clair de lune. La pièce est assez grande pour un canapé et une seconde cheminée, et de grandes baies vitrées donnent sur l'extérieur, même si les stores sont fermés. Au-dessus de la cheminée, un énorme écran plat permet de regarder la télé depuis le lit. Les canapés ont l'air moelleux, recouverts de plaids en polaire et de coussins verts, crème, roses et noirs.

Les murs sont vierges, mais je devine que des cadres y étaient fixés. Je ne dis rien, préférant ne pas savoir. D'ailleurs, je suis tellement fatiguée que je peine à garder les yeux ouverts.

Milo me laisse pour ouvrir une porte, sur le côté, et il allume une lumière. D'où je suis, je vois que c'est un dressing. Tout ses vêtements sont rangés à gauche, et tout le côté droit est vide. Il fouille dans un tiroir et en sort un tee-shirt noir, qu'il me tend.

– Mes pantalons seront trop grands pour toi.

– Ça ira, merci. La salle de bains ? je demande en souriant.

Il ouvre une autre porte qui donne sur une salle d'eau en marbre blanc cassé, avec des éléments en fer forgé ici et là. Il y a deux velux au-dessus de la baignoire et du lavabo, et je remarque qu'encore une fois, toutes les affaires de Milo occupent à le côté gauche du meuble, le côté droit est vide. À côté de la baignoire jacuzzi se trouve une douche à l'italienne, séparée du reste de la pièce par une paroi vitrée.

– La baignoire a l'air géniale.

– Tu aimes les bains ?

– J'adore.

Il esquisse un sourire.

– C'est parfait.

– Pourquoi ?

– Parce qu'il y a largement la place pour deux, répond-il en souriant.

– Ok, eh bien, je vais me préparer pour aller au lit, je réponds d'une voix nerveuse. Tu as une brosse à dents ?

– Dans le premier tiroir à gauche. Je crois qu'il y a le numéro de mon dentiste sur l'emballage.

Je me sens rougir, gênée. Au moins, il ne fait pas partie de ces mecs qui ont un tiroir plein de produits de beauté pour toutes les femmes qu'ils ramènent chez eux.

– Merci, je marmonne en attendant qu'il referme la porte derrière lui.

Je me dépêche de me préparer, détestant devoir me laver le visage avec du savon, mais c'est mieux que rien. Cela dit, je suis ravie de trouver une crème hydratante à côté de sa mousse à raser et je me sers, supposant que ça ne le dérangera pas.

Je me déshabille et plie mes vêtements pour les poser sur le meuble du lavabo, puis j'enfile son tee-shirt, qui m'arrive juste au-dessus du genou. Je démêle mes cheveux en utilisant sa brosse et souris en remarquant la façon dont mes mèches dorées se mélangent à ses mèches noires. Ombre et lumière.

Je sors de la salle de bains en m'attendant à ce qu'il soit déjà au lit. Toutefois, je suis surprise de découvrir qu'il se prépare à dormir dans le canapé. Il est couché sur les oreillers, torse nu, ses cheveux étalés en éventail autour de lui, comme une sculpture amérindienne.

Je n'ai jamais vu de mec plus sexy – ses pecs sont carrés et les seuls poils sur son torse sont ceux de cette petite ligne qui descend sous son nombril et disparaît dans son pantalon de pyjama gris. Son torse est une œuvre d'art, je rêve de lécher ses abdos.

Je me sens timide et gênée.

– Tu es... euh... Tu n'es pas obligé de dormir là.

– Tu voudrais que je dorme où ? répond-il en allongeant son bras sur le dossier du canapé.

Je me lèche les lèvres et désigne le lit d'un mouvement de tête.

Le sourire qu'il m'offre suffit à me faire mouiller.

– Bientôt, nous partagerons le lit, Nizhoni. Quand le moment sera venu.

Je fronce les sourcils et ferme les poings en marchant vers le lit, horrifiée de me sentir comme un vilain petit canard. Je tire la couette, m'allonge et frappe les oreillers pour les aplatir avant de me laisser tomber dessus.

Milo ricane et frappe trois fois dans ses mains, éteignant toutes les lampes. La seule lumière provient désormais du clair de lune qui entre par le velux. Je regarde les étoiles à travers la vitre et suis surprise par la clarté du ciel. Si seulement il en était de même de ma relation avec Milo...

Je grince des dents et passe en revue ce que je sais. D'abord, il me dit qu'il me veut dans son lit. Ensuite, il m'emmène chez lui, mais ne veut pas coucher avec moi, même quand je m'offre à lui éhontément. Tout ça, parce qu'il veut nous offrir une vraie chance.

Qu'est-ce que ça veut dire, bon sang ?

Je comprends qu'il se protège depuis que cette garce de Kimberly l'a trompé, ce qui, d'ailleurs, est complètement dingue. Comment peut-on tromper un dieu comme Milo ? Faut vraiment être bête. Bon débarras, Kimberly !

Et pourquoi est-il resté avec une femme qu'il n'aimait pas, qui lui a menti et lui a fait autant de mal en le trompant ?

Il faut être un saint, non ?

Et voilà que je suis dans son lit, plutôt que d'être seule chez moi, parce qu'il veut s'assurer que je vais bien. Mais il ne veut pas dormir avec moi.

Je soupire bruyamment et me tourne sur le côté, ramenant mes genoux contre ma poitrine.

Tout me perturbe chez Milo. Un instant, j'ai l'impression de me noyer, et l'instant d'après il me prend dans ses bras et me sort la tête de l'eau.

Je n'ose même pas imaginer ce qui va se passer demain.

CHAPITRE 7

Ils me poursuivent encore. Anakin, Dakota et Maquilla. Je n'aurais jamais dû aller à la falaise toute seule. Toko m'a prévenue mille fois de ne pas y aller, mais j'adore la vue et j'aime lire et faire mes devoirs là-bas. C'est un endroit spécial pour moi. Mais Toko m'a prévenue de ne pas m'éloigner. Et Toko sait tout. J'aurais dû l'écouter.

Mes poumons sont en feu, je cours à travers les plaines du désert. J'aperçois le haut des toits de la réserve, de l'autre côté du grillage que j'escalade pour aller à la falaise. Je fonce vers les maisons aussi vite que possible, serrant mon cartable fort contre moi. Les larmes coulent sur mes joues et le vent agite mes cheveux, qui tombent sur mon front mouillé et me piquent comme des aiguilles.

– Reviens ici, bilagáana ! crie Anakin, employant le terme navajo pour « blanc ».

– Ouais, continue de courir, sale Blanche ! hurle Dakota.

– Attrapez-la ! ajoute Maquilla.

J'entends le bruit de leur pas sur le sol du désert. Un bruit sourd qui décuple ma colère. Ma peau est bouillante et des gouttes de sueur s'accrochent à mes aisselles, ma nuque et mes cheveux. Mon cartable en devient glissant et commence à m'échapper, mais je m'y agrippe en grinçant des dents. C'est trop. Mon pied se prend sur un caillou, ma cheville se tord et je m'écroule.

– Ha haaaa ! crie un des garçons.

Une douleur vive se propage sur mon crâne lorsque l'un d'eux empoigne mes cheveux et tire ma tête en arrière. Un autre me pince la fesse et éclate de rire lorsque je crie.

Je roule sur le côté et me mets en boule, genoux contre poitrine.

– Non, non ! Arrêtez ! Vous me faites mal !

– Quelle idiote de bilagáana ! grogne l'un d'eux. T'as pas ta place ici.

– Regarde comme t'es moche, avec ta peau blanche et tes cheveux jaunes. T'es répugnante ! ricane Maquilla alors que Dakota me crache dessus.

Je sens sa bave sur mon bras et tremble de peur.

– Arrêtez, s'il vous plaît. Je vous en supplie, je sanglote.

Anakin empoigne de nouveau mes cheveux et s'assoit à cheval sur moi, vidant tout l'air de mes poumons. Il tire sur mes mèches et les arrache en me forçant à me cambrer, je crie de toutes mes forces.

– Pleure, petite Blanche. Pleure, pleure, pleure jusqu'à ce que tu crèves, siffle-t-il en éclatant de rire.

– Lâche-la. Tout de suite, ordonne une nouvelle voix, grave et puissante.

Sa voix.

– T'en mêle pas, Milo. C'est entre nous et la vilaine limace blanche qui envahit notre réserve, ricane Anakin et tirant de nouveau sur mes cheveux.

Je sanglote et ma vue devient floue, comme si j'allais m'évanouir.

Soudain, l'un d'eux me met un coup de pied dans la cuisse, je tressaute et la douleur remonte le long de ma jambe, si vive que mon estomac se tord, me faisant vomir.

– Beurk, dégueulasse ! se moque Anakin juste avant que son poids ne disparaisse de mon dos, me permettant enfin de respirer.

Je me roule de nouveau en boule, sur le côté, et prie pour que ça s'arrête bientôt.

– Lève-toi, Evie ! gronde Milo juste avant qu'un des garçons ne pousse un cri de douleur.

Je me dépêche de me mettre à genoux, mais ma cheville me fait un mal de chien, tout comme l'autre jambe après qu'ils l'ont frappée. Mon crâne est brûlant, comme s'il était à vif. J'essuie la poussière de mes yeux et de ma bouche et regarde Milo Chavis, le garçon le plus gentil de la réserve, déjà immense pour son âge, mettre un coup de poing dans le nez d'Anakin. Une giclée de sang jaillit et le garçon hurle en se couvrant le visage.

Maquilla tacle Milo, et les deux garçons tombent à terre, faisant voler un nuage de poussière et de cailloux. Milo prend vite le dessus et se met à cheval sur l'autre, le frappant deux fois au visage.

Il se lève ensuite et fusille Dakota, le plus jeune de la fratrie, du regard.

– Tu aimes cracher sur les gens ? dit-il.

Il gonfle ses poumons, émettant un bruit répugnant, et crache au visage du garçon, qui se fige et tremble de la tête aux pieds. Il n'a qu'un an de plus que moi, et il semble s'avouer vaincu.

– Si vous vous amusez à la toucher encore une fois, je saurai vous trouver. Pas la peine de vous cacher, ça ne servira à rien. Maintenant rentrez chez votre nimá ! crie-t-il, employant le terme navajo pour « maman ».

Il tape du pied par terre, comme s'il était prêt à leur bondir dessus. Les trois garçons déguerpissent.

– Je vous retrouverai ! hurle Milo, comme pour sceller une promesse.

Il se tourne alors vers moi. Je suis immobile, un pied appuyé sur l'autre car je ne peux pas le poser par terre. Il respire fort et son torse se soulève brusquement à chaque inspiration. Son tee-shirt blanc est couvert de gouttes de sang et de terre. Dans mon esprit de petite fille, il ressemble à un guerrier.

– Je veux voir Tahsuda le sage. C'est mon Toko, je marmonne en fuyant le regard de Milo.

– Est-ce que ça va ?

Milo est immense pour son âge. Il n'a que quatre ans de plus que moi, mais il fait deux fois ma taille.

Les larmes coulent sur mes joues et je me mets à trembler, mais je hoche la tête sans lever les yeux.

Il se place devant moi, cachant le soleil, et soulève mon menton du bout des doigts.

– C'est Evie, c'est ça ?

J'acquiesce, surprise qu'il connaisse mon prénom. On s'est croisés sur la réserve, bien sûr, mais on ne s'est jamais parlé.

– Tu es rayonnante comme le soleil, dit-il d'un ton tendre en étudiant mon visage, essuyant mes joues couvertes de terre et de larmes.

Je lève alors les yeux vers lui, plongeant mon regard dans ses iris noirs, aussi gentils que ceux de mon grand-père. Ses cheveux sont lâchés, avec une raie au milieu, et coiffés derrière ses oreilles. Ils lui arrivent juste au-dessus des épaules. Sa peau est d'un brun bronzé, bien plus foncée que ma peau à peine hâlée.

Il est super-mignon. C'est le plus beau garçon que j'aie jamais vu.

Il dégage mes cheveux de mon visage mais garde une mèche entre ses doigts, la frottant entre son pouce et son index.

– Tes cheveux sont beaux, comme toi, dit-il.

– Je suis moche, je réponds en secouant la tête. Tout le monde le pense.

– Pas moi, répond-il.

C'est alors que Milo me sourit pour la première fois. Je ne l'avais jamais vu sourire, avant. Il a toujours l'air si sérieux, à faire ses devoirs sur la table de jardin, devant sa maison. À travailler avec son père sur la réserve, dressant leurs chevaux, nettoyant les box. Toko appelle ces tâches du travail d'homme, or Milo n'a que douze ans.

– Est-ce que tu trouves que le soleil est moche ? demande-t-il.

– Non.

– Tu brilles comme mille soleils. J'ai entendu ta famille t'appeler Taabe. Ça veut dire « soleil », et tu es comme lui. Le soleil apporte la lumière et la chaleur. Ça signifie que tu illumines et réchauffes le monde, non ?

Je ferme fort la bouche et réfléchis à ce qu'il dit.

– Pourquoi t'es si gentil avec moi ?

– Pourquoi je ne le serais pas ?

– Parce que je suis différente, je réponds en haussant les épaules.

Il tourne la tête et fronce les sourcils en balayant la vaste plaine du regard, puis il désigne un buisson, à quelques mètres de nous.

– Tu vois ces papillons ?

Je suis son regard et vois un papillon si blanc qu'il est presque phosphorescent. L'autre est noir et orange.

– Oui.

– Est-ce que tu les trouves beaux tous les deux ?

Je regarde les insectes voleter sur les feuilles et les petites fleurs du désert.

– Oui, ils sont magnifiques.

– C'est la différence qui est magnifique, Evie.

Je le regarde un long moment tandis que mon petit cœur se remplit d'un amour que je ne comprends pas encore, du haut de mes huit ans.

Milo regarde autour de nous et voit mon cartable plein de livres, qu'il se baisse pour ramasser. Il le garde sous le bras, je le dévisage, ne sachant pas quoi dire.

– Viens, je te ramène à Tahsuda le sage, dit-il en passant un bras autour de ma taille pour m'aider à marcher jusqu'à la réserve.

Tahsuda, avec le sixième sens qu'ont tous les anciens de la tribu, m'attend sur le porche. Lorsqu'il nous voit, il se précipite vers nous et, deux secondes plus tard, je suis dans ses bras. En sécurité contre lui, je craque de nouveau et je pleure à chaudes larmes dans le cou de mon grand-père.

– Taabe, qui t'a fait mal ? demande-t-il d'une voix douce.

– Je l'ai trouvée de l'autre côté du grillage. Anakin, Dakota et Maquilla étaient en train de l'agresser. De lui faire mal.

Le regard de Toko s'enflamme sous sa colère.

– Les garçons Chee ?

Milo hoche la tête.

– Qu'est-ce que tu as fait ?

– J'ai frappé Anakin dans le nez pour qu'il saigne. J'ai frappé Maquilla au visage pour qu'il saigne aussi. Et j'ai craché sur Dakota. L'un d'eux a mis un coup de pied à Evie et lui a pincé la fesse. Un autre lui tirait les cheveux en s'asseyant sur elle, et ils lui ont craché dessus. Tout ça après l'avoir poursuivie jusqu'à ce qu'elle se torde la cheville. J'aurais dû faire plus.

La bouche de Toko est comme une ligne sur son visage furieux.

– Tu as fait ce qu'il fallait, jeune homme. Merci d'avoir protégé ma petite-fille, ajoute-t-il en inclinant la tête en signe de reconnaissance, quelque chose qu'on voit rarement chez un ancien.

Milo se redresse alors fièrement.

– Ils ne lui feront plus mal. Je les ai mis en garde.

Toko esquisse alors un sourire et caresse tendrement mes cheveux.

– On dirait que tu as un ange gardien, en dehors de ta Kaku, dans l'au-delà, me dit-il en parlant de ma grand-mère, décédée deux ans auparavant d'un cancer.

– Laisse-nous, fils. Je m'en occupe.

Milo hoche la tête et m'offre un regard tendre avant de tourner les talons.

Je me blottis contre mon grand-père et réalise soudain que je n'ai pas remercié le garçon qui m'a sauvée.

– Milo !

– Je suis là, Nizhoni, dit-il d'une voix qui me semble très mature.

J'observe un instant ce garçon, si fort et si fier, qui attend sagement que je dise ce que j'ai à dire.

– Merci ! je dis alors, mettant toute ma gratitude dans ce simple mot.

– Merci pour quoi ? répond-il, même si je ne vois pas sa bouche bouger.

– Merci de m'avoir sauvée ! j'insiste.

– Evie, réveille-toi, tu me fais peur.

Sa voix inquiète me fait sortir de ma torpeur. Le désert et la réserve deviennent flous et disparaissent lorsque j'ouvre les yeux sur une pièce obscure.

Milo est assis sur le lit et sa main chaude repose sur ma nuque.

– Evie ?

Je cligne plusieurs fois des yeux et regarde cet homme, que j'adule depuis que j'ai huit ans. Ses yeux onyx sont fous d'inquiétude, il fronce les sourcils en me regardant.

Je lève la main et la pose sur sa joue.

– Tu m'as sauvée. Tu es mon héros, Milo.

– Quand est-ce que je t'ai sauvée ? Dans ton rêve ?

Je souris et caresse sa lèvre avec mon pouce.

– Oui, et non, je réponds en effleurant cette fois sa lèvre supérieure.

– Je ne comprends pas, chuchote-t-il contre mon pouce.

– Quand j'étais petite. Tu m'as sauvée de ces brutes.

– Ah, tu rêves du passé. Pourquoi ça ?

– Il fait partie de moi.

– Mais tu n'es plus cette petite fille, aujourd'hui.

– Ah non ? Est-ce qu'on n'est pas définis par la façon dont on a été éduqués, par les choses qu'on a faites et qu'on a vécues, bonnes ou mauvaises ?

Il caresse mon épaule, puis mon bras et ma main, entrelaçant nos doigts. Il pose ensuite ma main sur son torse nu, où je sens battre son cœur sous nos mains jointes.

– Je ne pense pas que cela nous définisse, non. On change et on grandit chaque jour. On choisit, chaque jour, ce qu'on va faire et ce qu'on va être ; pour aujourd'hui, et pour notre avenir.

– Tu ne crois pas que tout ça est prédéterminé ?

– Tu parles du destin ?

Je hausse les épaules.

– Pour certaines choses, oui. Étais-je destiné à être là le jour où ces brutes t'ont attaquée ? Je le crois, oui.

– Pourquoi ?

– Parce que j'étais censé compter pour toi. Et toi pour moi. Nous sommes liés l'un à l'autre par notre passé et maintenant, dans cet instant, dit-il avant de porter ma main à sa bouche pour embrasser chacun de mes doigts.

– Et le futur ? je chuchote.

– C'est à nous de le définir. Il n'est pas encore écrit dans les étoiles, Nizhoni.

– Je ne crois pas que ce soit si simple, je dis en tirant sur ma main jusqu'à ce qu'il la lâche.

Il se lève et pose ses mains sur ses hanches. Au clair de lune, il ressemble à la statue d'un dieu.

– Décale-toi, dit-il d'une voix grave et ferme.

– Mais je croyais que...

– Evie... prévient-il.

À cette mise en garde, je glisse de l'autre côté du lit – froid – en emportant un oreiller avec moi.

Milo s'allonge sur le matelas, sur le côté, passe son bras sur ma taille et plaque son torse contre mon dos. La chaleur et le sentiment de sécurité que m'offre son corps massif sont si intenses que j'en ai le souffle coupé. Il promène sa main le long de mon bras, jusqu'à ma main, qu'il empoigne pour la poser sur sa poitrine.

– Laisse ta lumière se reposer, Evie, murmure-t-il dans mon oreille. Demain est un nouveau jour.

Instinctivement, je me blottis davantage contre lui, et il me serre encore plus fort, comme s'il refusait de me lâcher un jour.

Je n'ai jamais connu ça avec un homme, ce sentiment de sécurité. Je sais que je ne peux pas m'y fier, j'en profite néanmoins autant que possible pour en garder le souvenir, le jour où il se lassera de moi. Je me remémorerai alors ce moment où j'ai été tenue, où je me suis sentie aimée et où j'étais en sécurité dans les bras de Milo Chavis.

– Dors, Nizhoni, dit-il avant que je ne sombre dans un profond sommeil.

♦

Ce n'est pas le soleil qui me réveille, mais un martèlement sourd.

Milo s'assoit sur le lit et dégage ses cheveux de son visage avant de s'immobiliser pour observer les environs. Je pousse sur mes avant-bras pour me redresser et en faire de même, mais je peine à me réveiller.

Le martèlement reprend.

– Yázhi, crie une voix à l'étage du dessous.

À l'intérieur.

Mon Dieu !

– Shimá est là. Ce qui veut dire qu'Azhé'é l'est aussi, dit Milo en se levant d'un bond pour filer dans son dressing.

Sa mère et son père sont là.

Mon Dieu, mon Dieu, mon Dieu !

Je me lève à mon tour et regarde autour de moi, consciente que mes seuls vêtements consistent en une robe ultra-sexy et des talons aiguilles.

Mon Dieu, ils vont penser que...

Je coiffe mes cheveux en arrière et les tiens dans ma main en paniquant.

Milo sort de son dressing vêtu d'un tee-shirt et de son pantalon de pyjama. Il me tend un jogging pile au moment où la porte de sa chambre s'ouvre brusquement.

– Yázhi... dit sa mère, comme si elle entrait régulièrement dans la chambre de son fils adulte.

Elle écarquille les yeux avant de me fusiller du regard, notant mes cheveux décoiffés, mon tee-shirt trop grand et mes jambes nues.

Elle esquisse une affreuse grimace et se met aussitôt à attaquer son fils en navajo. Le langage est bien trop soutenu pour que je comprenne tout, mais je n'ai pas de mal à comprendre *Bilagáana* et *Kiiya' sizini*. Le premier mot veut dire « femme blanche ». J'ai appris l'autre quand j'avais treize ans, et je n'ai pas oublié que cela signifie « pute ».

Je ferme les yeux et baisse la tête, dévastée et morte de honte.

Milo ne se laisse pas faire et contre-attaque en me prenant la main. J'essaie de la retirer, mais il ne la lâche pas, la serrant au contraire plus fort. Ensuite, il m'attire contre lui et me tient par la taille. Ne sachant quoi faire, je pose ma main sur son ventre.

Hélas, la situation empire lorsqu'un homme âgé entre dans la pièce. Il a les mêmes cheveux que Milo et est son double avec vingt-cinq ans de plus.

– Qu'est-ce qui se passe ? demande-t-il à sa femme en navajo, avant de remarquer son fils aux côtés d'une femme qu'il ne connaît pas.

Mon Dieu, tuez-moi tout de suite.

Milo décide alors de parler principalement anglais.

– Má, voici Evie, dit-il.

– Je me fiche de savoir comment s'appelle cette *Bilagáana.* Tu n'as pas appris la leçon avec Kimberly ? Ce sont toutes des *Kiiya sizini* qui en veulent à ta terre et ton argent ! siffle-t-elle en me lançant un regard si noir que ma peau en est comme brûlée au fer.

– Laisse mon fils parler, *Asdzáan,* dit son père, « femme » en navajo, en posant une main sur l'épaule de sa femme.

– *Shimá, Azhé'é,* je vous présente Evie Ross. La petite-fille de Tahsuda le sage. Elle est de notre peuple.

– La fille de Catori ? demande sa mère d'un ton accusateur.

Milo hoche la tête et je me mords la lèvre en essayant de respirer par le nez.

– Une mère horrible. À laisser ses enfants *bilagáana* pour que la tribu s'en occupe chaque fois qu'elle partait.

Si elle cherchait à me transpercer jusqu'à l'os, elle n'aurait pas pu s'y prendre mieux, et je tressaute dans les bras de Milo, comme si elle venait de me gifler.

– Má..., gronde Milo d'un ton furieux qui se déverse comme un poison dans la pièce.

Je me tourne dans les bras de Milo et pose une main sur son cœur.

– Laisse. Elle a raison. Je n'ai pas eu une enfance rêvée. Ma mère parcourait le monde pour assouvir ses propres désirs égoïstes, nous laissant, Suda Kaye et moi, chez Toko entre les mains de la tribu. Elle n'a pas tort. Je comprends ses peurs.

Pour autant que je me souvienne, je me suis toujours sentie différente, mi-amérindienne et mi-caucasienne par mon père. J'ai toujours eu un pied dans un monde et le second dans un autre. Je n'ai jamais eu de véritable maison. Et avec mon physique, étant la seule blonde aux yeux bleus et à la peau pâle de la réserve, où tout le monde avait les yeux et les cheveux noirs et la peau brune, j'étais impossible à rater.

Je me tourne vers les parents de Milo.

– Monsieur et Madame Chavis, j'étais ravie de vous voir, même si les circonstances sont à déplorer. Maintenant, si vous voulez bien m'excuser...

Je quitte les bras de Milo pour me réfugier dans la salle de bains, où j'ai laissé mes vêtements et mon sac. Je me dépêche d'appeler un Uber et suis ravie de constater qu'il y a un véhicule à quelques kilomètres à peine d'ici.

J'enlève le tee-shirt de Milo et le plie en un carré parfait. Lorsque j'ai mis ma robe et mes chaussures, je me brosse les dents et tresse mes cheveux, qui m'arrivent au milieu du dos.

Une voiture klaxonne dehors – ouf, mon issue de secours.

Je sors de la salle de bains et trouve Milo assis sur le lit.

– Ils sont partis... commence-t-il à dire lorsque je lui fais signe d'arrêter et sors de la chambre pour dévaler les escaliers.

– Evie, gronde-t-il, mais je me précipite vers la porte.

Il me rattrape avant que j'aie pu l'ouvrir et pousse dessus avec sa main pour la maintenir fermée.

– Ne t'en va pas, me supplie-t-il, plaquant son torse contre mon dos, me faisant presque changer d'avis.

– Il le faut, j'insiste en secouant la tête.

– Ne les laisse pas nous diviser, chuchote-t-il dans mon oreille.

Je ravale les émotions qui menacent de jaillir et me force à repenser aux termes qu'à employés sa mère.

Bilagáana : blanche.

Kiiya sizini : pute.

Ces mots suffisent à rouvrir les blessures qui avaient disparu hier soir en m'endormant aux côtés de Milo.

– C'est trop tard.

La voiture klaxonne trois fois et j'ouvre brusquement la porte, soulagée qu'il me laisse faire. Je me faufile dans l'embrasure et dévale les marches pour rejoindre la Hyundai grise qui m'attend.

– Nizhoni, crie Milo.

Je me tourne vers lui, la main sur la portière ouverte.

– Ce n'est pas fini, promet-il d'un ton solennel.

Je ferme les yeux, retenant mes larmes, et je me force à dégainer les défenses qui me protègent depuis si longtemps contre les hommes. Tous les hommes, y compris celui de mes rêves, Milo Chavis.

– Pour moi, si. Au revoir, Milo, je réponds en m'installant dans la voiture et en claquant la porte. Partez vite, s'il vous plaît ! j'ordonne au conducteur.

Toutefois, je ne peux pas m'empêcher de regarder par la vitre alors que la voiture fait demi-tour.

Milo est debout sur son porche, les pieds légèrement écartés, les bras croisés. Son pantalon de pyjama est tendu sur ses cuisses musclées et le tissu fin de son tee-shirt laisse entrevoir chacun de ses abdos parfaits. Ses cheveux que j'aime tant sont lâchés et scintillent sur ses joues.

Il est comme un dieu qui se prépare à se battre.

Un guerrier.
Un chasseur.
Et je viens de devenir sa proie.

CHAPITRE 8

Le soleil survole lentement le désert, pointant son nez derrière les falaises à l'horizon. La réserve est silencieuse et paisible. J'inspire profondément, laissant le parfum de la terre remplir mes poumons et m'apporter le calme dont j'ai tant besoin aujourd'hui. D'habitude, à la maison, je fais des exercices de respiration pour me débarrasser de mon angoisse ou de ma gêne. Mais aujourd'hui, j'avais besoin de me sentir en sécurité dans ma véritable maison. Peu importe que certains membres de la tribu me considèrent comme une étrangère à cause de ma couleur de peau, peu importe que bien des enfants m'aient harcelée parce que j'étais différente.

Ma maison est là où se trouve Toko, où ma mère revenait après ses voyages et où ma sœur et moi avons appris à parler comanche et navajo ainsi que des bribes d'autres dialectes.

Je suis arrivée avec suffisamment d'affaires pour tenir une semaine. J'ai hésité à partir pour une destination tropicale, mais c'est plutôt la méthode de Suda Kaye. La mienne est de me réfugier dans ce que je connais le mieux, là où je me sens en sécurité. Or, en cet instant, il n'y a qu'avec Toko que je me sens à l'abri.

Lorsque je suis arrivée, il était debout sur le porche, les cheveux au vent, tenant dans sa main un verre de son vin amérindien préféré.

Il n'a rien dit lorsque j'ai sorti ma valise du coffre et l'ai traînée jusqu'à la maison pour la poser au pied des marches.

Il n'a rien dit en ouvrant les bras pour m'inviter à m'y blottir. Il est resté silencieux lorsque j'ai incliné la tête et que mes yeux se sont remplis de larmes.

Il n'a rien dit tandis que je pleurais dans ses bras jusqu'à l'épuisement.

Il m'a emmenée dans la maison où j'ai grandi, dans la chambre que j'ai partagée avec ma sœur, et il m'a fait signe de m'asseoir sur le lit.

Il s'est alors accroupi et a enlevé mes ballerines, puis il a retiré la couverture tricotée par Kaku, notre grand-mère, pour notre mère, et qui nous couvrait d'amour la nuit. Il m'a bordée tendrement de tous les côtés et, quand il a eu fini, il a pressé ses lèvres sur mon front pour m'embrasser. Il a ensuite dégagé mes cheveux de mon visage et l'a pris dans ses mains.

– Sois la bienvenue, Taabe, a-t-il dit en comanche. Quelle que soit la raison qui t'a amenée ici ce soir, j'en fais mon fardeau. Donne-le-moi. Cette nuit, je combattrai tes démons. Dors. Demain, nous panserons tes blessures.

J'ai posé ma main sur la sienne et j'ai frotté ma joue contre sa paume chaude.

– Je t'aime, Toko.

Il s'est baissé et m'a de nouveau embrassée sur le front.

– Je t'aime aussi. Maintenant, repose-toi.

J'ai hoché la tête en fermant les yeux. J'avais l'impression qu'un siècle était passé depuis que je m'étais enfuie de chez Milo, blessée et honteuse. Mon Uber m'a emmenée chez ma sœur où j'ai récupéré ma voiture pour rentrer à Colorado Springs. J'y ai préparé ma valise à la hâte et je suis tout de suite venue ici. Je me souviens à peine du trajet. Je me souviens seulement des paroles de sa mère, qui ont prouvé ce que je savais déjà.

Milo et moi n'étions pas faits l'un pour l'autre.

Je lève ma tasse de café et laisse le fumet réchauffer mon visage. Je suis assise sur une des chaises du porche, enveloppée dans une autre couverture de Kaku.

Derrière moi, la porte grince et Toko me rejoint. Il est en survêtement, avec un poncho d'inspiration amérindienne que je lui ai offert il y a quelques Noëls, turquoise, avec des triangles noirs et des lignes blanches. Ses cheveux sont attachés en queue-de-cheval sur sa nuque par un fin cordon de cuir, comme le fait Milo.

– Tu t'es levée avec le soleil, dit Toko en posant sa tasse sur la rambarde en bois avant de porter son regard vers l'horizon.

– Je suis désolée d'être arrivée sans prévenir, hier soir. J'aurais dû t'appeler, je réponds en regardant le soleil se lever sur le désert, un spectacle qui ne cesse jamais de m'émerveiller.

– Ta maison est ici, tu n'as jamais besoin d'appeler, répond-il en sirotant son café.

Je me mords la lèvre en respirant lentement, essayant de réprimer la vague d'émotions qui menace de noyer mon cerveau. Toko reste silencieux, me laissant réfléchir jusqu'à ce que je sois prête à parler. Il n'a jamais été du genre insistant.

– Est-ce que tu me trouves différente ? je demande d'une voix tremblante.

Il tourne lentement la tête vers moi et hoche la tête.

Mon cœur se brise un peu plus.

– On est tous différents. Toi, moi. Cet arbre, ce cactus, cette fleur, répond-il en désignant chacun de ces éléments. Ce sont nos différences qui nous rendent uniques, pas nos ressemblances.

Je déglutis et prends une inspiration tremblante, essayant de reformuler mon propos.

– Non, je veux dire... différente de notre peuple.

Il se tourne pour me faire face et s'adosse à un pilier.

– Explique-toi.

– Ça ? je dis en lui montrant mes cheveux. Et ça ? j'ajoute en désignant mes yeux. Et ça, encore ? j'insiste en caressant ma peau claire.

De tout temps, j'ai pensé que je serais prête à tout pour ressembler à ma mère et à mon grand-père.

Ce dernier se crispe et fronce les sourcils.

– Je ne te ressemble pas, je déclare sans pouvoir retenir mes larmes qui coulent de nouveau. Je ne ressemble pas aux gens de notre peuple. Je n'ai pas ma place ici. Je n'ai de place nulle part.

Toko ne dit rien, mais il vient s'asseoir à mes côtés, tendant le bras pour prendre un petit couteau avec lequel il sculpte des figurines en bois.

– Donne-moi ta main, dit-il simplement.

Je la lui tends et il prend mon index qu'il presse contre la lame du couteau, créant une légère entaille dont jaillit une petite goutte de sang. Il en fait de même avec son doigt, puis il place nos index l'un à côté de l'autre.

– N'a-t-on pas la même couleur de sang ?

– Toko...

Il ne comprend pas.

– N'a-t-on pas tous les deux un cœur qui bat ? poursuit-il d'une voix plus ferme.

J'essaie de retirer ma main, mais il m'en empêche.

– Tu es mon sang. Ce sang, ajoute-t-il en désignant son doigt. Mon sang a participé à ta création. Mes ancêtres se sont battus et ont saigné de ce même sang, à travers le pays, pour te donner la vie. Les cheveux, la couleur des yeux ou de la peau ne définissent pas ta place dans ce monde. Car c'est à moi que tu appartiens. Ta place est avec moi. Tu comprends ?

Je ferme le poing et appuie mon visage contre son torse.

– Merci.

Il me serre fort dans ses bras et me laisse pleurer en silence.

– Qui t'a fait douter de ton appartenance ? demande-t-il d'un ton sévère.

– Peu importe...

– Dis-moi, insiste-t-il.

Incapable de garder cela pour moi plus longtemps, je raconte à Toko toute l'histoire avec Milo. Son intention de me séduire et de faire de moi sa femme. Sa gentillesse quand je me suis évanouie au restaurant. Je lui explique que j'ai dormi dans son lit tandis qu'il dormait sur le canapé, préférant ne pas lui raconter qu'il m'a rejointe dans son lit après mon cauchemar. Je lui explique ensuite que ses parents m'ont trouvée dans sa chambre et ce qu'a dit sa mère. J'explique qu'elle me déteste parce que je suis blanche et que je ressemble à son ex-femme qui l'a trompé.

Je ne révèle pas, en revanche, que sa mère m'a traitée de pute, car je n'ai pas le cœur de dire à mon grand-père que quelqu'un a employé un tel mot au sujet de sa petite-fille.

Toko m'écoute sans m'interrompre, sans réagir.

– Donc j'ai décidé que j'avais besoin de faire une pause. De tout réévaluer, mon travail, ma vie amoureuse inexistante, et surtout de comprendre ce qui me rend heureuse.

– Je vais en parler avec les Chavis et le sage des Navajos.

– Non ! Toko ! je m'exclame en paniquant. Tu ne peux pas faire ça ! Tu ne vois pas que je suis déjà suffisamment morte de honte comme ça ? Je ne veux pas que mon grand-père mène mes batailles. Je suis une adulte, une grande fille.

– Tu es mon enfant.

Mes épaules s'affaissent.

– Le racisme est intolérable, insiste-t-il.

Bien sûr, je sais qu'il a raison. Seulement, je ne souhaite pas devenir un martyr ni que Toko fasse un scandale.

– Toko, j'ai besoin de m'en sortir toute seule.

Sa bouche se ferme, dessinant un trait plein de colère.

– Mais tu n'es pas seule, Taabe. Tu as une famille. Une tribu. Tu es comanche, dit-il d'un ton empli de fierté.

Un autre jour, j'aurais applaudi son zèle. Mais pas aujourd'hui.

– Ce n'est pas ma part comanche qui leur pose problème. Et tu ne peux pas changer le fait que mon père est Adam Ross, un blond à la peau blanche et aux origines européennes. Ça ne changera jamais.

– Et ça ne doit jamais changer. Mais Evie, ça ne change en rien ton héritage amérindien, qui est riche et vaste et qui devrait être respecté par tous les membres de notre peuple.

– Ce n'est pas si simple, je rouspète et m'affaissant.

Je soupire longuement, réalisant que j'ai raté le moment où le soleil se détache de l'horizon – c'est mon moment préféré. Tant pis, peut-être demain.

– Si, justement. C'est aussi simple que ça, déclare Toko en posant sa main sur mon épaule.

Il se lève alors et me laisse en paix. Il entre dans la maison, sans doute pour préparer le petit déjeuner.

Il va faire quelque chose : impliquer les anciens, parler aux parents de Milo et faire un scandale, même si je sais qu'il agira calmement, sans jamais lever la voix.

Je suis foutue.

Je bois lentement mon café tiède et soupire en me rendant finalement compte que je me fiche pas mal de ce que Toko va faire. Honnêtement, la situation ne peut pas être pire.

Du moins, c'est ce que je pensais.

♦

Le lendemain, je suis de nouveau assise sur le porche, occupée à sculpter un morceau de bois. Toko dit que se concentrer sur une tâche précise aide à apaiser l'esprit. Étant donné mon manque de talent en la matière, je ne suis pas sûre d'y croire.

– Pourquoi tu es à la réserve aujourd'hui ? demande ma sœur, au téléphone.

Je devine qu'elle est dans sa boutique puisque j'entends la voix de Bob Marley ainsi que celle d'Addy, au loin.

Je croise les jambes et me concentre sur mon morceau de bois, qui ressemble pour l'instant à une sorte de chouette monstrueuse.

– J'avais besoin de prendre l'air, c'est tout.

– Ça ne te ressemble pas. Tu n'as jamais besoin de « prendre l'air », surtout avec ton boulot. Et surtout, tu évites soigneusement de parler de ce qui s'est passé avec Milo, l'autre soir.

– Il ne s'est rien passé. J'ai dormi dans son lit, et lui dans son canapé. Je suis allée récupérer ma voiture et j'ai décidé que j'avais envie de voir Toko et le désert. Et, tu sais... gratter la terre.

– N'importe quoi. Tu détestes te salir !

Évidemment, elle a deviné que je mens.

– Mais j'aime le désert.

Ce qui est vrai. Et ça ne changera jamais. J'aime la nature. Le chalet de Milo est l'endroit rêvé pour moi. Je pourrais facilement passer des heures sur son porche, les yeux perdus à l'horizon.

– Mais tu aimes encore plus ton travail, insiste-t-elle brillamment.

– Ouais, ben, j'avais besoin d'un break.

– Tu avais besoin de fuir Milo et ses manières insistantes. Tu ne m'auras pas, sœurette, je te connais par cœur.

Je grince des dents, agacée. Elle n'a pas tort. Milo m'a écrit tous les jours pour me dire de l'appeler. Il a laissé des messages sur mon répondeur qui disaient la même chose. D'après Regina, il a également appelé au bureau et laissé des messages pour moi. Mais je l'évite, car s'il y a quelqu'un qui m'embrouille l'esprit, c'est bien Milo Chavis.

– Ok. J'ai besoin de temps avec Milo, j'admets, pour qu'elle lâche l'affaire.

– Je ne comprends pas. Tu es amoureuse de lui depuis que tu es gamine. Et maintenant, il te montre enfin que tu lui plais...

Je ne dis rien.

– On peut changer de sujet ? Je suis venue me reposer. Parler de Milo ne m'aide pas.

Suda Kaye soupire longuement.

– Ok, très bien. Comment va Toko ?

– Il aimerait te voir plus qu'une fois tous les deux mois...

– Je sais, je sais, soupire ma sœur. C'est juste difficile de partir, avec la boutique. Pour l'instant, je n'ai qu'Addy pour m'aider, et c'est une ado qui va au lycée. Elle ne peut pas faire l'ouverture et la fermeture.

– Tu ne crois pas qu'il est temps d'embaucher quelqu'un d'autre ? Pour te permettre d'avoir un week-end libre de temps en temps ?

Suda Kaye travaille d'arrache-pied depuis l'ouverture de sa boutique, même si ça ne se voit pas tant elle déborde d'énergie.

– Cam et moi en avons parlé, justement. Il veut m'emmener randonner et camper. Il dit aussi qu'il veut me voir en bikini sur une plage. J'en crève d'envie, c'est clair, mais je ne sais pas...

– Qu'est-ce que tu ne sais pas ?

– Ça me semble un peu irresponsable, et je l'ai suffisamment été pour toute une vie.

– Ce n'est pas faux, je réponds en riant.

– Et je veux prouver à Cam, à toi, et surtout à moi-même, que je suis capable de faire de Gypsy Soul un succès. Si je claque la porte chaque fois que l'envie m'en prend, l'affaire pourrait s'effondrer, et j'ai pris de sérieux engagements.

Les doutes de ma sœur sont parfaitement légitimes, et si elle n'était pas mariée à Cam, je m'inquiéterais moi aussi. Toutefois, depuis qu'elle est revenue et qu'elle a monté son affaire, sa façon de voir la vie a complètement changé. Elle est heureuse et comblée, et elle est clairement devenue responsable.

C'est drôle, d'ailleurs. J'ai passé toute ma vie d'adulte à essayer de convaincre Suda Kaye de prendre racine quelque part. Et maintenant que c'est fait, c'est ma vie à moi qui se retrouve sens dessus dessous. Je suis paumée, et ma sœur est stable.

– Tu n'as rien à me prouver, Kaye. Je crois en toi, et tu fais du super-boulot dans ta boutique. Il n'y a pas de mal à vouloir prendre du temps pour toi ou pour ton mari. Garde simplement un pied sur terre, sœurette, et tout ira bien.

– Et toi ? Tu ne devrais pas en faire de même, frangine ?

Je souris et me rends compte combien cela me fait du bien de parler à Suda Kaye. J'aime remplir mon rôle de grande sœur. Ma vie a beau être chamboulée en ce moment, conseiller ma sœur m'aide à me tranquilliser, comme quand on s'enroule dans une couverture douillette par un jour de pluie.

– Je vais bien, j'avais juste besoin de rentrer à la maison. Je vais marcher le long des falaises, aujourd'hui, pour réfléchir. Languis-toi de moi !

– Et toi de moi !

– Toujours, je réponds en souriant. Passe le bonjour à Cam de ma part.

– Ça roule. Je t'aime, dit-elle avant de raccrocher.

Je pose mon téléphone et me lève pour m'appuyer à la rambarde du porche, laissant mon esprit divaguer jusqu'à ce que je voie deux silhouettes marcher vers moi.

La maison de Toko est en bordure de l'immense réserve, elle offre une vue imprenable sur les falaises. Le désert s'étend à perte de vue, nous avions l'habitude de nous y promener, à pied ou à cheval. C'est là que ma mère nous emmenait regarder les étoiles et faire nos vœux. C'est là aussi que Toko nous a enseigné notre héritage, tout au long de notre enfance.

Qui que soient ces personnes, elles viennent forcément voir Toko.

– Toko ! je crie en essayant de deviner de qui il s'agit.

Un homme et une femme, je crois.

– Tu as de la visite !

Mon grand-père sort sur le porche, tenant dans ses mains deux assiettes garnies de *succotash*, un plat à base de jambon, de maïs, d'oignon, d'ocra, d'épices et de légumes en tous genres que Toko fait pousser dans son jardin. En accompagnement, il y a des tomates vertes poêlées, et je salive en prenant une des assiettes, ne pouvant pas résister à l'envie d'y tremper mon doigt pour le lécher. C'est divin.

– Mmm, c'est délicieux, je marmonne en redécouvrant la saveur de mon plat préféré.

Toko esquisse un sourire amusé.

Je m'assois et me mets aussitôt à manger, oubliant complètement les visiteurs. Lorsque je lève la tête, mon grand-père semble furieux. Il pose son assiette et croise les bras, comme s'il se préparait au combat.

Je tourne la tête vers les visiteurs et m'arrête alors que je m'apprête à avaler une autre bouchée de *succotash*. La sauce retombe dans mon assiette et je me crispe des pieds à la tête en voyant Monsieur et Madame Chavis approcher.

Merde !

Je m'essuie la bouche et vérifie que ma robe n'est pas tachée, poussant mon assiette de côté avant de serrer les poings, nerveuse et sur la défensive.

Je les regarde avancer en silence, mais ils restent au pied des marches, inclinant la tête en signe de respect.

Quant à mon grand-père, il ne dit rien. Il reste immobile, les bras croisés.

– Tahsuda le sage, nous sommes venus vous parler de votre petite-fille, déclare le père de Milo.

Je me mets à trembler, néanmoins je me lève pour me placer derrière Toko, telle une enfant et non une femme de trente ans qui se dit capable de se défendre.

Toko me lance un regard de mise en garde, m'ordonnant de ne pas parler, c'est entre lui et eux, même si tout ça est clairement à cause de moi.

Je n'oserais jamais manquer de respect à mon grand-père en me mêlant d'un sujet qu'il a fait sien, mais ça m'agace. Pourtant, je resterai silencieuse pour ne pas faire de vagues, ce en quoi je suis devenue experte au fil des années.

– Sage Tahsuda, nous sommes venus vous présenter nos excuses. À vous et à Evie, dit Sani, le père de Milo.

Tahsuda plisse les yeux, mais il ne dit toujours rien.

– Lina n'aurait pas dû dire ce qu'elle a dit, poursuit-il en désignant sa femme qui reste muette, les yeux rivés sur ses sandales.

– Lina, tu as quelque chose à dire ? demande Toko d'une voix tonitruante qu'il n'emploie quasiment jamais.

La mère de Milo lève la tête et plonge sur moi un regard affreusement triste. Elle hoche la tête et s'adresse ensuite à mon grand-père.

– J'ai été surprise de trouver votre petite-fille avec mon fils. Sa couleur de peau me rappelle sa femme. Une femme qui lui a fait beaucoup de mal. J'ai dit des choses terribles, qui n'étaient pas destinées à Evie mais à Kimberly, dit-elle en m'adressant un regard malheureux. Evie, ma chère, je suis désolée. Sincèrement. Je te supplie de m'excuser.

Sa voix se met à trembler et elle baisse la tête tandis que Sani pose sa main sur son dos.

– Sage Tahsuda, pouvez-vous nous pardonner ?

Mon grand-père me regarde et je serre son bras, profondément émue.

– Toko, je leur pardonne, je chuchote, assez fort pour que tout le monde entende.

Tahsuda hoche une fois la tête et je suis fascinée de voir les parents de Milo se détendre visiblement.

– Est-ce que vous acceptez que Milo fréquente ma petite-fille, descendante de ma lignée, mi-amérindienne et mi-européenne ? demande Toko d'un ton ferme.

Il contracte sa mâchoire, et j'observe sa colère avec un mélange de fascination et de crainte.

Sani regarde Toko droit dans les yeux et hoche la tête.

– Oui. Elle semble adorable, dit-il avant de me regarder à mon tour dans les yeux. Je ne la connais pas, en dehors de ce que mon fils nous a dit et de ce que vous avez dit hier. Or, mon fils tient énormément à elle.

Je grince de nouveau des dents en ayant la confirmation que Toko n'a pas perdu de temps pour parler aux Chavis, alors que j'étais occupée à sculpter du bois et à faire le tri dans mes pensées.

– Le monde a changé, tout comme notre peuple. Nous ne sommes plus des tribus éparpillées sur notre terre.

Dans beaucoup de domaines, nous ne formons qu'une seule tribu. Les Amérindiens dans leur ensemble ont un intérêt commun. Il serait bon que vous et votre femme vous en souveniez, déclare Toko.

Sani hoche la tête et prend sa femme par la taille.

– Viens, laissons-les manger.

– Evie, dit Lina avant de tourner les talons.

Je prends Tahsuda par le bras et m'appuie contre lui en attendant d'entendre ce qu'elle a à dire.

– Ne lui fais pas de mal. Il a déjà tant souffert.

Les parents de Milo partent alors, se tenant par le bras, et nous les regardons s'éloigner. J'attends un peu, puis je me tourne vers mon grand-père et le regarde en croisant les bras.

– *Kee*, dit-il.

Cela veut dire « non » en comanche. Il tend le bras, paume tournée vers moi, m'informant qu'il ne veut pas m'écouter.

– Toko, je t'avais dit de ne pas t'en mêler.

– Je suis ton grand-père. Je serai toujours mêlé à ta vie. Quand un mal est fait, il faut le corriger. C'est le cas, à présent.

– Ah oui ? Je parie qu'ils me détestent encore plus parce qu'ils ont dû faire des courbettes auprès d'un ancien à cause de moi ! je m'écrie en me retenant de taper du pied sur le plancher.

– Finis ton repas, dit-il en s'installant dans son fauteuil préféré.

– Ce n'est pas fini, je rouspète.

– Bien sûr que si, répond-il d'un ton ferme. Lorsque des excuses sont acceptées, on tourne la page. Le sujet est clos.

– Ce n'est pas comme ça, dans le monde moderne.

– C'est comme ça chez nous. Pour notre peuple.

Je pousse un grognement et rapproche mon assiette.

– Toko, tu as beaucoup à apprendre de ce qui se passe en dehors de la réserve.

– Il n'y a rien qui m'intéresse en dehors de la réserve, à part toi et Huutsuu, répond-il en me souriant tendrement.

Je suis forcée d'admettre que, quelles que soient les circonstances, je me sens un peu mieux.

Bien sûr, à peine mon cœur se sent-il plus léger que mon téléphone vibre sur la table, à côté de mon assiette. Je m'assois et le prends pour ouvrir le message.

Milo : Où es-tu ?

Je soupire et avale une tomate verte en balayant l'horizon des yeux. La nourriture est un peu froide, mais elle n'en est pas moins délicieuse.

Maintenant, il ne me reste plus qu'à décider quoi faire de Milo.

CHAPITRE 9

Le ciel commence tout juste à pâlir. Je regarde par la fenêtre de ma chambre d'enfant et m'enveloppe dans la couverture de Kaku. Je suis vêtue d'un pyjama en coton blanc, avec de petites roses couleur pêche et de minuscules feuilles vertes brodées dessus. La dentelle verte qui borde le débardeur est assortie au ruban qui se noue à la taille. J'enfile mes pantoufles et longe le couloir en évitant les planches qui craquent si fort qu'elles réveilleraient Toko. Au fil des années, je suis devenue maîtresse dans l'art de m'éclipser sans un bruit.

Je ne sais pourquoi, quand je rentre à la maison, je me réveille toujours avec le soleil. C'est mon moment préféré, sur la réserve. Observer le soleil poindre au-dessus des collines et embraser le ciel. Maman disait que c'est pour ça qu'ils m'avaient surnommée Taabe, qui veut dire « soleil » en comanche. Apparemment, quand j'étais bébé, je me réveillais toujours aux aurores et je pleurais jusqu'à ce qu'elle m'emmène dehors où, ensemble, nous regardions le lever du soleil. Plus tard, lorsqu'elle voyageait davantage, c'est Toko qui endossait la charge de m'offrir mon moment de quiétude à l'aube. Il m'asseyait sur ses genoux avec une tasse de lait chaud, et je regardais le jour se lever, blottie dans ses bras.

Je tiens la couverture contre moi et sors sur le porche, sur le qui-vive en apercevant une ombre à ma droite.

– Bonjour, Nizhoni.

Je me retiens de hurler mais je bondis en arrière, réalisant que ce n'est que Milo, assis dans le fauteuil préféré de mon grand-père.

– Bon sang, Milo ! Tu m'as foutu la trouille ! Qu'est-ce que tu fais là, il est à peine six heures du matin !

Il se penche et appuie ses coudes sur ses genoux. Il est vêtu d'un jean délavé, d'un tee-shirt à manches longues vert sapin et de bottes de cow-boy noires. Ses cheveux sont coiffés en arrière, retenus par une superbe tresse.

– On me dit que ma femme se lève avec le soleil.

Je me crispe et resserre la couverture sur mes épaules.

– Milo, je ne suis pas ta femme. Qu'est-ce que tu fais ici ?

Il soupire et semble mastiquer quelque chose ou alors grincer des dents.

– Assieds-toi, il faut qu'on parle.

Sans lâcher ma couverture, je m'assois dans la chaise la plus éloignée de lui, ce qu'il ne manque pas de remarquer.

Nous restons ainsi pendant une longue minute et je finis par remuer, gênée par son regard insistant.

– Eh bien ? je demande.

Son visage se transforme et il me sourit tendrement.

– Je n'ai pas eu le plaisir de profiter d'une Evie tout juste éveillée quand tu étais dans mon lit. Je savoure la vue.

– Pourquoi tu es là ? je demande en me sentant rougir.

– Parce que tu es là, répond-il simplement.

– Et alors ?

– Tu n'as pas encore compris ?

Je secoue la tête.

– Evie, où que tu sois, je veux y être aussi.

Je ferme les yeux et autorise un instant ses paroles à donner naissance à des pensées plus merveilleuses les unes que les autres, mais ça ne marchera pas. Je sais que sa famille ne m'acceptera jamais, quoi qu'ils aient pu dire pour arranger les choses avec mon grand-père.

– Tu n'aurais pas dû venir, Milo.

– Evie, quand est-ce que tu vas comprendre que je ne cesserai jamais de te poursuivre, de te voir et de te vouloir dans mon futur ?

– Ça ne marchera pas.

– Qu'est-ce qui ne marchera pas ? L'amour ? Une famille ? Une relation ? dit-il d'une voix à la fois douce et ferme.

Je hausse les sourcils et me cache un peu derrière ma couverture-bouclier.

– Toutes ces choses.

– Pourquoi pas ? Donne-moi une bonne raison, et je pars tout de suite.

– Ta famille me déteste, je chuchote.

Milo secoue la tête et me transperce du regard.

– Ils ne te connaissent pas.

– Et toi, si ? Tu crois que parce qu'on s'est connus enfants et qu'on a passé un peu de temps ensemble, tu as la réponse à tout ? Que je suis la femme de ta vie, point barre ?

– Oui. Tu es la femme de ma vie.

Je grince si fort des dents que je m'en fais mal à la mâchoire.

– Et comment tu le sais ? On a changé, depuis qu'on était petits. Je ne suis plus la gamine apeurée qu'il fallait sauver.

– Ah non ? Tu n'as plus peur ? Si c'est le cas, pourquoi tu m'ignores ? Pourquoi tu as évité mes appels et pourquoi tu t'es réfugiée dans la maison où tu as grandi ?

Mince, il marque un point.

Je coiffe mes cheveux en arrière en cherchant un peu de courage.

– J'avais besoin d'espace pour faire le tri dans ma tête.

– Justement, c'est la dernière chose dont tu as besoin. Dans cette situation, c'est ton cœur que tu dois écouter.

– Ah, justement, tu vois ? Tu penses si bien me connaître ! Je ne laisse jamais mon cœur décider. C'est toujours ma tête qui mène la danse, parce que c'est elle qui me protège.

– Elle te protège de quoi ? demande-t-il en penchant la tête sur le côté, comme si j'étais fascinante.

– De foncer tête baissée et de prendre les mauvaises décisions.

– De prendre des risques, tu veux dire. De tenter ta chance.

Je hausse les épaules et la couverture tombe dans mon dos. La fraîcheur matinale fait se hérisser mes poils, mais aussi se dresser mes tétons sous mon débardeur en coton fin.

Le regard de Milo descend sur mon cou puis sur ma poitrine. Il pousse un juron en navajo, puis il contracte sa mâchoire et grince des dents.

– Sache que j'ai pour habitude d'étudier une situation et d'en évaluer les risques, oui. Je décide ensuite ce qu'il y a de mieux pour moi. Ça m'a sauvée d'énormément de situations tordues par le passé et ça m'a rendue très bonne en affaires.

– Et dans ta vie privée ?

– Ma vie privée me rend heureuse, je mens.

– Tu es heureuse dans mes bras, dit-il avec un petit sourire narquois.

Je soupire et recule sur ma chaise.

– Tu es heureuse quand je m'empare de ta bouche.

Je me mords la lèvre et essaie de fuir son regard, mais je n'y parviens pas.

– Tu étais heureuse quand mon corps te réchauffait pendant que tu dormais, poursuit-il.

– Ce n'est pas juste, j'étais inconsciente, je grommelle.

– Laisse-moi te montrer ce qu'est le véritable bonheur. Tente ta chance avec moi. Je te promets que le résultat sera mille fois meilleur que tu l'imagines.

Je ferme brièvement les yeux et tourne la tête.

– Je ne serai jamais celle que veut ta famille.

– J'ai passé la soirée avec eux, hier. Ils se sont excusés auprès de moi et m'ont raconté qu'ils étaient venus vous parler, à toi et Tahsuda le sage. D'après ce que j'ai compris, tu as déjà accepté leurs excuses.

– C'est le cas. Je suis certaine qu'ils n'ont pas voulu me blesser, mais ça ne change rien au fait qu'ils ne veulent pas de moi. À leurs yeux, je ne suis qu'une Kimberly bis. Chaque fois qu'ils me verront, c'est à elle qu'ils vont penser.

– Tu veux une vie faite de paillettes et de flashs de caméras ? demande-t-il en haussant les sourcils.

– Pardon ?

– Tu veux que le monde entier t'adule et que ta photo soit en couverture de tous les magazines ? poursuit-il d'un ton frustré.

– Ben, non, mais...

– Tu veux faire défiler les hommes dans ton lit ? Des hommes qui ne sont pas ton mari, pour pouvoir te sentir belle et désirée ? insiste-t-il, le regard bouillant de rage.

– Mon Dieu, non ! je m'exclame en découvrant combien son ex-femme l'a trompé.

– Tu comptes faire des promesses et des serments devant Dieu et les briser par la suite ? ajoute-t-il, de plus en plus dégoûté.

– Milo… je dis en prenant sa main, émue par sa souffrance encore si fraîche.

Il tire brusquement sur ma main de sorte que j'atterris sur ses cuisses. Il pose une main sur ma joue et me regarde droit dans les yeux.

– Tu n'es pas Kimberly. Tu n'es en rien comme elle. Je n'ai jamais voulu d'elle ni partagé ses désirs, mais j'ai fait ce qui me semblait juste à l'époque. Je l'ai encouragée à poursuivre ses rêves et j'ai essayé de l'aimer, à ma façon. Seulement, elle ne percevait pas son engagement de la même façon.

– Je suis désolée que tu aies vécu ça, je chuchote en caressant sa lèvre avec mon pouce. Ça a dû être très douloureux.

– Tout ça m'a mené à maintenant. À cet instant. À toi. Donc je ne le regrette pas. J'ai appris, et j'ai vécu. Maintenant, je comprends mieux ce que je veux : une femme gentille, intelligente, aimante, qui placera sa famille et son partenaire au-dessus de tout. Une femme qui appréciera une vie tranquille, qui aime la nature, comprend notre peuple.

– Milo, tu ne…

Il presse son pouce sur ma bouche, m'empêchant de parler.

– Je te veux toi, Evie Ross. Mon soleil doré. Ma lumière.

Je plonge mon regard dans le sien et mes yeux se remplissent de larmes, émue de le découvrir si sincère. Car Milo ne me cache rien.

– Tu as raison, j'admets en appuyant mon front contre le sien. J'ai peur.

Il passe son bras autour de ma taille et me tient contre lui. Dans ses bras, je me sens à la fois minuscule et protégée.

– Donne-nous une chance. Laisse-moi te montrer combien on peut être heureux. Ne t'enfuis pas. Ne te cache pas. Sois forte. Pour moi. Pour toi. Pour ce qu'on peut être, ensemble.

Je frémis et ferme les yeux, je sens la brise se lever et agiter mes cheveux.

– De quoi as-tu peur, Nizhoni ? Dis-moi.

– Si je te fais une place, tu finiras par partir.

– Non, chuchote-t-il contre ma bouche avant de m'embrasser, effleurant à peine mes lèvres.

– Si, j'insiste en hochant la tête. Comme tout le monde.

Il secoue la tête et prend mon visage dans ses mains.

– Evie, je n'ai aucune intention de te quitter. Jamais. Fais-moi confiance.

Je ferme les yeux et l'embrasse tendrement, m'autorisant à lui faire une place dans ma vie.

M'autorisant à saisir un rêve.

En espérant ne pas finir en miettes.

♦

Milo et moi marchons main dans la main en direction des écuries de la réserve. Un immense bâtiment en bois abrite des dizaines de box et, si chaque famille s'occupe de ses chevaux, tous les membres de la réserve participent à l'entretien des écuries en plus de payer une part du fourrage. Chaque famille peut décider de nettoyer son box elle-même ou bien engager les services du palefrenier de la réserve.

Lorsque nous avons eu fini de parler et de nous bécoter, Milo m'a proposé d'enfiler un jean et des bottes, sans me dire pourquoi. Ayant grandi ici, je ne viens jamais sans une tenue de randonnée. J'ai même un chapeau de cow-boy, que j'ai mis sur mes cheveux pour me protéger du soleil.

Je suis tout excitée lorsque je réalise qu'il m'emmène aux écuries, et je frémis de joie. Je sais que sa famille a un bon nombre de chevaux et qu'ils fournissent à la région de nombreux étalons.

– Salut, Dakota, dit Milo lorsqu'on approche de la porte.

Je me crispe des pieds à la tête en voyant Dakota Chee, un des garçons qui m'agressaient régulièrement lorsque j'étais petite. Il n'était pas aussi méchant que ses deux frères, mais il n'était pas gentil pour autant.

Je baisse les yeux et tire sur le bras de Milo.

– Euh... peut-être qu'on devrait plutôt aller par là bas, je chuchote en désignant la direction opposée.

Il fronce les sourcils et me prend par la taille pour me ramener contre lui.

– Je veux te montrer quelque chose, murmure-t-il d'un ton si tendre que je frissonne de plaisir.

– Salut, Milo. Ça roule ? demande poliment Dakota.

Je garde la tête baissée, évitant de croiser son regard.

– Bien, les affaires vont bon train, comme toujours, répond Milo.

– Au fait, merci pour tes conseils, le trimestre dernier. La plus-value des actions que tu nous as choisies nous a vraiment aidés. On a pu acheter les nouvelles selles dont on avait besoin.

– Super. Elles devraient continuer à augmenter. On les garde encore un moment, mais je les surveille, ne t'en fais pas.

– Je te fais confiance, dit Dakota. Tu es venu voir ta princesse ?

Outrée, je lève brusquement la tête vers Milo. Qui ne réagit pas.

– Ouais, je veux la montrer à Evie. Elle adore les chevaux.

C'est vrai, mais comment il le sait ?

– Evie... Evie Ross ? La petite de Tahsuda ?

– Ouais, acquiesce Milo.

– Waouh, Evie Ross. La plus jolie fille de la réserve, ricane Dakota.

– Quoi ? je m'exclame, faisant rire Milo.

– Comment tu vas, depuis le temps ? demande Dakota. Tu es toujours canon, à ce que je vois, dit-il, comme s'il parlait à une vieille amie et non à quelqu'un que lui et ses frères passaient leur temps à harceler.

J'ouvre la bouche et la referme plusieurs fois, ne sachant absolument pas quoi dire à celui qui me martyrisait quotidiennement.

– Je sais que tu viens souvent voir Tahsuda le sage, mais tu ne te joins jamais à nous autres, poursuit-il. Je le regrette amèrement, maintenant. Ça fait longtemps que je t'aurais invitée à boire un verre.

– Dakota, fais gaffe, gronde Milo. Tu ne vois pas qu'elle est à mon bras ?

Dakota agite la main, comme si de rien n'était.

– Bref. Tu as toujours eu le béguin pour Evie Ross. Tout le monde le savait.

Je regarde Milo, bouche bée, les yeux écarquillés. Je n'en reviens pas.

– Tu avais le béguin pour moi ?

Il esquisse un sourire ultra-sexy avant de répondre.

– Je t'ai dit que j'avais l'intention de tenter ma chance après la fac.

– Je... je... je ne sais pas quoi faire de cette information.

– Et si tu savourais simplement le fait que j'ai été aussi dingue de toi que tu l'étais de moi ?

– Je n'étais pas dingue de toi, je grommelle. J'avais un béguin tout ce qu'il y a de plus normal.

– Si seulement tu avais eu le béguin pour moi ! Mais tu es devenue une belle plante, lance Dakota en me reluquant lentement des pieds à la tête, comme s'il m'imaginait à poil.

Si je n'étais pas avec Milo et qu'il ne m'avait pas tourmentée toute mon enfance, je me serais rincé l'œil, moi aussi.

– Tu me détestais, je rétorque. Tu passais ton temps à me martyriser.

– Ben ouais, tu étais tellement jolie avec tes cheveux jaunes et tes grands yeux bleus.

– Tes frères me frappaient et tu m'as même craché dessus !

– Ouais, je suis désolé, Evie. C'était il y a longtemps et j'étais un petit con qui faisait tout comme ses frères. Je pensais que ça faisait de moi un homme, explique-t-il d'un ton sincèrement désolé.

– Un homme qui s'en prend à une petite fille et lui crache dessus ? je lui rappelle, pour qu'il n'oublie pas.

Dakota lève la main et se masse la nuque, gêné.

– Ouais, je suis vraiment navré, Evie. Je serais ravi de t'inviter à dîner pour me faire pardonner, mais j'ai comme l'impression que Milo m'étranglerait si je tentais quoi que ce soit. Que diriez-vous que je vous prépare vos selles, à tous les deux ? Vous êtes venus pour monter, non ?

Milo hoche la tête et Dakota part au fond de l'écurie, là où l'équipement est stocké.

– Qu'est-ce qui vient de se passer ? je m'exclame en faisant les gros yeux à Milo.

– C'est un homme au sang chaud qui a pris le temps de te regarder et qui a aimé ce qu'il a vu. Ça ne se reproduira plus, crois-moi. Le seul qui a le droit de te déshabiller du regard à présent, c'est moi, répond Milo en pointant son pouce sur son torse.

– Je ne parle pas de ça, bon sang. Je parle du fait qu'il me trouvait jolie et que je lui plaisais !

– Ouais, et ?

– C'est impossible. Ils étaient tellement méchants !

– Les imbéciles sont souvent méchants avec les jolies filles parce qu'ils ne savent pas comment se comporter et qu'ils ont été mal éduqués. Dakota a appris la leçon, depuis. À la dure, d'ailleurs, à force de se prendre des râteaux avec les femmes.

– Je ne sais pas quoi penser de ce que tu me dis, je réponds en secouant la tête. Je suis complètement perdue aujourd'hui.

– N'y réfléchis pas, trop, Evie. Viens, je veux te montrer quelque chose.

– Ta princesse...

Il m'offre un sourire resplendissant, si beau qu'il m'éblouit, mais je ne ferme pas les yeux de peur de rater un si beau spectacle.

– J'aime que tu me regardes comme si le monde cessait de tourner, dit-il avant de m'embrasser fermement sur la bouche.

– Milo, je ne sais jamais sur quel pied danser avec toi, je réponds en lui tenant le bras. Tu ne comprends pas à quel point c'est perturbant ?

– La vie est pleine de surprises, déclare-t-il simplement.

– Bref, tu voulais me montrer quelque chose ?

Il m'emmène au fond de la grange bordée de box et il lâche ma main pour avancer vers une porte portant l'inscription « *adinidiin* ». J'approche à mon tour et retrace du bout du doigt l'écriture navajo, souriant jusqu'aux oreilles alors que mon cœur bat la chamade.

Il ouvre la moitié supérieure de la porte et me fait signe de regarder. Dedans, une superbe jument couleur noisette est en train d'allaiter un poulain palomino, doré, à la crinière blonde.

– Il est à ta famille ?

– À moi. La pouliche est née il y a quinze jours. Je l'ai baptisée comme toi.

Waouh. Mon cœur accélère encore et je respire par la bouche, n'ayant plus assez d'air dans mes poumons

– Elle est magnifique, je dis, émerveillée. La maman a l'air heureuse, aussi.

J'ai à peine prononcé ses mots que la pouliche lâche sa mère, qui peut alors avancer vers nous pour frotter son nez au visage de Milo. Il en fait de même tout en caressant sa tête et son cou.

– Bonjour Chenoa. Comment va notre fifille ?

La jument continue de se frotter à lui.

– Tu veux la caresser ? me demande-t-il.

– Mon Dieu, avec plaisir.

Je tends la main vers son épaule, comme Toko me l'a appris quand j'étais petite, et je presse ma main sur son pelage soyeux. Je la caresse lentement, avec de grands gestes, tout en lui parlant.

– Salut, Maman Chenoa. Tu es superbe et ton bébé est magnifique.

La jument hennit doucement et rapproche sa tête de la mienne. Je frotte son nez puis son crâne, derrière son oreille, ce qu'elle semble adorer. Elle pousse mon chapeau du bout de son museau et le fait tomber par terre. J'éclate de rire, ravie d'interagir avec un animal aussi majestueux.

– Tu as des écuries, chez toi ? je demande à Milo.

– Oui, mais je voulais que la jument et la pouliche restent avec l'étalon jusqu'à ce qu'elle ait fini de l'allaiter. Puis je les ramènerai chez moi.

– Merci de me les avoir présentées, je dis alors que Milo me prend par les épaules.

– Y a pas de quoi. Allez viens, on va faire une balade.

Je me mords la lèvre, nerveuse, parce que ça fait une éternité que je ne suis pas montée à cheval.

– Ça fait un bail, tu sais... je ne suis pas sûre que ce soit une bonne idée.

– Dans ce cas, tu monteras avec moi. Dezba est assez grand pour nous deux. C'est le père d'Adinidiin.

– Cool ! je m'exclame en suivant Milo vers la partie où sont gardés les étalons.

Dakota sort justement d'un box avec un cheval immense. Il est haut, puissant et vraiment superbe.

– Waouh, je chuchote en approchant de l'animal.

Ce dernier vient aussitôt vers moi et pose son museau contre ma joue. Milo reste à mes côtés mais n'intervient pas, laissant son cheval mordiller joyeusement mon chapeau.

– Espèce de dragueur, grogne-t-il. C'est ma femme, Dezba, bas les pattes !

Je lève la main pour caresser son large cou musclé.

– Il est incroyable.

– Et difficile. Il aime les femmes bien plus que les hommes.

Je souris à Milo en continuant de cajoler son cheval.

– On ne peut pas lui en vouloir, je réponds alors que l'étalon se rapproche encore, aimant clairement mes caresses.

– Non, c'est vrai. Et il a bon goût, dit Milo en me toisant de son regard de braise.

– Il vous faut un autre cheval ? demande Dakota.

– Evie va monter avec moi, répond Milo.

– Tu veux que je t'aide à monter, ma p'tite dame ? propose le palefrenier.

– Tu n'as pas un travail à faire ? gronde Milo.

– C'est justement ce que je fais : je m'assure qu'une jolie jeune femme peut monter en toute sécurité, répond-il en souriant.

– Pas cette fois, rétorque Milo d'un ton menaçant.

– Je peux le faire toute seule, je râle avant de m'adresser au cheval. Je vais te monter, maintenant, d'accord ? Sois gentil avec moi et je te donnerai une pomme en cachette, plus tard.

L'étalon hennit et fait quelques pas pour se placer devant moi.

– Tu vois ? Il m'adore.

– Il y a beaucoup à adorer, chez toi, répond Milo en penchant la tête sur le côté pour regarder mes fesses.

Je fais mine de le fusiller du regard et empoigne la selle. Je place mon pied dans l'étrier et essaie de me hisser sur la bête gigantesque, mais je me mets aussitôt à vaciller et à glisser vers l'arrière. Heureusement, Milo est là pour saisir mes hanches et me soulever sur le cheval. Ensuite, sans le moindre effort apparent, il monte à son tour sur l'étalon, comme un chevalier des temps modernes.

– Frimeur, je marmonne avant de caresser la crinière de Dezba.

Je me demande si Milo me laisserait la tresser ; ou peut-être celle de Chenoa.

– Avec toi, je saisis toutes les occasions de te séduire, marmonne-t-il dans mon oreille. Tu peux garder son chapeau ? demande-t-il à Dakota en le lui tendant.

– Bien sûr. Amusez-vous bien, tous les deux.

Milo claque sa langue et on avance lentement vers le chemin de terre. Lorsque nous nous sommes suffisamment éloignés de la réserve, il pousse l'étalon au trot, puis au galop. Mes cheveux volent au vent et mon corps bouge au rythme du cheval. Milo me tient par la taille, gardant les rênes dans l'autre main.

Soudain, il nous penche en avant et dit quelque chose en navajo à Dezba, qui redouble aussitôt d'efforts pour galoper à toute vitesse à travers le désert.

De toute ma vie, je ne me suis jamais sentie aussi libre.

CHAPITRE 10

Milo fait rentrer Dezba dans les écuries et, devant son box, il en descend d'un bond, comme un gymnaste qui fait ça tous les jours. Je me retrouve soudain à voler dans les airs, tenue par les immenses mains de Milo, avant de toucher terre en douceur.

Je dégage les mèches tombées sur mon visage et le regarde en souriant jusqu'aux oreilles.

– C'était génial ! je m'exclame, frémissant encore sous l'excitation de la chevauchée dans le désert.

Ignorant mes scrupules, je prends Milo par le cou et m'empare de ses lèvres. Il empoigne ma nuque d'une main et glisse aussitôt sa langue dans ma bouche. C'est un baiser intense, mouillé, qui me transperce jusqu'au plus profond de mon âme. Il en prend le contrôle, me serrant contre lui avant de me soulever légèrement, et je me laisse faire, répondant avec autant si ce n'est plus de fougue, oubliant mes peurs et mes angoisses, profitant simplement du moment.

Nos langues poursuivent leur danse et je me retrouve plaquée contre un mur. Milo semble être partout à la fois.

Sa main descend dans mon dos pour palper mes fesses et presser son érection contre mon ventre, et j'augmente la mise en levant une jambe pour entourer sa taille et me rapprocher encore de lui, désirant davantage, souhaitant qu'il m'enveloppe et me montre combien cela pourrait être bon entre nous.

Je gémis et romps le baiser pour reprendre mon souffle, mais Milo ne se décourage pas, loin de là. Sa bouche se rue sur ma gorge, qu'il se met à sucer et mordiller, plantant ses dents dans le creux de mon épaule. Mes parties intimes sont folles de joie et frémissent de plaisir et d'impatience.

– Milo... je soupire en fermant les yeux.

Il palpe mon sein par-dessus mes vêtements et le soulève juste assez pour le lécher. Une fois encore, il y plante ses dents, assez fort pour y laisser une marque.

– Fils, dit une grosse voix, quelque part derrière nous.

Sani, le père de Milo, est là, tenant dans ses mains les rênes de Dezba.

– Je crois que... euh... tu as oublié quelque chose, dit-il avec un sourire en coin, comme s'il se retenait de rire.

Milo enlève lentement sa main de mon sein et me prend par la taille pour me ramener contre lui. Il hoche la tête en direction de son père, sans dire un mot.

– Je suis venu voir si Evie et toi aviez envie de dîner avec nous, ce soir. Lina a préparé un festin. Je crois qu'elle tient à se faire pardonner, surtout après notre discussion d'hier soir.

Je me crispe dans les bras de Milo, qui baisse la tête vers moi.

– Tu te souviens de ce que je t'ai dit ? De me confier ta peur. De me faire confiance.

Je me lèche les lèvres, sentant encore le goût de Milo après notre baiser torride.

Je suis profondément tiraillée. Bien sûr, j'ai peur d'être rejetée une nouvelle fois, mais je crains aussi qu'en voyant l'attitude de ses parents envers moi, Milo comprenne qu'il s'est trompé. Et, de mon côté, de gâcher le peu qu'on a concrétisé aujourd'hui en ne lui faisant pas confiance comme je le lui ai promis.

– Euh... je ne sais pas ce que Toko a prévu, je réponds prudemment.

– Il peut venir aussi, dit Sani.

Je grince des dents et pince la taille de Milo pour qu'il comprenne mon malaise.

– On va en parler entre nous, Azhé'é, dit-il à son père en navajo.

– Ni-má veut se faire pardonner, Yázhi, insiste Sani.

Il appelle Milo son « petit », ce que je trouve absurde car Milo n'a rien de petit.

Je cache mon visage dans le bras de Milo pour masquer mon rire, il m'observe avec un sourire en coin.

– Je comprends, Azhé'é, mais ce n'est pas facile pour Evie. Nous allons en discuter et je vous tiens au courant.

– Ni-má tient à réparer la situation. Elle n'a pas dormi de la nuit, répond son père en penchant la tête sur le côté, comme s'il en appelait à la compassion de son fils.

Néanmoins, Milo se redresse et me serre plus fort.

– C'est sa pénitence pour avoir été méchante. Si j'avais fait du mal à quelqu'un, il me faudrait du temps pour m'en remettre, même si j'avais été pardonné. Il faudra du temps à má, aussi. D'ici là, Evie et moi allons en parler. Merci d'avoir ramené Dezba.

Son père hoche la tête et vient jusqu'à nous pour donner les rênes à son fils.

– Lina me faisait oublier le reste du monde, aussi.

Ses paroles me font comprendre combien Milo ressemble à son père. Il me fait passer en premier, tout comme son père le fait avec sa mère.

Sani se dirige vers un autre box et je l'entends murmurer quelque chose, sans doute au cheval qui est à l'intérieur.

– Viens, je te ramène chez Toko, mais je reste déjeuner avec vous, déclare Milo.

Il s'occupe d'enlever la selle de Dezba, puis il le remet dans son box et vient vers moi, me prenant de nouveau par la taille.

J'ai envie de lui reprocher son ton autoritaire, mais il a pris ma défense, et maintenant que je comprends un peu mieux son père, je veux bien accepter qu'il me donne des ordres.

– Ok, j'acquiesce en frottant ma joue contre son torse.

Je récupère mon chapeau sur une table mais je ne le mets pas, j'aime trop sentir le torse chaud de Milo contre ma joue quand on marche.

– Que penses-tu de l'invitation à dîner ? demande-t-il d'un ton léger qui n'a rien d'insistant.

– Je ne sais pas, je réponds en haussant les épaules. Je n'ai pas l'habitude de me mettre volontairement dans des situations gênantes. D'un côté, j'ai envie de te rendre heureux et de faire comme si tout allait bien, mais je ne suis pas naïve ; je sais qu'une des parties en sort toujours perdante, et en général, c'est moi. J'ai fait ça toute ma vie.

– Qu'est-ce que tu as fait toute ta vie ?

– Faire comme si tout allait bien.

Il hausse le menton, j'en déduis qu'il m'encourage à m'expliquer.

– Ma mère était une baroudeuse de l'extrême. Elle a parcouru le monde, et Suda Kaye en a fait de même à sa mort. Maman était absente plus qu'elle n'était présente. Il n'y a que quand j'ai eu quatorze ans qu'elle est restée un moment ; c'est là qu'elle nous a fait déménager à Pueblo pour qu'on aille dans un collège public.

– Je savais que Catori voyageait beaucoup, oui. Je vous voyais souvent seules avec Tahsuda. J'ai longtemps supposé qu'elle partait pour le travail, jusqu'à ce que má se mette à dire des choses.

– Un boulot, tu parles, je ricane sèchement. Si seulement ! C'était mon père qui voyageait pour le travail. Il est dans l'armée ; il est haut gradé et il vit sur des bases militaires, à l'étranger.

– Et ta mère ?

– Elle était danseuse, artiste, barmaid ; elle prenait les jobs qu'elle trouvait, du moment qu'elle gagnait assez d'argent pour vivre durant ses voyages. C'était surtout une rêveuse. Elle pourchassait sans cesse un rêve qui restait hors de sa portée.

– Et quel était son rêve ?

– D'être heureuse.

Nous marchons un moment en silence, puis il s'arrête et me ramène contre lui.

– Tu crois que ta sœur et toi ne suffisiez pas à la rendre heureuse ?

– Non. Si c'était le cas, elle ne serait pas partie.

– Vous aviez besoin d'une mère.

– On se débrouillait sans. C'est Toko qui nous a élevées, jusqu'à ce qu'elle revienne et nous emmène à Pueblo.

– Pourquoi elle a fait ça ?

– Au début, elle ne nous a rien dit. Mais après une année sans voyager, et après avoir beaucoup maigri, elle ne pouvait plus nous le cacher. Elle était malade, un cancer. Alors j'ai passé les années suivantes à m'occuper d'elle et de Suda Kaye. C'est moi qui faisais à manger, qui faisais les courses, qui payais les factures avec l'argent que mon père versait sur son compte. Elle faisait ce qu'elle pouvait, mais elle n'avait plus beaucoup de forces.

– Tu t'es occupée de ta mère malade pendant cinq ans, alors qu'elle a passé les quatorze premières années de ta vie à te tourner le dos ?

J'essaie de m'éloigner pour qu'il ne voie pas combien cela me fait souffrir, mais Milo m'en empêche, prenant mon visage dans ses mains.

– Regarde-moi, Evie.

Je fronce les sourcils et lève les yeux, découvrant ses traits tirés tandis qu'il concentre toute son attention sur moi. Le monde pourrait s'écrouler autour de nous que Milo ne verrait que moi, c'est profondément émouvant.

Il caresse ma pommette avec son pouce et approche son visage du mien, de sorte que je ne vois plus que ses yeux.

– Je ne vais pas m'envoler, Evie. Je te veux dans ma vie. Et je ferai tout ce que je peux, je travaillerai comme un acharné jusqu'à ce que tu sois persuadée que c'est bien vrai.

– Pourquoi ? je demande en retenant mon souffle, essayant de réprimer les émotions qui menacent de m'engloutir.

– Parce que je sais que le bonheur que je ressentirai avec toi sera plus beau que tout ce que j'ai connu jusque-là.

– Milo...

J'appuie mon front contre le sien, ne comprenant pas comment il peut être aussi sûr de lui.

– Crois-y, Evie. Crois en nous. Reste avec moi. Profite du présent. Comprends qu'en cet instant, dans mes bras, tu es à ta place.

– J'en ai envie...

Mon Dieu, j'en ai tellement envie... Seulement, je ne sais pas si c'est raisonnable.

– C'est tout ce que j'ai besoin de savoir.

– Mais j'ai tellement de bagages, de problèmes...

J'admets à voix haute ce qu'on sait déjà. Je lutte quotidiennement contre de vilains démons. Si j'essaie de me remettre de presque trente ans de souffrance et de blessures, cela n'en est pas moins effrayant. J'ai du mal à croire qu'un homme aussi merveilleux que Milo ait envie d'être à mes côtés pour m'aider à vaincre mes démons. Pire encore, j'ai du mal à accepter que cela puisse être vrai, car la seule personne qui m'a vraiment soutenue coûte que coûte, depuis le jour de ma naissance, c'est Toko.

– On a tous des blessures qui ont du mal à guérir, dit Milo. Mais un jour, Nizhoni, ce ne seront plus que des cicatrices. Des marques qui nous rappellent d'où on vient et ce qu'on ne veut plus dans nos vies. C'est à nous d'affronter le reste. Faisons-le ensemble, tu veux ? demande-t-il en dégageant mes cheveux de mon épaule pour y laisser sa main.

Je ferme les yeux, lève la tête et me mets sur la pointe des pieds pour l'embrasser. Il répond à mon baiser avec une conviction et une détermination qui ne semblent jamais lui faire défaut, puis il me libère – trop tôt à mon goût – pour me ramener chez moi. Cette fois, nous marchons main dans la main. Aucun ne tire l'autre. Nous avançons ensemble, au même rythme et dans la même direction.

♦

Hier soir, j'ai finalement décidé de ne pas dîner avec la famille de Milo. Il a compris, mais j'ai deviné à sa façon de fermer les yeux et de hocher lourdement la tête, ainsi qu'à sa manière de serrer les poings, que ma décision ne lui plaisait pas. Il n'a pas cherché à me faire changer d'avis ni à me culpabiliser ; il a accepté mon choix, même s'il n'était pas ravi. Car c'était bien mon choix. Cela m'a prouvé que j'ai réellement le contrôle. Je trouve merveilleux de voir cet homme, dont je suis en train de tomber amoureuse, accepter une décision qui lui déplaît, et ce sans m'en vouloir. Cela m'a presque fait changer d'avis.

Presque.

Au lieu de ça, donc, j'ai passé la soirée avec Toko. Nous avons cuisiné ensemble en buvant son vin préféré, puis nous avons joué aux cartes. J'ai passé une très bonne soirée.

À présent, je suis assise devant ma pile de lettres roses, nouées par un ruban, et je me demande si j'ai fait le bon choix. Aurais-je dû sortir de ma zone de confort pour rendre un autre heureux ? Ma mère l'aurait-elle fait ? Et Suda Kaye ?

Je sais déjà que Suda Kaye serait allée chez les parents de Milo. Elle n'aurait pas laissé sa mère s'en sortir aussi facilement et elle aurait sans doute fait un scandale. Parfois, je regrette de ne pas être aussi forte et confiante qu'elle. Mais je ne suis pas ainsi, et je ne l'ai jamais été.

Chaque membre d'une famille a un rôle à jouer, le mien est d'être le gardien de la paix. Ça ne veut pas dire que je ne ressens rien et que je suis passive, seulement que je ne fais pas part de mes sentiments ou de mes opinions au reste du monde. Je ne me laisse pas non plus marcher dessus, mais je préfère tourner la page, laisser ceux qui me font du mal derrière moi. La conséquence de cette attitude est que je peux paraître froide et détachée. Hélas, dans la situation présente, si je veux réellement construire une relation solide et durable avec Milo, il va falloir que j'affronte ses parents.

Je tire sur le ruban qui lie les lettres de ma mère et sors celle que je cherche, ressentant le besoin d'avoir son avis. Je prends toujours les courriers de ma mère lorsque je voyage, même si ce n'est que pour venir chez Toko. Je ne veux jamais risquer de perdre la seule connexion physique qui me reste avec elle.

Celle-ci date de mes vingt-cinq ans.

Evie, ma Taabe,

Je parie qu'à présent, ma fille adorée est diplômée de la fac et prête à dominer le monde ! Tu as toujours écouté ta tête et tu ne reviens jamais sur une décision une fois que tu l'as prise. Ta confiance et ta détermination sont des qualités que j'ai toujours admirées. Je crois que tu les tiens de ton père.

Comme lui, tu es forte, stable et fidèle.

Depuis le jour où tu as fait tes premiers pas, ton chemin a été tout tracé devant toi. Ta tête a toujours été tournée vers l'avenir ; tu étais concentrée sur tes prochains pas. Ce n'est pas parce que je ne partage pas ce trait de caractère que je ne l'admire pas, ma chérie.

Honnêtement, j'aurais aimé être davantage comme toi, sur ce point. Peut-être qu'alors, j'aurais su me satisfaire de rester en place. Prendre des risques, faire des vagues et se battre pour ce qu'on veut dans la vie peut être une bonne chose, et j'adore ça chez toi.

Même quand j'ai su que j'avais un cancer, je ne me suis pas inquiétée pour toi. Je savais que tu pouvais prendre soin de toi-même. Cela faisait déjà longtemps que tu m'aidais et soutenais Toko et ta sœur. Mon Evie, la jeune femme la plus forte, la plus tenace et la plus empathique que je connaisse.

En dépit de ce que tu as pu penser, Taabe, tu as toujours été un phare pour moi. Une lumière qui me montrait le chemin de la maison.

Continue d'être cette lumière. Ne laisse personne la diminuer.

Je sais que l'homme que tu choisiras verra ta lumière et sera à jamais réchauffé par elle.

N'accepte rien de moins et, lorsque tu trouveras cet homme, ne le laisse pas t'échapper.

Sois meilleure que moi. Bats-toi pour ce que tu veux. Éclaire ce que tu veux de ta lumière, Taabe, et je te promets que tu n'auras jamais froid.

Avec tout l'amour que j'ai en moi,

Maman

Savoir que ma mère pensait que je suis capable de prendre soin de moi est terriblement motivant, surtout en cet instant, alors que ma vie me semble sens dessus dessous. Or, ce qu'elle dit est vrai, j'ai parfaitement su m'en sortir toute seule. J'ai obtenu les diplômes que je voulais et j'ai merveilleusement réussi en affaires.

Et à présent, à trente ans, l'homme de mes rêves me choisit. Il se bat pour moi. Quel genre de femme serais-je si je ne me battais pas aussi pour lui ?

Comme le dit ma mère, je ne dois pas abaisser mes attentes.

Si j'avais épousé Stan, c'est ce que j'aurais fait. Milo avait accepté de vivre avec une femme qu'il n'aimait pas et qui l'a constamment fait souffrir. Il est désormais libéré de cette vie et il se démène pour construire une nouvelle vie avec moi. La femme qu'il veut.

Et, bon sang, Milo est vraiment l'homme que je veux. Il l'a toujours été. Certes, il est autoritaire, mais ses intentions sont bonnes. Il ne parle que lorsque c'est nécessaire et, si cela peut être frustrant, le silence peut être agréable aussi. Ce doit être bon de pouvoir profiter du silence avec quelqu'un.

Je frissonne dans ma robe de chambre et replie la lettre de ma mère pour la ranger dans sa pile, puis je regarde le soleil se lever sur les falaises.

Une grande silhouette sombre vient vers moi, et je ne peux m'empêcher de sourire.

Milo.

Il sait que je me lève à l'aube. J'ai découvert comment il avait déniché cette information et comment il a su où j'étais. Suda Kaye.

Apparemment, quand il n'a pas eu de mes nouvelles pendant plusieurs jours et que mon bureau lui a dit que je m'étais absentée jusqu'à nouvel ordre, il a rendu visite à Suda Kaye, qui n'a eu aucun scrupule à lui dire où j'étais.

Traîtresse.

Quand va-t-elle apprendre, bon sang ?

Qui est la grande sœur dans l'histoire, au juste ?

Il va falloir que je lui en touche un mot pour qu'elle arrête de se mêler de ma vie amoureuse. J'ai l'impression que tous les jeunes mariés font ça : dès qu'ils ont la bague au doigt, ils décident que tout le monde doit être marié.

Et quand on n'est pas marié, ils veulent savoir pourquoi. Si on n'est pas en couple, ils veulent vous arranger le coup.

Et ma sœur est encore plus insistante, parce qu'elle veut sincèrement mon bonheur. Peut-être plus encore que le sien. Son amour pour moi n'a pas de limites. J'apprécierais, néanmoins, qu'elle dirige son attention ailleurs.

Pendant que je pense à tout ça, Milo se rapproche, foulant le sol de ses grandes enjambées.

Il est vraiment... magnifique. Il porte un jean noir, des santiags et une chemise en lin blanc qui vole dans le vent, comme une voile. Ses cheveux en font de même et ressemblent à des rubans de soie ondulant dans la brise. Il porte un ras-de-cou dont pendent une série de perles en ivoire et de perles plus petites, turquoise et argentées. Au centre du collier, des médaillons métalliques, dont je ne parviens pas à discerner les dessins gravés dessus.

Il gravit les marches du perron et me sourit tendrement.

– Je vois que j'ai droit à une Evie ensommeillée et pensive, ce matin, dit-il en me tendant la main.

Je la prends et il m'attire, debout contre lui, avant de baisser la tête pour m'embrasser.

Son parfum de cuir et de fumée de bois me laisse penser qu'il est resté assis longtemps au coin d'un feu. Sa peau est bien plus chaude que la mienne, et je passe ma couverture sur ses épaules pour qu'elle nous enveloppe tous les deux.

Il a un goût de menthe et d'homme, comme la première fois qu'on s'est embrassés, chez moi.

Je plonge mes doigts dans ses cheveux et titille ses lèvres avec ma langue. Il pousse un grognement, empoigne mes fesses de ses deux mains et m'embrasse langoureusement. Je gémis et miaule comme un chaton qui veut sa dose de lait tout en caressant sa langue et mordillant sa lèvre, je me perds dans le baiser.

Hélas, Milo recule la tête trop tôt et appuie son front contre le mien.

– Bonjour, Adinidiin. Tu as bien dormi ?

Je souris et hoche la tête.

– Et toi ?

– Non, c'est pour ça que je suis venu.

Je fronce les sourcils et recule, mais il ne me laisse pas beaucoup m'éloigner.

– Ah ?

Milo nous guide vers le large rocking-chair et garde mes mains dans les siennes.

– Ma mère est bouleversée. Elle pense avoir gâché mes chances d'avoir une relation avec toi, et elle a peur que cela finisse par diviser toute la famille.

Je fronce encore plus les sourcils devant son inquiétude.

– Elle veut que je t'invite à prendre le petit déjeuner ce matin. Je dois repartir à Colorado Springs ce soir, car j'ai un rendez-vous important avec un client potentiel demain matin. D'ailleurs, j'espérais qu'on pourrait y aller ensemble, puisque c'est en lien avec la fusion que je te propose.

Je serre ses mains plus fort.

– Ok, ça fait beaucoup d'infos. La première, c'est que tu veux que je prenne le petit déj avec tes parents. La seconde, c'est cette fusion dont on n'a toujours pas parlé en détail.

Il porte mes mains à sa bouche et embrasse mes doigts.

– Je ne veux pas que tu viennes chez mes parents si tu ne te sens pas prête. Je suis un homme de parole. Ma mère m'a demandé de t'inviter, et c'est ce que je fais. Mais je soutiendrai ta décision, quelle qu'elle soit. Je suis convaincu que, tôt ou tard, ma famille et toi n'en formerez qu'une. Que cela prenne un jour ou un an, j'attendrai.

Je pose ma main sur sa joue, reconnaissante de voir qu'il fait passer mon bien-être avant celui de sa mère. Ça en dit long sur lui. Ça dit tout, en fait.

Je t'aime.

Les mots sont sur le bout de ma langue, mais je les retiens. Néanmoins, ce moment marque un véritable tournant. Je suis amoureuse de Milo Chavis. Je l'aime d'un véritable amour d'adulte. Ce n'est plus un béguin d'enfance. Or je sais, en le voyant me donner la priorité, que son cœur est sur le même chemin que le mien.

Bien sûr, il avait déjà été très clair sur sa volonté de m'avoir dans sa vie, dans son lit et dans son avenir. Mais là, il vient de le prouver.

Aussitôt, la décision m'apparaît simple, une décision pour lui, pour nous, et qui, je l'espère, ne se retournera pas contre moi.

– Je veux bien déjeuner avec ta famille.

– Tu es sûre ? demande-t-il en posant sa main sur ma joue.

Cet homme est merveilleux.

– Oui. Pour toi, pour nous, je veux bien.

Et, comme maman l'a dit dans sa lettre, lorsque j'ai pris une décision, je ne reviens jamais dessus.

– Evie, tu me fais plaisir et me surprends, déclare-t-il d'un air émerveillé.

Je souris jusqu'aux oreilles, ravie de le rendre heureux.

– Dans ce cas, j'ai fait mon travail. À quelle heure ?

– Huit heures. Je te laisse te préparer et je reviendrai te chercher.

– Tu sais, je peux venir toute seule. J'en ai pour dix minutes à pied.

Il passe son bras autour de mes épaules et m'attire contre lui.

– Je viens te chercher et je marcherai à tes côtés.

– Oooh, on n'a pas raté le meilleur ! je m'exclame en me blottissant contre lui, les yeux rivés sur l'horizon.

– C'est-à-dire ? demande-t-il en haussant les sourcils.

– Le moment où le soleil se détache de l'horizon et nous inonde de toute sa lumière, je réponds en souriant jusqu'aux oreilles, ravie de partager ce moment avec lui.

J'observe le tableau, mais me rends bientôt compte que c'est moi que Milo regarde.

– Chéri, tu rates le spectacle, je râle en faisant la moue.

– Non, pas du tout ! insiste-t-il.

– Mais si, je réponds en fermant les yeux sous les rayons du soleil qui réchauffent ma peau.

– Non. Voir le soleil illuminer ton visage, le matin... Nizhoni... il n'y a pas de plus beau spectacle.

CHAPITRE 11

– Tu es calme, Nizhoni, dit Milo, rompant le silence pour la première fois depuis que nous sommes partis à pied chez ses parents.

Je regarde l'étendue de la réserve ensoleillée, les cavaliers qui gravissent les sentiers qui montent vers ces falaises que j'aime tant, les enfants qui courent partout, criant et riant aux éclats, comme seuls le font les enfants.

– Je me sens calme, je réponds en lui souriant.

Sa mine est neutre, mais ses yeux sont pensifs. Sur un autre que lui, cela pourrait sembler sévère, mais j'ai appris à déceler les changements subtils de son visage.

– Ça me plaît.

Je bouscule légèrement son épaule.

– Et moi, c'est toi qui me plais. Pas autant que quand tu m'embrasses, cela dit, je réponds d'un ton moqueur.

Notre session de câlins, ce matin, s'est terminée de façon abrupte lorsque Toko est sorti sur le patio et nous a fait sursauter en se raclant la gorge. Bien évidemment, mon grand-père est trop classe pour dire quoi que ce soit, mais il s'est fait comprendre en offrant une tasse de café à Milo, signe qu'il est le bienvenu chez lui.

– Ce n'est pas fair-play, Adinidiin.

Je souris et balance ma main d'avant en arrière tandis que nous approchons de la maison de ses parents. Elle ressemble à celle de Toko, sans fioritures ni prétention. Elle est simple, en accord avec le paysage, de sorte qu'elle n'ôte rien à la beauté du désert qui l'entoure. Il y a deux rocking-chairs au bout du porche sur lequel sont parsemés des dizaines de pots multicolores regorgeant de succulentes en tous genres.

– C'est ta mère qui s'en occupe ? je demande en désignant les plantes.

– Oui, elle a la main verte.

– Elles sont superbes.

Je m'accroupis et effleure une feuille couleur lavande, dont la pointe est fuchsia.

– Je te l'offre. En gage de paix, dit Lina, derrière moi.

Je me lève en secouant la tête et ma robe jaune vole dans la brise.

– Oh non, c'est gentil. Mais merci.

Lina est près de la porte, les mains jointes devant elle.

– Bienvenue, Evie, dit-elle en nous faisant signe d'entrer. Je suis heureuse que tu sois venue.

Je souris. Elle est vêtue d'une jupe portefeuille bleue et d'un débardeur blanc assez ample. Elle porte des sandales en cuir marron, et ses cheveux sont attachés en chignon sur sa nuque. Un collier argenté orne son cou délicat, avec un pendentif en turquoise.

– Votre collier est superbe ! je dis, car il me fait penser au bolo de Milo.

Mon compliment la fait sourire et elle pose sa main sur son cou.

– Je l'ai fait moi-même, merci.

– Waouh, vraiment ? Il est génial. Vous faites aussi les bolos que porte Milo ?

– *Aoo', Aoo*, répond-elle en souriant de plus belle.

« Oui, oui », en navajo.

– Je tiens un petit stand au marché d'artisanat du coin, et Aiyana, la sœur de Milo, m'a créé un site internet. Je pourrais te le montrer !

– Ce serait super.

Lina se mord la lèvre en hochant vivement la tête.

– Venez, entrez. Le petit déjeuner sera bientôt prêt.

– Merci de m'accueillir. Je suis désolée de ne pas avoir pu venir hier soir, j'avais d'autres engagements, je déclare, pour qu'il n'y ait pas malaise entre nous.

Lina agite sa main devant elle comme si ce n'était rien, et entre dans la maison. Je m'apprête à la suivre lorsque Milo me prend par la taille et me retient.

– Tu me rends très heureux, Nizhoni, chuchote-t-il dans mon oreille. Comment donc vais-je pouvoir te récompenser ? grogne-t-il d'une voix si grave que des frissons parcourent mon corps.

Il ne fait rien pour apaiser mon excitation soudaine, l'aggravant même, lorsqu'il place un baiser mouillé sur ma gorge.

– Je suis sûre que tu trouveras un moyen... je murmure en retour.

Il fredonne contre mon cou et j'en ressens les vibrations entre mes cuisses. Il m'embrasse une dernière fois puis, posant sa main sur le creux de mes reins, il m'incite à avancer.

Lorsque nous arrivons dans la cuisine, je vois que la table est mise et que le double de Lina est assis devant un ordinateur, une tasse de café à la main.

Lina crie quelque chose à la jeune femme, en navajo, mais je ne comprends pas tout. Celle-ci lève la tête vers moi et sourit jusqu'aux oreilles. Elle est le portrait craché de sa mère mais, si elle ressemble à son frère, elle est à l'évidence bien plus moderne. Ses cheveux noirs sont coupés au carré et dégradés, et une mèche épaisse tombe en biais sur son front.

– Tu dois être Evie ! s'exclame-t-elle en se levant et en me tendant la main. Je suis la sœur de Milo, Aiyana, mais tout le monde m'appelle Yana.

– Salut, je réponds en serrant sa main.

Lina parle de nouveau en navajo, à toute vitesse.

– Má, en anglais, s'il te plaît, gronde Milo.

Sa mère rouspète et répond par un « pfft » en agitant la main.

– Aah, viens par là, me dit Yana. Elle veut que je te montre son site. J'étais justement en train d'y ajouter de nouveaux produits. Má fait tout elle-même, à la main. C'est même elle qui taille les pierres.

– Je serais ravie de voir ça, je réponds en souriant à Milo tandis que je fais le tour de la table pour rejoindre sa sœur.

Yana ouvre la page du site, qui regorge de bijoux plus spectaculaires les uns que les autres, et je me dis que leur prix est bien en deçà de ce que Lina devrait exiger.

– Tu sais, ma sœur est propriétaire de la boutique Gypsy Soul, à Pueblo. Je vais lui dire de jeter un œil au site. Mais si elle achète des bijoux, elle en augmentera le prix pour faire un bénéfice.

– Génial, répond Yana. J'ai déjà dit à má qu'elle devrait augmenter ses prix, mais elle a toujours vu ça comme un passe-temps, pas comme un travail. Son métier est de prendre soin de sa famille, d'aider sur la réserve et de s'occuper de sa maison. Je passe mon temps à lui dire... ajoute-t-elle avant de hausser le ton afin que sa mère entende, que ses bijoux pourraient leur servir à épargner pour leur retraite. Papa ne va pas pouvoir s'occuper des vaches et des chevaux de la réserve pour toujours.

– C'est une super-idée.

Les yeux noirs de Lina, identiques à ceux de Milo, se rivent sur moi.

– Tu le penses vraiment, Evie ? demande-t-elle, comme si mon opinion comptait beaucoup.

Je hoche la tête en souriant.

– Vous avez beaucoup de talent.

– Et elle a un stock énorme avec tout ce qu'elle a fait au fil des années. J'augmente tout de suite les prix ! Mais, bien sûr, on proposera un bon tarif à ta sœur. J'adorerais voir les bijoux de maman en vente dans une vraie boutique.

Yana gigote sur sa chaise, tout excitée, elle me fait penser à ma propre sœur. Comme elle, Suda Kaye est une boule d'énergie, elle s'entendrait à merveille avec Yana.

Milo passe en cuisine pour se servir un café, puis il lève sa tasse vers moi pour m'en proposer une.

– J'en ai déjà bu un, merci. Mais je veux bien un verre d'eau.

Il me sert un verre en évitant soigneusement sa mère, comme une chorégraphie répétée de nombreuses fois au fil des années. Je n'ai pas vraiment connu ça, puisque j'étais seule en cuisine quand je m'occupais de Suda Kaye et de maman, à Pueblo, mais c'était un peu comme ça avec Toko. Cela dit, il nous demandait surtout de sortir, sauf quand il voulait nous apprendre à cuisiner. J'ai toujours pensé que c'était parce qu'il cachait des légumes dans ses plats pour que les deux fillettes à sa charge aient leur apport quotidien de vitamines.

Sani entre depuis le hall et me regarde en souriant.

– Bonjour, Evie. Ça me fait plaisir de te voir, ce matin.

– Moi aussi, Sani. Vous êtes montés à cheval hier ?

– Oui, j'ai sorti quelques chevaux, mais un coup de main ne serait pas de refus, si toi, Milo et Aiyana voulez venir aujourd'hui.

– Evie monte avec moi tant qu'elle n'est pas à l'aise toute seule.

Sani hoche la tête sans en demander davantage, puis il passe en cuisine et prend sa femme par la taille, par-derrière, comme Milo l'a fait avec moi il n'y a pas dix minutes. Il embrasse Lina sur l'épaule puis sur le cou, et elle penche la tête sur le côté en soupirant joyeusement.

– Ça a l'air bon, shi'áád, murmure-t-il tendrement.

Shi'áád, « femme » en navajo.

– Prépare-toi, il est l'heure de manger, répond-elle.

Elle penche la tête en arrière et il l'embrasse tendrement avant d'acquiescer et d'aller se laver les mains. Milo fait le tour de la table, sa tasse à la main, et s'assoit en bout de table, à ma droite, Yana est à ma gauche.

– Aiyana, ton ordinateur, gronde son père.

Elle referme son portable en souriant.

– *Aoo', azhé'é.*

« Oui, père. »

– On parle en anglais, Yana, dit Milo en me regardant.

– Ce n'est pas grave, je réponds en haussant les épaules. Toko me parle surtout en comanche, et je connais beaucoup de navajo.

– Ah oui ? dit Lina d'un ton plein d'espoir.

Elle pose un plat de pain frit sur la table.

– *Aoo'*, je réponds en souriant. Toko et ma mère voulaient qu'on connaisse autant de langues amérindiennes que possible pour faire honneur à nos ancêtres. Mon arrière-grand-père était navajo, et ma grand-mère l'était à moitié. La lignée de mon grand-père est comanche. Maman parlait couramment le comanche, le navajo et l'anglais.

Lina me regarde avec des yeux brillants avant de tourner la tête vers son fils.

– C'est très bien, Yázhí, dit-elle joyeusement.

– C'est une belle surprise, mais qu'Evie ait du sang navajo ou pas ne change rien, répond Milo.

– C'est néanmoins très bon pour votre descendance, poursuit Lina comme si de rien n'était, alors qu'elle vient de dire qu'elle est contente que j'aie du sang navajo puisqu'apparemment, il est évident que je vais lui offrir des petits-enfants.

Je tends la main et serre celle de Milo aussi fort que possible. Il la couvre avec son autre main et baisse la tête en riant dans sa barbe.

– Détends-toi, Nizhoni.

Sani s'assoit à l'autre bout de la table, une tasse de café à la main. Sa femme dépose une série de plats qui me font tous saliver, des œufs, du bœuf, du pain frit, des pommes de terre aux légumes, le tout cuit dans des épices aux arômes divins. Je dévore des yeux ce sublime festin traditionnel, et mon estomac gargouille.

Yana éclate de rire, son frère en fait de même.

– Eh, je n'y peux rien ! Je meurs de faim et tout a l'air délicieux ! je rouspète en mettant une tape à Milo et un petit coup d'épaule à Yana.

– Désolée, meuf, mais sans rire, ton ventre vient de nous parler à tous, exigeant d'être nourri sur-le-champ ! s'exclame-t-elle, riant de plus belle.

Je ris à mon tour, mais mes joues s'enflamment.

– J'aime cette couleur, dit Milo en me faisant un clin d'œil et en caressant ma joue.

– Eh bien, sers-toi, Evie. Lina a préparé un festin pour t'impressionner, admet Sani.

Il saisit un plat de pommes de terre mélangées à des haricots noirs, du maïs et d'autres légumes. Lina lui frappe le torse avec le torchon posé sur son épaule.

– Tu n'es pas censé lui dire ça ! siffle-t-elle en fusillant son mari du regard.

– Mais c'est vrai, shi'áád, répond-il en se servant.

– J'essaie juste de faire bonne impression et de me faire pardonner mon comportement affreux.

– Oh non, qu'a fait maman, cette fois-ci ? demande Yana en levant la tête de son assiette.

Elle se sert un morceau de pain frit tandis que Milo pose une sorte de taco à l'œuf dans mon assiette avant de se servir également.

– Eh bien, j'ai...

Sa mère trifouille le torchon dans ses mains et me regarde brièvement.

– J'ai été impolie et méchante avec Evie. On s'est excusés et elle m'a pardonné. Enfin, je l'espère.

– Oui, bien sûr, ce n'est rien, je déclare en lui souriant pour qu'elle me croie.

– Ce n'est pas rien, dit Milo en secouant la tête. Elle a comparé Evie à Kimberly et a fait des suppositions à son propos, qui étaient toutes fausses, gronde Milo d'un ton qui ne laisse pas de doute quant au fait qu'il n'a pas encore pardonné à sa mère.

– Waouh. Personne ne devrait être comparé à cette sorcière. Elle était horrible. Elle n'a jamais aimé mon frère. Je suis surprise qu'elle n'ait pas eu de cornes comme le diable en personne. À ce propos, tu connaîtrais des sorcières ? Certaines tribus y croyaient, à l'époque. Tu connais quelqu'un ?

– Euh... non, je réponds en secouant la tête.

– Je parie que Tahsuda le sage a des contacts ! s'exclame-t-elle. Peut-être qu'on devrait aller lui parler après le petit déj. Je paierais une jolie somme pour jeter un sort à cette femme horrible.

Je ne peux me retenir de rire en imaginant Yana demander à Toko de lui filer le numéro d'un sorcier.

– Yana ! gronde Milo.

– Ne t'en fais pas, je dis en tapotant son bras, ce serait très drôle, Yana, mais Toko ne prendrait jamais part à quoi que ce soit qui pourrait blesser quelqu'un. Ça va à l'encontre de tous ses principes.

– Mince, râle-t-elle en faisant la moue. J'enquêterai de mon côté.

– Bref, Evie, parle-nous un peu de toi, dit Sani.

Je saisis le plat de pommes de terre et de haricots et en ajoute une louche à mon assiette. Le fumet de curry et de fenouil qui s'en échappe me met aussitôt l'eau à la bouche.

– Je suis conseillère en finances, comme Milo. Pour l'instant, j'ai deux bureaux : un à Colorado Springs, là où j'habite, et un à Pueblo, où vit ma sœur.

– Et tu aimes ce métier ?

– Oui, beaucoup, et je suis plutôt douée, je crois.

– Elle est modeste, azhé'é, dit Milo. Evie est une des meilleures de la région, et son entreprise est en pleine expansion. J'espère pouvoir fusionner avec elle, un jour, pour conquérir les plaines, explique-t-il en me souriant tendrement.

– C'est intéressant. Et ta famille ?

– Eh bien, mon père est en Europe. Il est haut gradé dans l'armée. Maman est décédée, mais j'imagine que vous le savez déjà, je dis alors que Milo pose une main sur mon épaule et que son père hoche la tête. Ma sœur est mariée et vit à Pueblo, et vous connaissez Toko. C'est tout, en fait.

– Une petite famille.

– Oui, mais avec de grands cœurs, je réponds fièrement.

– Oui, je vois ça, acquiesce-t-il gentiment, me faisant rougir de nouveau.

Le petit déjeuner se poursuit sans accroc. J'apprends qu'Aiyana est graphiste et développeuse web, et qu'elle habite également à Colorado Springs. D'ailleurs, nos bureaux sont très proches et elle me propose de déjeuner avec elle. Je réponds que j'en serais ravie.

Lorsque le brunch est fini, j'aide à faire la vaisselle, ce que Lina semble énormément apprécier puisqu'elle me remercie plusieurs fois. Le malaise semble avoir complètement disparu entre nous – du moins, c'est ce que je pensais, jusqu'à ce que Lina demande à me voir seule alors que Milo et moi décidons de nous changer pour monter à cheval.

Je la suis dans la pièce où elle crée ses bijoux, qui est remplie de boîtes de pierres semi-précieuses, de perles, de cuirs colorés et de bobines de chaînes en argent, en or et en or rose.

– Il est chouette ! je dis en étudiant un gros bracelet en argent qui n'a pas encore de pierre centrale.

– Il n'est pas tout à fait fini, répond-elle simplement.

– Vous vouliez me parler ?

Elle hoche la tête et prend mes mains dans les siennes.

– Je voulais te dire que je suis sincèrement désolée de ma réaction quand je t'ai trouvée avec Milo. J'ai dit des choses affreuses sur toi et ta mère, et je n'aurais pas dû. Sache que je ne les pense pas. Ta mère vous aimait, ta sœur et toi. Tous les membres de la réserve le savaient.

– Ce n'est rien, ne vous en faites pas.

Lina secoue la tête.

– Justement, ce n'est pas rien. J'aimais beaucoup Catori. On était amies à l'école. Elle était gentille avec moi, toujours. Mais, si tous les hommes l'appréciaient, elle ne s'est jamais intéressée aux hommes de notre peuple, dit Lina en regardant mes cheveux, puis mes yeux bleus. Catori aimait les garçons à la peau pâle et aux cheveux blonds.

– Je comprends pourquoi mon père est blond aux yeux bleus, je réponds en souriant.

– Mon Sani a demandé plusieurs fois à ta mère de sortir avec lui, au lycée. Elle n'a jamais dit oui.

Waouh.

– Euh… Lina, je n'en savais rien. Elle n'a jamais parlé de…

Lina secoue la tête et lâche mes mains.

– Elle n'aurait jamais rien dit. Catori savait que j'aimais Sani depuis le jour où je l'ai vu, au lycée. Je le suivais partout comme un petit chiot. Quand j'ai appris que c'était Catori qui lui plaisait, j'ai mis fin à notre amitié. J'étais en colère, et j'étais idiote. En fin de compte, j'ai eu Sani, mais cela m'a coûté mon amitié avec Catori. Par la suite, elle n'était presque jamais là. Elle ne m'a jamais laissée redevenir son amie.

– Je suis sûre que ce n'était pas son intention. Maman était simplement un esprit libre. Comme son nom, en fait : Catori signifie « esprit ».

Lina hoche la tête, la mine fermée.

– Si j'ai réagi aussi mal avec toi, c'est parce que j'ai eu peur que Milo revive la même chose qu'avec Kimberly, mais aussi parce que je regrette amèrement d'avoir perdu Catori. Je me suis défoulée sur toi, et j'en suis navrée. Je vais passer beaucoup de temps à prier.

– Je suis navrée que vous ayez perdu ma mère, mais je crois que personne ne pouvait la retenir. Elle se laissait porter par le vent.

– Et toi ? Tu n'as pas envie de voler ?

– Non, je réponds en souriant. Mes pieds sont bien ancrés dans le sol.

– Et que veux-tu dans la vie ?

– Une famille. De l'amour. Être heureuse. Comme tout le monde, je crois.

– Je ne suis pas d'accord. Ta mère voulait sa liberté, des amis et de l'aventure. Je crois qu'elle aimait facilement, et fréquemment.

– Vous avez raison, c'est vrai. Ma mère n'a jamais pensé de mal de personne. Elle voyait du beau partout, ce qui me fait penser qu'elle vous aimait sans doute beaucoup et voulait respecter vos désirs. Elle s'est retirée de l'équation avec Sani pour vous donner la possibilité de briller. C'est tout elle, en fait.

Lina ferme les yeux et baisse la tête.

– Tu lui ressembles tellement.

J'éclate de rire.

– En fait, c'est plutôt ma sœur qui est comme elle.

– Peut-être physiquement, et peut-être qu'elle a le même esprit vagabond, mais tu as son aisance, sa générosité et la capacité de lire dans le cœur des gens. C'est un don qu'elle t'a légué, et il est sublime.

Ses paroles m'atteignent en plein cœur. Il n'y a que Toko qui m'a comparée de façon positive à ma mère, par le passé.

– Vous voyez vraiment tout ça ? je demande d'une voix tremblante.

– Catori savait parler aux gens. Elle voyait dans leur cœur et dans leur âme. Elle était sage et philosophe. Surtout, elle était clémente. Je vois beaucoup d'elle en toi, oui.

– Merci, c'est gentil.

– Non, ce n'est pas gentil, c'est sincère.

– Néanmoins, merci de le dire. Et merci pour le petit déjeuner, je dis en me frottant le ventre.

– Il faut t'épaissir un peu. Les Chavis ne font pas des petits bébés, répond-elle en agitant son index.

– Euh… eh bien, comme ce n'est que le début, je ne pense pas qu'on doive se soucier de ça pour le moment.

Lina sourit jusqu'aux oreilles.

– Milo n'attendra pas longtemps pour te faire sienne.

Mon cœur s'emballe et ma bouche devient aussitôt sèche et pâteuse.

– Má, tu as fini avec mon Evie ?

– Ton Evie. Oui, Yázhí. On a fini de parler. Amusez-vous avec les chevaux.

Milo empoigne mon bras et m'attire à lui.

– Viens, on va te changer, murmure-t-il en me guidant à travers la maison de ses parents pour en sortir.

– Tu vas m'aider à me changer ? je demande d'un ton lourd de sous-entendus.

– Ne m'allume pas, Nizhoni. J'ai suffisamment de mal à me retenir comme ça.

– Comment ça ? je réponds en fronçant les sourcils.

Il me prend par la taille et baisse la tête pour chuchoter dans mon oreille.

– Je te veux nue et dans mon lit, chez moi, dès que tu seras prête...

– Je suis prête, je déclare sans hésiter.

Car c'est vrai. Je ne suis on ne peut plus prête.

– Evie... gronde-t-il en s'arrêtant brusquement.

Je pose mes deux mains à plat sur son torse.

– Eh, ne commence pas à essayer de me raisonner. Je suis capable de dire quand je suis prête, et je le suis. Je suis prête à passer ce cap avec toi. Dans cette relation, on ne fait qu'avancer, tu te souviens ? On ne recule pas.

Il ferme les yeux et sa respiration s'accélère, comme pour calmer le feu qui fait rage en lui et que je devine chaque fois qu'il me regarde ainsi, comme un homme regarde une femme avec qui il veut coucher sur-le-champ.

– Tu peux partir un peu plus tard, ce soir ? je demande. Je veux nous préparer un pique-nique et te montrer un endroit qui compte beaucoup pour moi.

– Je ferai n'importe quoi pour toi, répond-il en ouvrant enfin les yeux.

Je me mets sur la pointe des pieds, passe mes bras dans son cou et l'embrasse en souriant. Il en fait de même, mais bientôt, nous ne sourions plus, ni lui ni moi. Nos langues se retrouvent et reprennent leur danse, mais je recule la tête pour le regarder. Un de ses bras est dans mon dos, m'aidant à tenir sur la pointe des pieds, tandis que son autre main est sur ma tête pour la garder près de la sienne.

– Tu es une femme incroyable, Evie Ross. Je suis heureux qu'on soit ici.

– Moi aussi. Maintenant raccompagne-moi pour que je me change. J'ai hâte de galoper avec mon homme.

– Tes désirs sont des ordres, Nizhoni.

CHAPITRE 12

Au-dessus des falaises, le ciel est d'un superbe rouge orangé avec des touches de violet et de rose, presque aussi magique qu'au lever du soleil.

J'ai troqué mon jean contre une robe, et un châle couvre mes bras nus. Milo est vêtu d'un jean foncé, de bottes de cow-boy marron, et sa chemise en lin beige laisse apparaître le ras-de-cou que j'ai admiré hier. Il porte le panier de pique-nique qui contient de quoi casser la croûte car, après le brunch énorme que nous a préparé sa mère, j'ai pensé qu'un apéritif dînatoire suffirait.

– C'est ta mère qui a fait ce collier ? je demande.

– Oui. Elle me donne souvent des bijoux. Ça lui fait plaisir de me voir les porter, donc j'accepte.

– C'est mignon.

– Qui te coiffe ?

J'essaie de paraître détachée, alors que cela me rend folle d'imaginer que quelqu'un a le privilège de plonger ses doigts dans sa crinière soyeuse. Un geste qui me semble privé. Intime.

– Tu demandes parce que tu es curieuse ou jalouse, Adinidiin ? dit Milo en esquissant un sourire amusé.

Je m'arrête brusquement et essaie de lâcher sa main alors que nous gravissons la colline que j'ai tant arpentée au cours de ma vie.

– Curieuse ! je mens.

Milo n'est pas dupe, et il sourit jusqu'aux oreilles.

– Je ne peux pas faire ce genre de tresse tout seul, répond-il.

– On appelle ça une tresse africaine, je dis d'un ton prétentieux qui m'agace moi-même.

– J'ai demandé à Aiyana de la faire. Mais c'est moi qui fais les tresses basses.

– Ah.

– Oui, ricane-t-il. Je serais ravi que tu me coiffes quand tu viendras vivre au chalet avec moi.

Je retire ma main comme si j'avais été électrocutée.

– Je te demande pardon ?

– Tu ne veux pas qu'on vive ensemble ?

Je me frappe la cuisse en haussant les sourcils.

– Oh, je ne sais pas, et si on se contentait de sortir ensemble quelque temps, pour commencer ? Histoire d'apprendre à se connaître ? D'ailleurs, pourquoi j'emménagerais automatiquement chez toi ? Je suis propriétaire, moi aussi.

– Si c'est que tu souhaites, on pourra en parler. Mais ton appartement sera un peu petit pour un couple et une famille.

– Eh, oh, doucement ! Tu parlais d'emménager ensemble et, maintenant, on a des enfants ?

Il sourit et prend ma main pour me faire avancer.

– Tu veux des enfants, n'est-ce pas ?

– Bien sûr. Oui. Quand le moment sera venu, si je suis avec la bonne personne...

– Et je ne suis pas la bonne personne ?

Il fronce les sourcils et sa mine de gentil géant se transforme en un visage de guerrier prêt à se battre.

– Euh... ben... peut-être. Sans doute. Pourquoi tu vas si vite ? je demande alors que ma gorge se noue et que je rêve d'ouvrir la bouteille de vin que j'ai piquée à Toko.

– Ce n'est pas le cas. C'est toi qui avances trop lentement.

Je soupire en pressant le pas.

– On n'a même pas couché ensemble et tu prévois déjà notre avenir ?

– Quand je sais ce que je veux, Evie, je le pourchasse jusqu'à ce que je l'obtienne. Et lorsque je l'ai attrapé, c'est à moi. Or, je prends soin de ce qui m'appartient.

Mon dos se courbe et je baisse la tête. Je ferais tout pour qu'il prenne soin de moi et m'offre une vie dans laquelle toutes les décisions ne reposent pas sur moi. Une vie dans laquelle je n'aurai pas à être la seule personne raisonnable et responsable. Une vie dans laquelle je pourrai partager les fardeaux avec mon homme, qui m'aidera à affronter ou contourner les obstacles – qui me montrera le droit chemin. Ça semble trop beau pour être vrai.

Or, Milo m'offre tout ça sur un plateau d'argent.

C'est moi qui ai peur de le saisir.

Je pense à tout cela alors que nous arrivons au sommet des falaises. Le soleil nous inonde de ses rayons dorés et je respire les parfums de la brise, du désert, des cactus, des fleurs et de la terre, tout ce qui rend cet endroit si spécial.

– C'est fou, je ne suis jamais venu ici, dit Milo en posant le panier.

Il prend la couverture enroulée sur l'anse et l'étend sur le sol. Il s'assoit dessus, jambes pliées, et tapote le sol entre ses cuisses.

– Viens là, dit-il.

Il n'a pas à me le dire deux fois. M'asseoir avec lui dans mon endroit préféré sur terre est digne d'un rêve. Or, c'est un rêve qui devient réalité.

Je m'installe entre ses jambes et il pose sa main sur mon ventre pour me serrer contre lui. Je couvre sa main avec la mienne et appuie ma tête sur son épaule.

– C'est mon endroit préféré.

– Il est presque aussi beau que toi.

– Je suis en train de tomber amoureuse de toi, Milo.

Il frotte son menton sur mon épaule et m'embrasse dans le cou.

– Je sais. Moi, c'est déjà fait.

Mes yeux se remplissent de larmes, des larmes de joie, de promesse et, oui... d'amour.

Je penche la tête en arrière au moment où il baisse la sienne.

Nos lèvres se touchent, et je sais immédiatement que ce baiser est différent. Je le sens. Je le respire. Milo fait peu à peu partie de moi. Nous devenons une seule entité. Nous construisons un lien que je n'ai jamais connu. Sa langue titille la mienne et je frissonne, mais il ne s'arrête pas. D'ailleurs, il va plus loin encore, grognant dans ma bouche, m'arrachant un gémissement désespéré.

Soudain, tout change.

Je sens une légère brise sur mes cuisses, puis ses doigts chauds sur mon genou.

Il quitte ma bouche et ne dit qu'un seul mot.

– Écarte.

Mon corps réagit instinctivement et j'ouvre les cuisses. Sa main continue de remonter jusqu'à mon entrejambe qui se trempe aussitôt. Il parvient à ma culotte et pose sa main dessus, la saisissant d'une manière possessive.

Ses narines se dilatent et je me mords la lèvre en cherchant son regard. Il ne me quitte pas des yeux, ses doigts se glissent sous ma culotte en coton et son regard s'embrase lorsqu'il atteint sa cible et se met à dessiner des cercles experts.

Je gémis et mon bassin tressaute. Milo continue de m'étudier attentivement. Je suis en train de me lécher les lèvres lorsqu'il plonge deux doigts en moi et m'arrache un cri.

– Mon Evie, si belle. Je veux te voir te lâcher. Ici. Comme ça, chaque fois que tu viendras dans ton lieu préféré, tu te souviendras de ce que tu as ressenti.

Il accélère les va-et-vient de ses doigts tout en caressant mon clitoris avec son pouce, et je me retrouve bientôt à presser mon bassin contre sa main en cherchant mon souffle.

– Milo, s'il te plaît, je supplie, sans savoir vraiment ce que je demande.

Il me cambre davantage en arrière et je le laisse faire. Mes jambes sont écartées et son regard est rivé sur mon entrejambe. L'élastique de ma culotte se tend sous ses mouvements, la scène en est encore plus érotique.

En cet instant, je me fiche de tout. Milo pourrait faire ce qu'il veut de moi.

Je suis comme une droguée qui cherche sa dose. J'ouvre les yeux sur les rayons déclinants du soleil qui peignent le ciel de couleurs si vives qu'on dirait un tableau de maître. C'est alors qu'un plaisir intense explose entre mes cuisses et je chevauche bientôt sa main, cherchant ce petit plus qui me permettra de m'envoler.

– Nizhoni, donne-moi ton plaisir, murmure-t-il dans mon cou avant de l'embrasser et de le mordre, sans jamais cesser les gestes de sa main.

– Je vais...

Je ne finis pas ma phrase, mon orgasme m'arrache un cri de surprise et je me cambre contre l'homme que j'aime. Je soulève mes hanches, car ce n'est toujours pas assez. J'ouvre les yeux sur la beauté de cet endroit magique alors qu'une vague de plaisir parcourt mes veines et j'en perds la raison. Je tourne la tête vers lui, je ne vois plus que ses pupilles noires. Il me regarde avidement pendant que je jouis, puis il s'empare de ma bouche, y plonge sa langue et m'embrasse tendrement tandis que je reviens sur terre.

Or, ce n'est pas ce que je veux. Je ne veux jamais redescendre du nirvana qu'il m'a fait atteindre.

Dès qu'il retire ses doigts, je me tourne pour lui faire face, si vite qu'il ne me voit pas venir. Je le pousse en arrière et m'attaque aussitôt à défaire sa ceinture.

– Evie... on peut prendre notre temps.

– Je veux pas prendre mon temps, je veux faire vite et fort ! je gronde en souriant lorsque j'arrive à déboutonner son jean et à ouvrir sa braguette, découvrant son paquet énorme.

– Evie...

Je ne l'écoute pas, la seule chose que je veux entendre, c'est « oui » et « plus fort ». Je me lève et passe ma robe par-dessus ma tête, puis me tiens face à lui, en sous-vêtements. Son regard s'embrase et il contracte la mâchoire en m'étudiant des pieds à la tête.

J'en fais de même, mais il est encore trop habillé.

– Enlève ton pantalon. Maintenant, j'ordonne, enivrée par mon désir brûlant.

Il ôte ses bottes et baisse son jean et son boxer sur ses cuisses. Sa verge épaisse et dure se dresse, atteignant presque son nombril. Waouh. Cela dit, je ne suis pas surprise qu'elle soit aussi massive que le reste de son corps. Je me lèche les lèvres et imagine la prendre dans ma bouche, mais j'ai surtout besoin de sentir Milo en moi.

Je défais mon soutien-gorge et le jette par terre avant d'enlever ma culotte tandis que Milo déboutonne sa chemise. Mes yeux ne ratent pas un seul centimètre de son corps parfait nu sur la couverture, de son torse musclé et de sa peau brune qui semble si douce. Le coucher de soleil dans mon dos, le ciel multicolore au-dessus de ma tête, je m'installe à cheval sur lui, plaçant son gland entre mes lèvres avant de le laisser me pénétrer.

Il pousse un grognement et caresse mon dos, enroulant mes cheveux sur ses doigts, je me cambre pour qu'il aille plus profond.

– Mon Dieu...

Je suis déjà à bout de souffle lorsque sa bouche saisit mon téton. Une chaleur fiévreuse, un sentiment d'appartenance, un désir inouï et un amour intense m'envahissent tandis que nous ne devenons qu'un.

C'est bien plus que ce à quoi je m'attendais.

Mieux encore que je l'ai fantasmé, et j'ai pourtant rêvé des milliers de fois de cet homme.

Il lâche mon téton pour s'occuper de l'autre, le titillant de la pointe de sa langue avant de souffler dessus. Il palpe mes deux seins et les caresse avec ses pouces, suivant chaque geste des yeux. Ensuite, il les soulève et les serre, comme s'il mémorisait leur poids et la façon dont ils remplissent parfaitement ses mains. Je soupire et me redresse légèrement sur mes genoux avant de me rasseoir. Milo retient son souffle, mais il ne prend pas le contrôle comme je m'y attendais. Il semble heureux de me caresser amoureusement alors que je m'immobilise sur lui, sa verge épaisse enfouie en moi.

– Mon Evie, ma Nizhoni, mon Adinidiin. Tu es ma vie, à présent, dit-il d'une voix grave et rauque, comme s'il en prenait lui-même conscience.

Il empoigne mes cheveux et les enroule sur sa main, comme une corde, avant de les passer dans mon dos.

– Milo, chéri, s'il te plaît, je chuchote en posant mes mains sur ses épaules. J'ai besoin de bouger.

– Comme tu voudras, dit-il en caressant mon dos d'une main tandis que l'autre porte mon sein à sa bouche.

Je me demande s'il m'a comprise lorsqu'il saisit soudain ma taille pour me soulever et m'empaler sur sa verge. Je gémis, la bouche ouverte, et savoure la sensation d'être enfin connectée à lui. Un picotement commence dans le creux de mes reins, puis le courant électrique remonte dans mon dos, comme si notre connexion était magnétique. C'est exquis et hypnotisant.

Je contracte mon sexe en le chevauchant et penche la tête en arrière en gémissant. Soudain, sans un mot, il me prend dans ses bras pour me faire rouler sur le dos. J'écarte les cuisses et plie les jambes contre ses côtes, Milo est désormais enfoui si profondément en moi que j'en perds la tête et que je peine à respirer.

– Milo… je chuchote en fermant les yeux.

Il s'empare de ma bouche en passant son bras derrière mes épaules, me plaquant davantage contre lui de sorte que plus un millimètre ne sépare nos deux corps. Il n'y a plus que Milo et moi, intimement liés.

Un sentiment de béatitude m'envahit corps et âme pendant qu'il chuchote en navajo des mots d'amour contre ma peau, mon oreille et ma bouche.

Mes cuisses s'étirent davantage pour accommoder son corps massif qui intensifie ses va-et-vient, me faisant grimper toujours plus haut. Le temps s'arrête, le désert disparaît, et il n'y a plus que Milo et moi faisant l'amour pour la première fois.

Je caresse son dos et empoigne ses fesses, le faisant grogner et accélérer ses allers-retours.

– Bébé, je chuchote alors que mon sang s'embrase de plus belle, que mon cœur bat la chamade et que mon corps se couvre de sueur.

– Je veux tout ton plaisir, Nizhoni.

Il se redresse sur les genoux, et je suis hébétée par la vue de son corps qui n'est que muscles bandés, pectoraux saillants et abdos carrés.

– Tes cheveux, détache tes cheveux, je m'écrie lorsqu'il me pénètre avec un coup de bassin particulièrement puissant.

Il s'immobilise en moi et lève les mains pour détacher ses cheveux. Il secoue la tête et ses mèches tombent sur ses épaules, aussitôt agitées par la brise. Il ressemble à la statue d'un dieu, d'une créature mythique d'un autre temps.

– Tu es un dieu, je murmure.

Il plaque son pouce sur mon clitoris pour le masser. Mon corps tressaute alors qu'un autre orgasme se prépare, encore plus puissant que le premier, prêt à déferler en moi comme un tsunami.

– Alors je vais te montrer un miracle, gronde-t-il en serrant les dents.

Il se baisse et passe ses bras sous mes genoux pour les plaquer contre ma poitrine, me déchirant en deux en me martelant encore plus vite.

C'est juste exceptionnel, exquis.

Jamais un homme ne m'a pénétrée aussi profondément, et de petites étoiles scintillent devant mes yeux. Il écrase avec son bassin ce point si sensible, et je décolle. Mon corps explose comme un feu d'artifice et mon sexe se contracte si fort sur le sien qu'il se cambre et me chevauche encore plus vite. Son corps est comme une machine qui donne et reçoit un plaisir si intense que les veines de ses biceps et de ses avant-bras en sont saillantes. Il respire sans desserrer les dents et pousse un cri guttural, comme un animal, avant de s'immobiliser.

Je le prends dans mes bras et m'agrippe à lui tandis qu'il jouit et se déverse chaudement en moi. Il blottit son visage dans mon cou et tressaille contre moi, comme secoué par un tremblement de terre puissant. Or, c'est ce qui se passe, la terre se déchire et s'écroule autour de nous tandis que nous devenons une seule et même entité.

– Je ne serai plus jamais la même, je déclare, croyant garder cela pour moi plutôt que de le dire à voix haute.

Milo lève la tête et me regarde d'un air amusé.

– Tant mieux, répond-il avant de nicher de nouveau la tête dans mon cou pour m'embrasser.

Nous restons ainsi un moment, Milo enfoui en moi, appuyé sur les coudes pour ne pas m'écraser tout en me protégeant de sa chaleur. Il finit néanmoins par se retirer et rouler sur le côté, mais il me couvre aussitôt avec sa jambe et m'attire à lui, mon dos contre sa poitrine.

Le ciel s'assombrit, le soleil est à peine visible, ne laissant qu'une petite bande grise au-dessus de la montagne, derrière les falaises.

– Tu es sublime à l'aube, lorsque le soleil se lève, mais je crois que je te préfère le soir, lorsqu'il se couche, dit Milo en posant son menton dans le creux de mon cou.

Nous restons entremêlés un long moment face aux falaises. Milo me serre contre lui, caressant ma hanche et ma cuisse nues avant de remonter sur ma taille, mes côtes, mon épaule, puis mon bras, répétant doucement ce cycle apaisant et magique.

– Je pourrais rester ici, avec toi, pour toujours, je chuchote.

Il m'embrasse sur l'épaule avant d'y poser sa joue.

– Nous n'avons pas encore vu le soleil se lever ou se coucher sur mes terres. Tu pourrais changer d'avis.

– Je suppose que la seule chose qui compte, c'est que nous soyons ensemble. Créant une beauté nouvelle face à une beauté immuable.

Oui, c'est tout ce qui compte, acquiesce-t-il.

– Je sais que tu dois partir bientôt...

– Est-ce que ça t'aide de savoir que je n'en ai pas envie ?

Je glousse et me tourne dans ses bras pour l'embrasser, ce que nous faisons longtemps, repoussant l'inévitable : son départ pour Colorado Springs alors que je reste encore un jour chez Toko.

– Rentre avec moi, chuchote-t-il contre ma bouche avant de m'embrasser sur la tempe.

J'appuie ma main sur son corps, savourant la chaleur qu'il irradie.

– Tu sais quoi ? Je crois que c'est ce que je vais faire.

Il recule brusquement la tête et je souris, apparemment il ne s'attendait pas à ce que j'accepte. Il se lève alors d'un bond, et j'éclate de rire en voyant sa verge encore dure tressauter à chacun de ses mouvements.

– Nizhoni, tu ne peux pas regarder ma virilité en riant, gronde-t-il d'un ton amusé, me faisant rire de plus belle.

– Je n'y peux rien, il bondit dans tous les sens. Désolée, je te promets de ne plus me moquer de ta virilité. Qui dit ça, d'ailleurs ? Rejoins-nous dans le XXIe siècle, chéri.

Il grimace et j'en déduis qu'il met de côté ma plaisanterie. Il saisit son boxer pour l'enfiler et je le regarde s'habiller, fascinée. Ses mouvements sont toujours si efficaces et précis, même nu devant moi, ce qui ne semble pas le gêner. Je ne peux pas en dire autant. Je couvre mes seins avec mon bras et me dépêche de lui tourner le dos pour remettre mon soutien-gorge et ma culotte.

– J'ai déjà tout vu, tu sais, dit Milo en promenant la pointe de son index depuis ma nuque jusqu'à mes fesses désormais couvertes.

Je frissonne en réalisant que ce minuscule contact rallume la flamme et m'excite de nouveau.

– Je sais, mais maintenant je me sens comme une ado qui se dépêche de se rhabiller pour rentrer chez Toko, je réponds en me couvrant avec ma robe.

Cette fois, c'est Milo qui ricane.

Nous ramassons la nourriture et le vin auxquels nous n'avons pas touché, mais je m'en fiche. Faire l'amour pour la première fois avec Milo, dans mon lieu préféré sur terre, restera à jamais gravé dans ma mémoire.

– On s'arrêtera en route pour manger quelque chose, me promet-il.

– Ça me va.

Main dans la main, nous marchons une vingtaine de minutes pour rentrer chez Toko.

Lorsqu'on arrive, deux hommes en uniforme militaire sont en train de serrer la main de mon grand-père. Ils se retournent et hochent la tête dans notre direction avant de monter dans une berline noire.

– Taabe, viens à moi, dit Toko d'une voix grave que je ne lui connaissais pas.

– C'était qui ? je demande en désignant la voiture.

– Viens à moi, ma fille, répète-t-il d'une voix tremblante.

Je m'immobilise aussitôt et Milo serre ma main tandis que je me couvre de chair de poule.

– C'étaient des amis de papa ? je demande en fronçant les sourcils.

Toko hoche la tête et ouvre les bras.

– Taabe, viens.

– Pourquoi ?

Je lâche la main de Milo et croise les bras, me sentant soudain gelée.

– Va à lui, dit Milo en me poussant délicatement en avant.

– Qu'est-ce qui se passe ? C'était qui ? Qu'est-ce qu'ils faisaient ici ?

– Mon enfant... dit Toko en comanche. Viens dans mes bras. Je dois te tenir.

Je marche lentement vers lui, d'un pas chancelant, guidée par la main de Milo qui me pousse vers mon grand-père.

– Je ne comprends pas. Pourquoi tu parles comme ça ?

J'étudie les yeux noirs de mon grand-père et, à la lumière du porche, je découvre qu'une larme coule sur sa joue. Or, je n'ai jamais vu Toko pleurer, en dehors de la mort de sa fille et du mariage de Suda Kaye.

Je déglutis et mon sang se glace quand je comprends ce que signifie la visite de ces hommes en uniforme sur une réserve amérindienne protégée. Mais je ne suis pas prête à l'accepter.

– Non, je dis en secouant la tête. Non.

Le visage de mon père m'apparaît et j'ouvre la bouche, essayant en vain de respirer.

Milo pose sa main sur mon épaule, m'indiquant qu'il est toujours là et qu'il me soutient.

– C'est ton père, mon enfant. Il a quitté ce monde.

J'entends la voix tendre de mon grand-père, mais je ne comprends pas ce qui arrive à mon cœur qui se brise brutalement. Je perds l'équilibre et commence à m'effondrer, mais Milo me rattrape, m'aidant à marcher jusqu'aux bras aimants et protecteurs de mon grand-père.

– Non ! Je, je... je viens de lui parler, je dis d'une voix rauque que je reconnais à peine.

J'essaie de me rappeler notre conversation et réalise que c'était en fait il y a deux mois.

Toko me tient contre lui, sa main sur ma tête, tandis que mes larmes ruissellent sur mes joues.

– Pas mon père, s'il te plaît. Toko, non...

– Il nous a quittés en héros, ma petite, chuchote-t-il. Il sera admiré.

– Non, s'il te plaît, je siffle en agrippant le poncho de mon grand-père.

Il me tient tandis que je pleure, et je revois les courts séjours de mon père sur la réserve. Je me rappelle l'excitation que j'éprouvais lorsqu'il rentrait, vêtu de son uniforme. Je le revois prendre Suda Kaye sur ses épaules, quand elle était petite, tout en me tenant la main. J'entends ses éclats de rire avec ma mère.

Parti. Tout simplement, parti. Pour toujours.

– Il ne reviendra jamais ? je sanglote en reculant pour regarder les seuls yeux dans lesquels j'ai une confiance absolue.

– Non, Taabe. Il ne reviendra plus.

Il lève la main et l'ouvre, révélant deux petits rectangles métalliques pendus à une chaîne.

Des plaques d'identité. Elles servent à identifier les soldats en cas de décès.

Il les dépose dans ma main et la referme, la serrant dans la sienne. Je sens une bande de chaleur sur ma taille et réalise que Toko est resté derrière moi.

Je regarde les plaques métalliques et je me mets à trembler de la tête aux pieds.

Adam Ross. C'est la seule chose que j'arrive à lire derrière les larmes épaisses qui coulent à flots sur mes joues.

Je sanglote de façon incontrôlable et Milo me tourne vers lui pour me prendre dans ses bras. J'enfouis mon visage dans son cou, respirant contre sa peau. Il me soulève et m'assoit sur ses genoux en s'installant sur la chaise où nous nous sommes cajolés hier.

Dans une autre vie.

Une vie où mon père était encore vivant.

CHAPITRE 13

Mon père est mort.

Adam Ross, militaire et mystérieux, a été tué par l'ennemi.

Une fois que je me suis calmée, tout à l'heure, Toko m'a expliqué que les hommes qui sont venus avaient été sauvés par mon père, mais qu'ils n'étaient pas rentrés dans le détail. Je savais que ce que faisait mon père était dangereux.

Ce que je ne savais pas, en revanche, c'est qu'il faisait partie des plus haut gradés de sa branche, et qu'il était chargé de la planification, des recherches et du commandement des forces spéciales, de ces opérations qu'on ne croit possibles que dans les films.

Or, elles sont bien réelles, et j'en porte la preuve autour du cou.

Honnêtement, je pensais qu'il travaillait pour les forces antiterroristes, qu'il démantelait des complots grâce aux informations fournies par les réseaux de surveillance. Je l'imaginais assis dans un fauteuil moelleux, devant un grand bureau où était étalée une carte du monde parsemée de croix rouges aux endroits où les méchants avaient été localisés. Je ne pensais pas que son poste de commande se trouvait la plupart du temps dans un hélicoptère MH-60 Black Hawk.

Chaque fois qu'il rentrait à la maison, il me disait combien il m'aimait. Il me répétait combien il était fier de Suda Kaye et de moi. Il envoyait de l'argent deux fois par mois, tous les mois sans faute. J'ai dû lui dire d'arrêter de le faire une fois que j'ai été diplômée de la fac. Au moins, il a pu venir à la cérémonie.

Il ne me verra jamais me marier.

Il ne connaîtra jamais ses petits-enfants.

Comme ma mère, il est sorti de ma vie.

Je suis une orpheline de trente ans, et je ne sais pas comment l'accepter.

Au fil du temps, au fur et à mesure que j'ai grandi, j'ai vu mon père de moins en moins souvent. Sa base principale était quelque part en Europe, et j'étais occupée à monter mon entreprise à Colorado Springs. Autant dire dans un autre monde. Néanmoins, nous restions en contact par mail et par téléphone. Je me suis inquiétée, récemment, de ne pas avoir de ses nouvelles. J'en ai même parlé à ma sœur qui m'a dit que je me faisais du souci pour rien. Aux dernières nouvelles, il était en Pologne, mais je doute, à présent, que ç'ait été vrai. D'après ce que m'a dit Toko, hier soir, il semblerait que mon père était au Moyen-Orient quand son hélicoptère a été abattu dans les airs et s'est écrasé dans les montagnes.

Il n'y a eu aucun survivant.

Je ne saurai jamais la vérité sur sa mort. Les officiers ont dit à Toko que la mission était classée secret défense.

Sa dépouille doit arriver par avion dans une dizaine de jours. Ils vont livrer son corps dans une morgue de Colorado Springs, près de moi, sa plus proche parente. Apparemment, il a laissé des directives et un testament.

Mon père m'avait souvent dit qu'il avait tout prévu, au cas où il mourrait. Il ne voulait pas que Suda Kaye et moi ayons à nous soucier des détails. Comme maman, papa était fils unique. Il avait vingt ans quand ses parents sont décédés, et il a rencontré maman alors qu'il était en permission à Atlantic City. Tous deux disaient que ça avait été le coup de foudre. Ils se sont mariés dans la foulée, avant qu'il ne reparte en mission. Mon père n'avait donc pas de maison, pas d'attache à un endroit particulier. Je suppose que ma mère et lui avaient ça en commun. Néanmoins, chaque fois qu'il nous rendait visite, nous formions la famille la plus heureuse sur terre, et mes parents se regardaient comme de jeunes mariés fous d'amour.

J'ai toujours fondé mes croyances sur l'amour sur la façon dont mon père et ma mère se regardaient, comme si l'autre était le centre de l'univers. Or, ils ne se voyaient que très rarement, en fait. Nous étions rarement au complet. Durant mon enfance, ma famille, c'était surtout Toko et Suda Kaye. Du moins, jusqu'à ce que ma sœur m'abandonne aussi.

Que reste-t-il maintenant ?

Les larmes coulent lentement sur mes joues, trempant mon oreiller.

Une main puissante se pose sur ma poitrine et je le sens s'allonger derrière moi. Nos genoux s'alignent, et il appuie son menton dans le creux de mon cou, comme il l'a fait après qu'on a fait l'amour sur les falaises, ce soir. J'ai l'impression que c'était il y a mille ans, alors que c'était il y a moins de dix heures.

Milo.

Après que Toko m'a répété ce que les officiers lui avaient dit, Milo et lui se sont entretenus. Il a appelé Yana et lui a demandé de ramener ma voiture chez lui, puis il lui a dit qu'il la raccompagnerait chez elle, non loin d'ici. Ensuite, sans un mot, il a rassemblé mes affaires dans ma chambre et lui a promis que je l'appellerais demain, lorsque je me serais reposée. Toko allait prévenir Suda Kaye.

Mon téléphone a sonné non-stop durant le trajet du retour. Camden a fini par appeler Milo, parce que Suda Kaye ne lâchait pas l'affaire. Milo a expliqué la situation à Camden, l'informant que j'allais bien, que je ne voulais parler à personne et que je serais en sécurité chez lui. Je sais déjà que ça ne va pas contenter ma sœur bien longtemps.

– Je t'entends réfléchir, Nizhoni, dit-il tendrement en me serrant contre lui.

Je ne cache pas mes larmes et ne fais pas non plus semblant de dormir. S'il veut vraiment la véritable moi, ça en fait partie.

– Je pense sans cesse à lui, à la dernière fois qu'on s'est parlé. À la peur qu'il a dû ressentir quand son hélicoptère s'est écrasé. Au fait qu'il ne sera pas à mon bras pour m'escorter à l'autel, le jour de mon mariage, et qu'il ne rencontrera jamais ses petits-enfants. À tout ça. Il a disparu de la surface de la terre, et il n'y a que moi que ça affecte.

– Ce n'est pas vrai.

– Mais si. Toko pensait que c'était un homme bien, mais il n'a jamais appris à le connaître. Quand papa venait, il ne s'occupait que de maman et de ses filles. Il voulait créer des souvenirs. Alors, souvent, on partait quelque part, en dehors de la réserve. Papa n'avait rien contre nos tribus, mais il n'en faisait pas partie et il ne se sentait pas tout à fait chez lui chez Toko, donc on allait souvent à l'hôtel.

– Et ta sœur ?

Je fronce les sourcils et enfouis mon visage dans mon oreiller, me retenant de hurler.

– Quoi, ma sœur ? Elle se fichait de lui. Elle était à peine en contact avec lui. Ils n'étaient pas proches. Peut-être parce qu'elle n'était pas sa vraie fille.

– Quoi ?

Je m'essuie le nez avec mon mouchoir.

– Ce que nous a dit ma mère, c'est qu'un an après ma naissance, elle et papa se sont disputés au téléphone. Il ne m'avait vue qu'une fois durant ma première année, quand j'avais deux mois. Maman était très jeune et elle vivait avec Toko. Ma grand-mère était déjà décédée, et elle ne savait pas quoi faire. Elle se sentait coincée.

– Evie... dit Milo d'une voix grave qui brise un peu plus mon cœur.

– Bref. Apparemment, papa n'avait pas prévu de rentrer avant un long moment, peut-être même une année. Maman n'en pouvait plus de s'occuper seule de moi. Ils se sont mis d'accord pour se séparer un moment. Maman m'a laissée avec Toko et elle est partie à Chicago. Elle était dans une troupe de danseuses orientales et elle travaillait dans un bar le soir. Alors que sa fille d'un an était loin d'elle, élevée par son père. Quand elle a fini par revenir, elle était enceinte de Suda Kaye.

– Je ne savais pas tout ça, dit Milo d'un ton surpris.

– Ça fait partie des terribles secrets de ma famille. Ma mère était partie s'amuser et croquer la vie à pleines dents, et elle s'est retrouvée en cloque. Mon père lui a pardonné et a reconnu Suda Kaye comme sa propre fille. C'est son nom qui est sur son acte de naissance, même s'il n'est pas son père biologique. De toute façon, il n'était jamais là et… comment ne pas aimer une adorable petite fille ? Il n'a jamais traité ma sœur différemment ; d'ailleurs, il faisait beaucoup d'efforts pour créer un lien avec elle. Et Suda Kaye est le double de ma mère. Elle est aventurière, sublime, drôle, solaire… tout ça lui rappelait la femme qu'il aimait.

– Est-ce que ça n'implique pas que Suda Kaye est aussi affectée que toi par sa mort, alors ?

– Ça semblerait logique, ouais, je réponds d'un ton grinçant. Mais une fois qu'elle a su qu'Adam n'était pas son vrai père, elle s'est mise à le traiter comme un étranger. Elle lui parlait à peine quand il venait. Elle prévoyait de voir ses amis plutôt que de participer aux activités familiales avec ma mère, mon père et moi. Ensuite, bien sûr, maman est tombée malade, et il ne pouvait rien y faire. Donc, il ne venait plus. C'est moi qui ai élevé ma sœur, qui n'avait que dix-sept ans et qui était encore au lycée. Elle lui en a beaucoup voulu de ne pas avoir demandé un congé au décès de maman.

– Il vous a laissées toutes seules ? demande Milo en me serrant plus fort contre lui.

– Je crois qu'il n'a pas eu le choix. Il avait de lourdes responsabilités dans l'armée et la situation était grave. Il est venu pour les obsèques et il est reparti une semaine plus tard. J'étais en deuxième année de fac, Suda Kaye en dernière année de lycée. Elle n'avait plus que six mois à tenir avant d'être diplômée, et on vivait à plusieurs heures de la réserve. Je ne voulais pas chambouler nos vies alors que j'étais adulte et parfaitement capable de m'occuper de ma sœur, comme je l'avais fait durant les années où ma mère était malade. Papa nous a laissé plein d'argent et s'est occupé de payer le loyer et les factures. Après ça, je ne l'ai pas vu pendant un an, mais on parlait tout le temps au téléphone. Je ne crois pas que Suda Kaye l'ait revu depuis, même quand elle a voyagé en Europe.

– Adinidiin, tu ne peux pas prétendre savoir ce que ta sœur ressent au sujet du décès de son père.

– Ben justement, c'est ça le truc. Dès qu'elle a su qu'Adam Ross n'était pas son père biologique, elle l'a complètement oublié. Du jour au lendemain.

– Tu as beaucoup de colère et de peine, et c'est normal. Il faut que tu manges et que tu dormes.

– Je n'ai pas faim, mais je suis épuisée, c'est vrai. Mais chaque fois que je ferme les yeux, c'est son visage que je vois. C'est une tor... torture, je sanglote en m'effondrant de nouveau.

– Peut-être que si tu mangeais quelque chose, tu te sentirais mieux. Tu n'as rien avalé depuis le petit déjeuner chez mes parents.

Aussitôt, mon ventre se met à gargouiller bruyamment.

– Tu vois, ton ventre est d'accord, dit Milo en m'embrassant sur la joue. Viens, je vais te préparer à manger.

Il prend ma main et m'aide à me redresser, je me rends compte que je porte encore ma petite robe jaune.

– Je peux prendre un de tes tee-shirts ? je demande.

Il sourit et hoche la tête en allant dans son dressing. Il en ressort avec un tee-shirt qu'il pose sur le lit. Je me lève et saisis le bas de ma robe pour l'enlever, mais Milo secoue la tête.

– Laisse-moi m'occuper de toi.

Il prend la jupe et la soulève lentement par-dessus ma tête, puis il passe son bras dans mon dos et dégrafe mon soutien-gorge.

Je ne dis rien, je ne bouge pas.

Il fait glisser les bretelles de mon soutien-gorge sur mes bras, lentement, puis il se baisse et dépose un baiser sur chacun de mes seins. Ensuite, il s'accroupit et m'embrasse sur le nombril. Il continue et m'embrasse sur chaque cuisse, d'abord la gauche, puis la droite. Il se lève lentement et m'embrasse de chaque côté du cou, puis sur la bouche. Il passe alors le tee-shirt par-dessus ma tête, je glisse mes bras dans les trous.

– Est-ce que tu as assez chaud ou tu veux que je te trouve un pantalon ?

– Non, ça va.

– J'ai allumé un feu et j'ai plein de couvertures. Tu veux un thé ?

– Tu parles du thé que je n'ai pas bu la première fois que je suis venue ici ?

– Un autre, répond-il en souriant. Une infusion apaisante.

– Ok.

– Viens.

Il prend ma main et nous descendons les escaliers jusqu'à la pièce principale. Je m'installe sur le canapé en U, face au superbe clair de lune sur le lac, et Milo déplie une couverture pour me couvrir les jambes.

– Détends-toi, je reviens tout de suite.

Il prend mon menton et lève ma tête pour m'embrasser brièvement, puis il dépose un baiser sur ma joue qu'il caresse du pouce, essuyant une larme, avant d'aller en cuisine.

Je regarde par la baie vitrée, admirant la vue calme et sereine. Tout est immobile et silencieux, parfaitement tranquille, alors qu'en moi, c'est un tumulte d'émotions chaotiques, de souvenirs aussi beaux que douloureux et d'une tristesse insurmontable. Je n'ai aucun contrôle sur ce que je ressens dans mon cœur ni sur mes pensées, mais j'essaie désespérément de ne pas craquer complètement.

Milo m'apporte une tasse de thé qu'il pose sur la table basse, et il me tend une assiette contenant la meilleure chose au monde : un sandwich beurre de cacahuète et confiture. Je le saisis aussitôt et prends une énorme bouchée qui n'a rien de féminin. En dehors du pain frit de Toko, c'est le plat le plus réconfortant que je connaisse.

Milo s'assoit à côté de moi, lève la main et essuie un peu de confiture au coin de ma bouche avant de se lécher les doigts.

J'étudie son regard et me dis qu'il doit être aussi chamboulé que moi par cette journée. Du petit déj avec sa famille, qui s'est finalement très bien passé et qui nous a rapprochés, à la balade à cheval et à notre première fois dans mon endroit préféré...

Je finis la première moitié du sandwich et attrape la seconde.

– Je suis désolée pour... tout, je déclare en secouant la tête.

Il lève la main et la pose tendrement sur mon cou.

– Tu n'as aucune raison d'être désolée, répond-il en fronçant les sourcils. Ce qui s'est passé aux falaises... je ne m'attendais pas à une telle expérience. Je ne me suis jamais senti aussi connecté avec une femme. Je chérirai à jamais ce souvenir. Rien de ce qui s'est passé par la suite ne peut le changer.

– Mais c'est tout gâché, maintenant, je chuchote en baissant les yeux sur mon sandwich.

– Regarde-moi, Evie. Dans un couple, on se soutient dans les moments difficiles. Je suis heureux de pouvoir être là pour t'épauler.

Je ferme les yeux qui se remplissent de nouveau de larmes, mais je m'efforce de les retenir, j'ai déjà trop pleuré ce soir.

– Je ne te mérite pas, et tu mérites mieux qu'une femme meurtrie, je déclare.

Avant de descendre des falaises, le monde était à nos pieds, tout était possible. L'avenir était lumineux, merveilleux. Milo et moi. En couple. Mon rêve était enfin devenu réalité. Nous avions toute la vie devant nous. Et maintenant... c'est comme si l'univers s'en était mêlé et m'avait giflée pour me ramener à la réalité, j'ai eu les yeux plus gros que le ventre et j'ai été punie.

Toute ma vie a changé du tout au tout en une seule journée. J'ai fait une place à Milo dans mon cœur, et j'ai perdu mon père.

– Tu n'es pas meurtrie, tu souffres. Terriblement. Il y a une différence. Et c'est à moi de t'aider à panser tes plaies. Et c'est ce que je compte faire. Souviens-toi de ce que je t'ai dit, Nizhoni. Donne-moi tes peurs. Confie-moi tes blessures. Nous les guérirons ensemble.

– Tu es un homme incroyable, je chuchote en reniflant.

– Nous avons tous les deux traversé beaucoup d'épreuves avant d'arriver où nous sommes aujourd'hui. Avant de nous trouver l'un l'autre, pour partager à deux les hauts et les bas. Reste avec moi, Nizhoni. Nous traverserons cet orage ensemble et nous en ressortirons plus forts.

Je mâchouille ma joue, ne sachant pas comment faire une place à quelqu'un qui a envie d'être là pour moi.

– Je suis habituée à le faire seule. À gérer seule mes problèmes.

– Tu n'es plus seule. Tu dois apprendre à t'ouvrir et à me laisser entrer.

– Milo...

Il lève la main pour m'empêcher d'aller au bout de ma pensée.

– Si nous étions revenus des falaises et qu'on avait appris que mon père avait fait une crise cardiaque, est-ce que tu m'aurais laissé affronter ça tout seul ?

– Mon Dieu, non ! je m'exclame.

– Exactement, répond-il en souriant. Donc, je suis là pour toi. Pour répondre à tous tes besoins, te nourrir, te border, m'occuper de toi. Et un jour, c'est moi qui aurai besoin de toi. Et je suppose que tu seras là pour moi.

– Ça semble si simple quand tu le dis, je dis en coiffant mes cheveux derrière mon oreille.

– La seule chose que tu as à faire, c'est être ici, avec moi. Me laisser m'occuper de toi durant cette épreuve. Je suis fort, ce ne sera pas un problème.

Il m'offre un sourire si tendre, si pur et si plein d'empathie que mon cœur accélère et se remplit d'espoir.

– Je ne veux pas dépendre de toi ni profiter de toi, je dis d'une voix tremblante en le regardant dans les yeux.

– Ce n'est pas comme ça que marche l'amour. Du moins, pas le genre d'amour qui se tisse entre nous, répond-il d'un ton certain.

– Tu crois vraiment en nous... Tu nous crois vraiment capables de tenir sur la durée, une famille, le mariage, des enfants, une fin heureuse. Tout ça... ? je dis en retenant mon souffle pour attendre sa réponse.

Milo prend mon visage dans ses mains et le rapproche du sien.

– Non seulement j'y crois, Evie, mais tu y croiras toi aussi, bientôt.

– J'en ai envie. J'ai commencé à y croire, mais...

– Ce qu'on a ressenti sur les falaises était la réalité. Notre vérité. Je travaillerai chaque jour, chaque heure et chaque minute pour que tu croies en nous.

Il n'y a plus rien à dire, alors je m'empare de sa bouche et déverse dans le baiser toutes mes peurs, mes peines et tout mon amour.

Il penche ma tête sur le côté et répond fougueusement, langoureusement, avec une détermination sans faille. Il a pris une décision ce soir. Je le sens dans sa façon de bouger mon corps, de poser mon assiette sur la table basse, d'enlever la couverture et de me prendre sur ses genoux pour m'embrasser comme si j'étais à lui.

Or, je le suis.

J'ai envie d'appartenir à Milo Chavis.

L'homme de mes rêves.

Cet homme qui exauce tous les vœux que j'ai pu confier aux étoiles.

Il passe son bras dans mon dos et me serre fort contre lui, dévorant ma bouche comme si c'était sa dernière chance de le faire. Je m'agrippe à lui comme si ma vie en dépendait, gémissant dans sa bouche, reculant pour reprendre ma respiration avant de me replonger dans le baiser.

Il finit par promener sa langue sur ma gorge, qu'il embrasse et mordille, tout en glissant sa main dans mon dos, sous son tee-shirt. Mes tétons durcissent et mon sexe se met à pulser. Je sens son érection sous son pantalon de pyjama et je baisse la main pour l'empoigner.

Il pousse un grognement et appuie brusquement sa tête sur le dossier du canapé.

– Nizhoni, tu n'as pas les idées claires.

Je me lève et baisse ma culotte, puis je me penche pour saisir l'élastique de son pantalon. Je tire dessus jusqu'à ce qu'il soulève son bassin et, lorsqu'il en est débarrassé, je le jette par terre en admirant son sexe luisant.

En une fraction de seconde, je suis de nouveau à cheval sur lui, plaçant son gland entre mes lèvres.

– S'il te plaît, j'ai besoin de toi. J'ai besoin d'oublier ma douleur, même quelques minutes, je supplie.

Ses pupilles noires se dilatent et sa mâchoire se contracte.

– On ne s'est pas protégés, tout à l'heure...

– Je suis clean et je prends la pilule, et je te fais confiance, je réponds.

Je me penche pour m'emparer de sa bouche pulpeuse, mordillant et suçant sa lèvre inférieure avant de la lécher.

– Je te fais confiance, et je suis clean aussi, admet-il en soutenant mon regard tandis qu'il promène son gland sur ma fente avant de me faire asseoir sur sa verge.

C'est le paradis.

Comblée par Milo, je me cambre sous l'effet d'un plaisir fiévreux et inégalable.

Il jure plusieurs fois en navajo, puis il me fait avancer et reculer lentement sur lui tout en m'embrassant langoureusement. Nous poursuivons ainsi un long moment, posément et tendrement, jusqu'à ce qu'une chaleur brûlante nous enveloppe et que des frissons de plaisir explosent dans tout mon corps, me faisant accélérer et intensifier mes coups de bassin.

Milo empoigne mes hanches, je m'appuie sur ses épaules puissantes. Nous sommes toujours en tee-shirt, mais peu importe, nous sommes liés de la seule manière qui compte. J'accélère encore et encore, à bout de souffle, et chaque va-et-vient me fait grimper plus haut, me rapproche un peu plus du précipice.

Il passe ses bras dans mon dos et m'attire à lui, plaquant nos torses l'un contre l'autre en s'emparant de ma bouche, me poussant vers le bas pour écraser mon clitoris avec son bassin.

Il pousse un grognement dans ma bouche et je l'avale, il en fait de même avec mon cri de joie. Nos orgasmes semblent durer des heures, prolongés par celui de l'autre, jusqu'à ce que nous nous embrassions maladroitement, mollement, balançant doucement nos hanches, et nous revenons sur terre en même temps.

Mon corps semble alors se liquéfier contre le sien, et il accepte mon poids, soupirant joyeusement.

– Je suis tellement fatiguée, je dis en nichant ma tête dans le creux de son cou avant de fermer les yeux.

– Dors, Evie. Laisse-moi prendre soin de toi.

Je hoche la tête contre lui et m'endors aussitôt dans les bras de l'homme que j'aime, satisfaite d'oublier tout ce qui s'est passé aujourd'hui... du moins le temps d'une nuit.

CHAPITRE 14

Les rayons du soleil réchauffent mon visage et, en plus, je suis blottie contre mon brasero personnel. Le bras de Milo entoure ma taille, son corps est collé au mien.

– Bonjour, Taabe, chuchote-t-il, employant le surnom que m'a donné ma famille.

Je souris et ouvre les yeux en me tournant vers lui. Ses cheveux tombent sur ses épaules et son torse comme des draps soyeux.

Ce n'est pas la première fois, et j'espère surtout que ce n'est pas la dernière, que je prends le temps d'étudier l'homme à qui j'ai donné mon cœur. Il est allongé sur le côté, et le poids de son bras sur ma taille me réconforte et m'emprisonne dans son lit. De toute façon, je n'ai aucune envie de quitter sa chambre alors que je peux admirer cet être sublime.

– Tu as passé une bonne nuit ?

– Ça fait longtemps que je n'ai pas aussi bien dormi, merci.

Il me sourit tendrement et m'embrasse brièvement.

– J'ai annulé mes rendez-vous des prochains jours, j'ai dit que je m'absentais jusqu'à nouvel ordre. J'ai aussi appelé ton bureau et expliqué la situation à Regina. J'ai laissé un message sur le répondeur de Camden pour lui dire que tu appellerais ta sœur quand tu serais prête.

– Mais... comment tu as eu le temps de faire tout ça ? je demande en fronçant les sourcils.

– Evie, mon amour, il est quatorze heures. Tu as dormi douze heures.

Je me tourne pour regarder l'horloge, qui confirme ce qu'il dit.

– Q... quoi ? Je n'ai jamais fait ça de ma vie !

Il caresse ma joue et coiffe mes cheveux en arrière.

– Tu en avais besoin. Je me suis levé à huit heures, j'ai passé les coups de fil et je me suis recouché. J'ai lu un moment avant de me rendormir aussi.

Je roule sur le dos alors que la réalité me frappe de plein fouet.

Mon père est mort.

Je ferme les yeux et retiens mes larmes encore une fois.

– Tu as faim ?

Je tourne la tête vers le plus bel homme que j'aie jamais vu.

– Tu sais que tu étais un de mes vœux les plus chers ?

Milo saisit ma taille pour que je me tourne de nouveau vers lui.

– Comment ça ?

Le souvenir défile dans ma tête et je respire un bon coup avant de dire à Milo ce qu'il mérite de savoir.

– Huutsuu, Taabe, venez par là, mes merveilles, dit maman en nous tendant les mains.

Je sais ce qu'elle s'apprête à nous dire. En général, avant, maman nous emmène quelque part, ma sœur et moi, pour discuter. J'ai beau savoir ce qui va se passer, qu'elle va de nouveau nous abandonner, je ne peux m'empêcher de courir vers elle, espérant qu'en étant sage et en faisant tout ce qu'elle dit, elle choisira peut-être de rester.

Elle est assise au sommet d'une petite colline, le soleil vient de se coucher.

– Venez, les filles.

Nous montons la colline en courant, et j'arrive en haut la première.

Suda Kaye s'assoit à côté de notre mère, un bouquet de fleurs des champs sur les cuisses, pour la table de Toko. Il n'aime pas ça parce que cela tue les fleurs et qu'il pense que tout être vivant doit être protégé. J'ai arrêté de le faire, mais je ne dis rien et laisse Suda Kaye s'amuser. Je m'assois de l'autre côté de maman, qui passe un bras dans le dos de chacune de ses filles.

– Regardez le ciel. Vous voyez les étoiles ?

Suda Kaye et moi levons les yeux et hochons la tête. D'ici, c'est comme si on pouvait voir toutes les étoiles qui scintillent dans le ciel immense.

– Ce sont les vœux du monde entier qui attendent d'être exaucés.

Suda Kaye écarquille les yeux, bouche ouverte.

– C'est vrai ? demande-t-elle d'un ton émerveillé.

– Oui, Huutsuu. Je vais vous apprendre à confier vos vœux aux étoiles. Choisissez bien votre souhait, car on ne peut en faire qu'un à la fois. Il faut attendre que l'un se réalise pour pouvoir en faire un autre. Et il se peut que vous attendiez toute une vie, mes filles.

– Waouh, s'exclame Suda Kaye.

Quant à moi, je regarde toutes ces étoiles et pense à tous ces gens qui attendent désespérément que leurs souhaits soient exaucés. Que se passera-t-il si je choisis une étoile qui détient le vœu d'un autre ? Le mien effacera-t-il le sien, ou bien l'étoile peut-elle renfermer plusieurs vœux ?

Je fronce les sourcils et étudie les diverses options pour obtenir le meilleur résultat. Je ne veux pas choisir l'étoile de quelqu'un d'autre. Cela me semble méchant et irrespectueux.

– Comment on choisit son étoile ? je demande en étudiant le ciel avec tout mon sérieux.

Maman colle sa joue à la mienne et son parfum réconfortant de patchouli et d'agrumes m'enveloppe.

– C'est elle qui te choisira et te fera signe, Taabe. De la même façon que le soleil t'a choisie, ma belle, répond-elle en m'embrassant sur la tête avant de se tourner vers ma sœur. Et toi, ma Huutsuu, laisse le vent t'aider à choisir.

Suda Kaye et moi restons ainsi un long moment avec notre mère, les yeux rivés sur le ciel. Je regarde chaque étoile avec toute ma détermination, attendant de sentir quelque chose, n'importe quoi, mais je ne vois rien. Je ne comprends pas ce que je suis censée voir. Elles sont toutes si vives et lumineuses, et je ne veux pas gâcher ma chance. Il faut que ce soit parfait, sinon mon rêve ne s'exaucera jamais.

Or, il n'y a qu'une seule chose que je désire plus que tout au monde.

– Vous avez choisi vos étoiles, mes chéries ?

Moi non, mais je vois Suda Kaye hocher la tête en souriant jusqu'aux oreilles, donc je l'imite et lève la tête. Mon regard atterrit sur une étoile en particulier, et je concentre toute mon attention dessus, espérant que c'est celle qui est censée protéger mon souhait.

– Bien. Alors maintenant, répétez après moi sans quitter votre étoile des yeux, dit maman de sa voix douce.

– Je souhaiterais beaucoup... commence-t-elle.

Nous répétons ses paroles d'un ton émerveillé.

– Je désire vraiment...

Nous continuons ensemble, de nos voix enfantines.

– Avoir ce vœu...

Nos voix reflètent celle de notre mère.

– Rêvé cette nuit, conclut maman, et nous répétons la dernière phrase. Maintenant, poursuit-elle, confiez votre vœu à votre étoile, mais ne dites jamais à personne ce que vous avez souhaité, sinon votre vœu ne se réalisera jamais.

Elle nous serre contre elle et je me concentre sur mon étoile.

Ce soir-là, j'ai demandé à être l'inverse de ma mère. J'ai demandé à trouver un homme qui n'aimerait que moi. Un homme qui ne me quitterait jamais pour partir à l'aventure. Un homme qui voudrait construire une famille et ne jamais quitter ses enfants. Un homme qui tiendrait ma main et m'aimerait jusqu'à la fin de mes jours.

Je regarde Milo en lui racontant mon souvenir et je sais qu'après vingt ans de vœux, mon tout premier a enfin été exaucé.

– C'était toi que je demandais au ciel. Mon rêve est enfin devenu réalité, mais je suis morte de trouille à l'idée qu'il m'échappe. À l'idée de te perdre. Tout ce que je veux, tous les gens que j'aime... partent. Si tu me choisis, tu ne pourras jamais partir. Jamais. Je n'y survivrai pas, je dis en pressant ma main sur son cœur, qui bat la chamade.

Milo rapproche son visage du mien et rive son regard déterminé sur moi.

– Je suis honoré d'être ton souhait. L'homme de tes rêves. Car toi, mon Evie, tu es la femme de mes rêves. Tu es ma lumière, mon ciel, la terre sous mes pieds. Je t'aime, Evie Ross. Je veux être avec toi pour toujours. Je te donnerai tout ce que tu as souhaité et confié à ton étoile. Je te donne ma parole, Nizhoni, que je ne te quitterai jamais. Pas volontairement. Jamais.

Je laisse couler mes larmes et pose ma main sur sa joue.

– Je t'aime aussi. Je suis morte de trouille, mais je ne peux plus nier que je veux être avec toi. Je veux construire une vie avec toi et dire adieu à mes peurs. Je ne suis pas sûre de savoir comment le faire, mais je vais essayer. Je te promets d'essayer, pour toi. Ne renonce pas à moi.

– Jamais, promet-il en appuyant son front au mien. Je ne renoncerai jamais à être avec toi. Donne-moi ton amour. Il m'appartient désormais. Je le protégerai pour toujours.

Milo me prend dans ses bras et me ramène contre lui avant de m'embrasser tendrement, amoureusement, ne libérant ma bouche qu'après que nous avons fait l'amour et scellé tout ce que nous venons de nous promettre.

C'est officiel.

Milo et Evie.

Ensemble.

Mon souhait a enfin été exaucé.

♦

Milo mordille mon cou et m'éclabousse tandis que j'essaie de faire la vaisselle après notre énorme repas.

Il a dégelé le pain frit de sa mère et a préparé du bœuf en sauce pour y tremper le pain. Cerise sur le gâteau, il a préparé un fraisier, mais il mangé plus de chantilly sur moi que sur sa part de gâteau. À chacune de mes bouchées, il pressait une dose de crème fouettée sur mon épaule, mon coude et sur le dessus de ma main, puis il prenait son temps pour la lécher, tout en me dévorant des yeux. J'ai fini par me prendre au jeu et j'ai parsemé son torse de chantilly, mordillant ses tétons jusqu'à lui faire perdre la tête.

C'était léger et fun. Nous avons mis de côté la journée d'hier et avons passé du temps ensemble, comme un vrai couple. On a mangé, parlé, on s'est moqués l'un de l'autre et on s'est bécotés... tout ce que je rêve de faire avec lui depuis que nos chemins se sont croisés de nouveau.

Étonnamment, être avec lui me semble simple, maintenant que nous nous sommes avoué notre amour. Pour la première fois de ma vie, j'ai l'impression d'avoir quelqu'un dans mon camp, à mes côtés, et qui n'est là que pour moi. Quelqu'un qui me protégera et m'aimera. Mais surtout, quelqu'un qui veut de ce rôle, qui est fier de l'avoir et de dire que je suis à lui.

– Est-ce qu'on peut reparler de nos maisons ? demande Milo.

Je fronce les sourcils et rince le bol avant de le poser sur l'égouttoir. Comme il y avait peu de vaisselle, je l'ai faite à la main.

– C'est-à-dire ?

– Je préférerais que tu viennes vivre ici. J'ai consacré beaucoup de temps et d'efforts et dépensé beaucoup d'argent pour préparer cette maison à accueillir ma famille.

– Milo, on vient juste de s'engager l'un auprès de l'autre... je commence.

– Oui, justement. Je ne veux pas qu'on vive séparés. Jamais. J'aimerais que tu emménages ici dès que possible.

Je balaie sa maison du regard, elle est vraiment spectaculaire. Clairement plus agréable que mon petit appartement, et elle n'est qu'à cinq ou dix minutes de plus de mon bureau de Colorado Springs. Mais elle est un peu plus près de mon bureau de Pueblo, donc ça équilibre l'équation.

– Ça n'est pas un peu rapide ?

– Rapide, ce serait te mettre enceinte dès demain. Je ne suis pas contre, d'ailleurs.

J'écarquille les yeux et hausse les sourcils.

– Eh, tout doux ! Maintenant, tu veux me mettre enceinte ? je m'exclame en reculant contre le plan de travail.

– Je sais que c'est trop tôt pour toi, mais pas pour moi. J'ai trente-quatre ans, Nizhoni. Je veux une famille. Avec toi. Je veux beaucoup d'enfants.

– Beaucoup ? C'est-à-dire ?

– Autant que tu voudras, répond-il en croisant les bras.

Ses biceps gonflent et je les regarde, fascinée, regrettant de ne pas avoir promené ma langue dessus durant notre match de crème fouettée tout à l'heure.

– Je... je... Milo, tu m'as rendue muette, encore une fois, je soupire, exaspérée.

– Tu ne veux pas d'enfants ? demande-t-il en en fronçant les sourcils d'un air inquiet.

– Si, bien sûr. J'ai toujours voulu des enfants. C'est juste que... On vient juste de se promettre l'un à l'autre, je dis en désignant l'escalier qui mène à sa chambre. Genre, il y a deux heures.

Milo me sourit tendrement.

– Non. Ça fait longtemps que je me suis promis à toi, et tu viens de m'avouer que tu rêves de moi depuis plusieurs années. Me voici. Maintenant. Prêt à t'offrir tout ce que tu désires.

Je me lèche les lèvres et tape du pied par terre.

– Mais il faut faire les choses dans l'ordre ! On sort ensemble, on tombe amoureux, on emménage ensemble, on se marie, et ensuite on parle d'avoir une famille. On est à la deuxième étape et on vient tout juste d'y parvenir tant bien que mal, aujourd'hui. On ne peut pas attendre un peu pour les étapes suivantes ?

Il secoue la tête.

– Je refuse d'attendre plus longtemps. J'ai attendu trente-quatre ans pour t'avoir. Tu m'as donné ton amour. Maintenant, je veux que tu me donnes ta main.

Je recule la tête, choquée, et lui fais les gros yeux.

– Tu es en train de me demander de t'épouser ? Maintenant ? Tout de suite ?

– J'ai besoin de le faire ? Les étoiles et l'univers ont parlé, Evie. Tu es à moi.

– Tu ne t'en sortiras pas sans me faire une vraie demande en mariage ! je gronde en pointant mon index sur son torse. Quand on aura passé du temps ensemble. Et je veux que ce soit romantique. Je veux des fleurs, de bougies et tout le tralala ! Hors de question que l'homme de mes rêves m'ordonne de l'épouser. C'est mort. Détrompe-toi, mec !

Milo semble se retenir de rire en venant vers moi. Je lève la main vers lui pour l'arrêter, mais il m'ignore, plaquant son torse sur ma main et son corps contre le mien. Je sens son cœur battre sous ma paume, et je dois faire appel à tout mon self-control pour ne pas le déshabiller sur-le-champ, parce que ce type est terriblement sexy et que ce dont il est capable au lit est juste ahurissant.

– Romantique. Ça peut se faire, acquiesce-t-il.

– Bien. Alors... la première étape après s'être avoué qu'on s'aime est d'emménager ensemble. Les gens normaux attendent quelques mois, voire quelques années, pour ça.

– Mais on n'est pas des gens normaux, gronde-t-il d'un ton qui ne laisse aucun doute quant à son désaccord.

– Pourquoi tu veux que je vive ici, avec toi ? je demande, même si ma détermination commence à flancher.

Il ferme les yeux et prend une profonde inspiration. Lorsqu'il ouvre les paupières, la tristesse de son regard me coupe le souffle.

– J'ai besoin de toi. Je veux me réveiller chaque jour avec ton parfum. Je veux sentir ton corps contre le mien quand je dors. Je sais, à présent, que j'ai construit cette maison pour toi. Pour nous et notre future famille. Si tu n'es pas ici, ce n'est plus chez moi. Car mon chez-moi, c'est toi maintenant.

Je me rappelle qu'il m'a dit que son ex n'était jamais là, qu'elle ne restait jamais avec lui, parce qu'elle n'en faisait toujours qu'à sa tête et le laissait seul ici. Mon estomac se noue en y pensant. Milo n'a pas besoin de le dire pour que je sache que c'est justement un de ses démons. Or, je peux facilement le vaincre en acceptant de vivre avec lui, l'homme que j'aime. Après tout, ce n'est pas une énorme concession. Je veux être avec lui. Et Milo veut et a besoin que je sois ici pour se sentir en sécurité dans notre couple.

– Ok, j'acquiesce, à bout de souffle, alors qu'une nuée de papillons s'envole dans mon ventre. Je vais emménager ici.

Après tout, que demander de plus qu'un homme qui me considère comme son chez-lui, son foyer ?

Son sourire est si resplendissant que ma poitrine se serre et que j'en ai les larmes aux yeux.

– On peut aller chercher une partie de tes affaires aujourd'hui ? Tes vêtements, tes produits de beauté... Tout ce dont tu as besoin pour vivre ici tout de suite ? On pourra y retourner pendant la semaine pour prendre le reste ; décider ce que tu veux garder et de ce que tu veux stocker ou donner.

De zéro à cent à l'heure en un millième de seconde. Je suppose que je ne devrais plus être surprise.

– Tout ça va très vite, je préviens, pour lui rappeler que je suis plutôt du genre froussard.

Il sourit et je me détends instantanément.

– Oui, en effet. Ma femme, chez moi, qui me dit qu'elle m'aime, dans notre lit. Le lit dans lequel nous concevrons nos enfants. La vie est belle.

Un mélange de joie et de tristesse envahit ma poitrine, et je blottis mon visage dans le creux de son cou.

– Ça n'efface pas le fait que je viens de perdre mon père. Je suis désolée de ne pas être aussi joyeuse et forte que toi.

– Je serai ta force, dit-il en me serrant contre lui. Et pendant que tu fais ton deuil, tu auras quelque chose de positif sur lequel te concentrer. Nous. La vie qu'on construit ensemble.

Je hoche la tête, car il est vrai que ça semble chouette.

– Dis-moi ce que tu ressens, demande-t-il en caressant mon dos tendrement.

– Je suis triste pour mon père. Anéantie. Je ne sais toujours pas trop quoi faire de ce que je ressens. Ma tristesse ne fait que remonter à la surface et menace de m'entraîner vers le fond, mais je suis avec toi, et ça me rappelle que j'ai encore quelqu'un qui a besoin de moi. Quelqu'un qui m'appartient et qui est bien réel.

– Et je serai à tes côtés pour t'aider dans tout ce que tu ressens. Tu peux me confier tes sentiments sans crainte.

– Merci.

– Inutile de me remercier. Je sais qu'un jour tu me renverras la pareille. Je n'ai pas hâte que ce jour arrive, mais c'est inévitable. La mort fait partie de la vie, Evie. Nous affronterons ta tristesse ensemble. Et lorsque nous l'aurons vaincue, tu repenseras aux beaux souvenirs que tu as de ton père. Il fera toujours partie de toi. Et il est mort en héros.

Je parviens tout juste à ravaler mes larmes et mes sanglots. Au lieu de ça, je me blottis davantage contre Milo et m'imprègne de sa force et de son courage.

– Je veux aller chez moi pour prendre mes affaires. Est-ce que ce soir, tu pourrais m'emmener sur le lac ? J'ai un nouveau souhait à confier aux étoiles.

Il prend mon visage dans ses mains et m'embrasse sur les joues, puis sur la bouche.

– Tout ce que tu voudras, Nizhoni.

– Je t'aime, Milo Chavis. Je t'aime depuis que j'ai huit ans. Je t'aime aujourd'hui, à trente ans, et je compte t'aimer chaque nouveau jour qui s'offre à nous.

Son pouce caresse ma lèvre inférieure, il ne répond rien. Il n'a pas besoin de répondre. Ses caresses, son regard et ses bras protecteurs me disent tout ce que j'ai besoin de savoir.

Milo Chavis m'aime et, quand il me regarde dans les yeux, je sais sans le moindre doute que cet homme ne me quittera jamais.

Le sentiment de sécurité et de stabilité que cela me procure est révélateur. Je ne me suis jamais sentie aussi sereine.

Chez moi.

J'ai un nouveau chez-moi, à présent.

Je passe mes bras dans son dos et savoure ce sentiment nouveau d'être à ma place. Dans les bras de l'homme que j'aime, prête à bâtir la vie dont j'ai toujours rêvé et que je ne pensais pas mériter. Car Milo me fait croire que je la mérite. Dans ses yeux, je me sens plus forte. Je n'ai plus l'impression de démériter ou d'être indésirable. Cet homme me veut, moi, et personne d'autre. Il connaît mes peurs et mes faiblesses, et il est néanmoins prêt à combattre les démons qui peuvent entraver sa route.

Personne ne s'est jamais battu pour moi. Or, maintenant, dans les bras de l'homme que j'aime, je comprends que je dois, moi aussi, me battre pour lui. Pour moi-même. Me battre pour ce qu'on veut construire ensemble.

Au diable la peur.

Je refuse d'avoir peur d'être heureuse. Je compte saisir le bonheur par les rênes et partir au galop dans le désert, au soleil couchant, avec l'homme de mes rêves.

– Tu es prête ? demande-t-il, ignorant tout ce que mon cerveau torturé vient de décider.

– Je suis prête, pour tout. Aujourd'hui est le premier jour de notre vie à deux. Je ne laisserai rien s'immiscer entre nous, surtout pas mes angoisses absurdes, je déclare d'une voix ferme en me tenant plus droite. Je ne veux plus m'inquiéter ni avoir peur. Ma mère me disait toujours de foncer d'abord et de prévoir ensuite. Eh bien, tu sais quoi, maman, je dis en levant les yeux au plafond, je vais enfin écouter tes conseils.

Milo me serre plus fort dans ses bras.

– Je t'aime, chéri. Je crois en nous. Ramenons tout ce qu'on peut ici. J'en ai marre, moi aussi, d'attendre que ma vie commence. J'ai cherché le bonheur toute ma vie, et il était toujours hors d'atteinte. Eh bien, tu sais quoi ?

Il esquisse un sourire en coin.

– Quoi, Adinidiin ?

Mon Dieu, j'adore qu'il m'appelle sa lumière.

– Tu me rends heureuse : toi. Nous. J'ai su tout de suite, le jour où je t'ai rencontré, que tu étais spécial. Tu m'as sauvée de ces brutes, tu as pris soin de moi et tu m'as protégée, et tu n'as cessé de le faire depuis.

Je me mets sur la pointe des pieds et approche ma bouche de la sienne, tout contre ses lèvres sublimes.

– Construisons notre vie ensemble. Je ne veux plus attendre. Nous irons à notre rythme, et si c'est à la vitesse de la lumière, alors soit.

Milo sourit jusqu'aux oreilles, débordant de joie, et mon corps tout entier frémit d'allégresse.

– Tu me surprends, dit-il en m'embrassant.

– C'est toi qui m'as surprise. Tu m'as changée, Milo. Tu m'as poursuivie sans relâche jusqu'à m'avoir, puis tu t'es engagé auprès de moi, de notre histoire, sans jamais laisser de place au moindre doute, même aux miens. Tu m'as donné la seule chose que j'ai toujours voulue et dont j'ai toujours eu besoin, au-delà de tout le reste.

– C'est-à-dire ?

Je plonge mon regard dans ses iris noirs et lui offre ma vérité, consciente qu'il saura en prendre soin.

– Quelqu'un qui m'aime assez pour rester.

CHAPITRE 15

C'est étrange d'être dans mon appartement. Il me semble froid. Je regarde le salon et réalise le peu de joie qu'il me procure. C'est comme si ma vie tout entière avait changé en l'espace d'une semaine, d'une journée même. Je me suis rabibochée avec la famille de Milo. On a fait l'amour pour la première fois. J'ai appris que mon père était décédé. Milo et moi, on s'est dit qu'on s'aimait. Et, enfin, j'ai accepté d'emménager chez lui, de commencer une nouvelle vie ensemble.

Je rassemble les cadres des photos de Suda Kaye et moi, prises au fil de nos vies, et je les mets dans un carton. J'ai éteint mon téléphone et l'ai laissé dans mon sac, puisque Milo s'est chargé de contacter les personnes qui devaient l'être. Je n'ai aucune envie de parler à qui que ce soit. J'ai besoin de temps pour réfléchir, aux côtés de l'homme que j'aime. Le reste n'a pas d'importance.

– Même Suda Kaye, je chuchote en effleurant son visage sur la photo.

Ce n'est pas que je n'ai pas envie de parler à ma sœur, c'est que... je ne suis pas sûre d'en être capable. Trop de pensées se bousculent dans ma tête qui la concernent elle, mon père, notre mère et notre passé. J'ai besoin de temps pour faire le tri, et je ne veux pas la blesser ni me faire souffrir moi-même.

Je regarde la photo que Toko avait prise de mon père et moi, le jour de ma remise de diplôme. Suda Kaye était quelque part à l'étranger, elle ne s'était pas dit que je voulais qu'elle me voie terminer la fac. Je n'avais pas insisté, en même temps peut-être que j'aurais dû. J'ai rarement été aussi fière. J'avais entrepris quelque chose ; je voulais être la première de la famille à décrocher un master, et je l'ai fait. Le sourire étincelant de mon père, son bras sur mes épaules, mon chapeau de travers... C'était un moment merveilleux. La fierté dans les yeux de papa est impossible à rater.

Il n'était peut-être pas souvent là, mais il l'était dans les moments importants : mon dernier jour de lycée, celui de Suda Kaye, la mort de maman, ma remise de diplôme à la fac. Je sais qu'il faisait de son mieux pour être présent autant que possible et répondre aux besoins de sa famille, tout en remplissant sa mission de patriote pour laquelle il était né. Contrairement à notre mère, qui ne s'absentait que pour assouvir ses désirs égoïstes.

Je jette la photo dans le carton au moment où Milo sort de ma chambre, les bras chargés de vêtements.

– Je vais les déposer dans ton Cayenne. On mettra les cartons dans mon pick-up.

– Ok, merci, chéri.

Son visage s'illumine en m'entendant l'appeler ainsi. Il aime ça, et il me le fait savoir en m'embrassant brièvement avant de marcher vers la porte. Je me dépêche de la lui ouvrir et tombe nez à nez avec la mine déconfite de ma sœur. Ses yeux caramel sont rougis et boursoufflés, ses cheveux attachés en un chignon fouillis sur la tête, et elle porte un sweat d'homme à capuche qui lui arrive à mi-cuisse, un pantalon de pyjama et des pantoufles cotonneuses.

Elle fait peur à voir.

– Evie, dit-elle d'une voix tremblante avant de se jeter dans mes bras.

Je passe mes mains dans son dos, mollement, incapable d'y mettre beaucoup d'amour.

– Je pose ça dans la voiture et je vais récupérer d'autres cartons, dit Milo, attendant que je lui dise que je vais bien.

– Ça va, merci, je réponds.

Lorsque ma sœur a fini de sangloter contre moi, elle recule, les joues striées de larmes, et regarde mon visage stoïque en fronçant les sourcils.

– Evie... croasse-t-elle d'une voix rauque.

– Milo n'avait pas dit à Cam que je t'appellerais quand je serais prête ? je demande froidement.

Son menton se met à trembler et elle grimace de plus belle.

– Evie, il faut qu'on soit ensemble. Notre père vient de mourir.

– Notre père. Parce que c'est notre père, maintenant ? Si tu le dis...

Je lui tourne le dos et retourne à la bibliothèque, la débarrassant de ses livres que je jette dans un carton vide.

– Qu'est-ce que tu veux dire par-là ? demande Suda Kaye en me saisissant le bras. Et pourquoi tu refuses de me regarder ?

Je hausse l'épaule pour dégager sa main.

– Ça ne se voit pas ? Je suis occupée à faire mes cartons.

– Si, je vois ça. Pourquoi ?

– J'emménage avec Milo. Je l'aime, il m'aime, et on ne veut plus perdre de temps pour construire notre vie ensemble.

Suda Kaye pousse un cri aigu et je tourne la tête vers elle.

– Evie, mon Dieu, c'est génial ! dit-elle, comme si je venais de lui annoncer que j'avais gagné au Loto.

– Oui, en effet. Donc, si ça ne t'embête pas, j'aimerais continuer, je gronde en fourrant une autre pile de livres dans le carton.

– Qu'est-ce qui se passe ? Pourquoi tu es bizarre et aussi froide ?

Elle se frotte les bras et cache ses mains dans ses manches, comme une fillette.

– Ah, je le suis ?

– Ben, ouais, renifle-t-elle avant d'essuyer son nez sur la manche de son sweat. Il faut qu'on parle de papa, on a des choses à régler.

Je retire un livre de l'étagère avec tant de force que deux autres s'écrasent lourdement par terre.

– Merde ! je jure en serrant les poings avant de me tourner vers elle. Papa avait déjà tout prévu pour ses obsèques. Tu le saurais si tu lui avais parlé plus d'une fois par an.

Son visage se transforme et elle recule la tête comme si je l'avais giflée.

– Tu... tu es en colère ? Contre moi ?

– Non. Je suis occupée, et tu me déranges.

Je m'attaque ensuite au tiroir à CD, que je vide, formant des piles sur le sol.

– Je te dérange ? Evie ? Qu'est-ce qui se passe, bon sang ? Tu es vraiment bizarre.

– C'est gonflé, venant de toi. C'est moi qui suis bizarre ? Non, je crois que je me comporte de façon parfaitement normale, au contraire. Mon père vient de mourir. Son corps arrive dans une semaine et je vais devoir l'enterrer.

– C'était mon père aussi, chuchote-t-elle.

– Ah ouais ? Tu ne t'es pourtant jamais comportée comme sa fille, quand on était gamines. Tu évitais toujours de passer du temps avec lui quand il venait. Tu préférais voir tes amis. Ça t'a traversé l'esprit d'aller le voir, quand tu étais en Europe pendant des années ? Est-ce que tu l'aimais, au moins ? Ne serait-ce qu'un tout petit peu ? je m'écrie en agitant les mains, folle de rage.

Ma sœur fait plusieurs pas en arrière.

– Bien sûr, que je l'aimais, répond-elle d'une voix rauque. C'est le seul père que j'ai connu ! Comment tu peux suggérer que je m'en fiche ? Je veux bien admettre que je n'étais pas aussi proche de lui que toi, mais j'ai toujours pensé que toi tu étais proche de papa, et moi de maman. Ça s'équilibrait.

– Tu appelles ça de l'équilibre ? Tu parles, c'était plutôt de l'apathie. Tu te fichais de lui, admets-le. Quand tu as appris qu'Adam Ross n'était pas ton père biologique, tu l'as rayé de ta vie ! je ricane, disant ce que je pense pour la première fois.

Suda Kaye ferme la bouche et croise les bras, clairement sur la défensive.

– Je veux bien admettre que ça m'a fait un choc d'apprendre que ce n'était pas mon vrai père. J'ai toujours du mal à l'accepter, même à ce jour. Je ne sais pas qui est mon père biologique, Evie ! Maman n'a jamais voulu me le dire, et papa non plus, alors que je suis sûre qu'il savait. Et aucun des deux n'a pensé qu'il serait bon que je le sache ! dit-elle, soudain en colère.

– Oh, pauvre Suda Kaye ! Une mère, un père, une sœur et un grand-père qui l'aimaient tous à la folie et la traitaient comme une princesse, mais ce n'était pas assez. Pas pour toi, non. Il te faut toujours plus. Plus de fun, plus d'aventures, plus de tout. Et tu te fichais complètement des conséquences de tes désirs égoïstes sur les autres, je crache. Comme notre mère. Intrinsèquement égoïste.

– Si c'est égoïste de courir après ses rêves alors que toi, tu restais ancrée dans ta petite vie vide de tout, alors très bien, oui, je suis égoïste. Réveille-toi, Evie ! Le monde est à tes pieds et tu as peur de faire ne serait-ce qu'un pas. De faire quoi que ce soit qui pourrait être perçu comme risqué ou irresponsable.

– Parce que tout ce que tu as fait, toute ta vie, est irresponsable. En dehors de Cam, et encore ; seulement la deuxième fois que tu as daigné lui prêter attention ! Apparemment, tu as besoin de briser quelques cœurs avant de comprendre la leçon... y compris le mien !

Suda Kaye pâlit brusquement.

– Quand est-ce que je t'ai brisé le cœur ? chuchote-t-elle.

– Chaque jour où tu n'étais pas là ! je m'exclame, pleurant à mon tour. Chaque jour où je ne savais pas si tu étais en sécurité. Chaque jour où je n'ai pas entendu ta voix. Chaque jour où t'as choisi une vie sans moi, comme notre mère. Vous étiez vraiment deux plumes du même oiseau, hein, Huutsuu ? Maman a bien choisi ton surnom, hein, car tu passes ton temps à t'envoler, à laisser tout le monde derrière, nous obligeant à regretter de ne pas être suffisant bien pour que tu restes.

Elle pose sa main sur son cœur et hausse les sourcils.

– C'est ce que tu as pensé ? Que je suis partie parce que je ne voulais pas être avec toi ?

– C'est évident, non ? Dès que tu as eu ta voiture et empoché l'héritage de maman, tu es partie. Je ne t'ai pas vue pendant deux ans, et encore, seulement parce que je suis venue à toi. Après ça, encore trois ans sans te voir. Et c'est moi qui t'ai rejointe, encore. Tu es partie pendant dix ans, bon sang, Suda Kaye ! Dix ans !

Les larmes déferlent sur mes joues au point que ma sœur en devient floue.

– On se parlait tout le temps au téléphone. Et puis, j'ai fini par revenir, dit-elle. Pour toi, Evie. Je suis revenue pour toi.

Je ferme les yeux et laisse ses paroles me transpercer le cœur.

– Tu avais dit qu'on avait tourné la page sur ce problème. Et tu me rebalances ça à la figure, un an plus tard, ajoute-t-elle.

Ma poitrine est écrasée par le poids de ma souffrance, de ma peur, de ma peine et de mon deuil, et une colère noire remonte le long de mon dos et jaillit dans un torrent de haine.

– On ne se remet pas facilement d'être abandonnée par sa sœur pendant dix ans, Suda Kaye ! Surtout après vingt ans d'abandons répétés par sa mère et son père ! je hurle avant de tomber à genoux.

Ma sœur se précipite vers moi. Je suis à quatre pattes, secouée par les sanglots les plus violents de ma vie, comme si mon corps voulait se débarrasser de toutes ces années de frustration et de souffrance. Suda Kaye me prend dans ses bras, par-derrière, et appuie son menton sur mon épaule.

– Vide-toi, sœurette. Je suis là. Débarrasse-toi de tout ça.

– Pourquoi tout le monde me quitte ? je crie. Pourquoi je ne leur suffis pas ?

Je sens les larmes de ma sœur sur mon épaule, et elle me serre plus fort.

– Je suis désolée, sœurette, chuchote-t-elle. Je ne savais pas que tu souffrais.

– Tu t'en fichais ! je sanglote.

– Je ne savais pas. J'étais idiote. J'étais égoïste. Je n'ai rien vu. Evie... Je n'ai rien vu. Je suis désolée. Je suis tellement désolée.

– Tu n'es p... pas dé... désolée, je gronde d'un ton accusateur.

– Si, je le suis, Evie, dit-elle en pressant sa joue contre la mienne. Je t'aime plus que tout. Tu es la seule constante dans ma vie. Tu es l'étoile qui me guide, Evie. J'ai toujours su qu'où que j'aille, je serais aimée par toi. Je pensais que tu savais qu'il en était de même pour toi. Mais maintenant, je sais que tu t'es sentie rejetée, dit-elle d'un ton si triste que cela me fait encore plus de peine.

Car je ne veux pas qu'elle souffre. Je n'ai jamais voulu qu'elle souffre, or c'est justement moi qui suis en train de la blesser.

– Je mourrais pour toi, Evie. Sans question, sans hésiter, si ça te permettait d'être en vie et heureuse.

– Non ! je sanglote en passant ses bras sur ma taille et en m'y agrippant. J'aurais dû ne rien dire. Je ne sais pas pourquoi... je... je ne sais pas ce que je fais, j'admets en toute sincérité.

J'avance en eaux troubles et je n'ai pas de bouée de sauvetage. Comme dans un océan plein d'émotions et de cœurs brisés, et je ne sais pas quelle est la bonne direction, où aller pour m'en sortir en un morceau.

– Je suis désolée que tu te sois sentie abandonnée. Je suis désolée que ma relation avec papa t'ait fait du mal. Je suis désolée d'avoir suivi le même chemin que maman et que ça t'ait fait souffrir. Mais Evie, je n'ai jamais cessé de t'aimer. Je pensais à toi tous les jours, même si je ne te voyais pas. Tu es ma grande sœur. La personne à qui je dis tout, même les choses les plus intimes. Je crois que tu as toujours su que j'allais partir, mais ça ne signifiait pas que je te quittais, toi.

Mes larmes continuent de couler sur mes joues, mais elles sont moins grosses, moins nombreuses.

– Je voulais suffire à te faire rester.

Suda Kaye soupire et je sens son souffle chaud dans mon cou. Elle libère son étreinte et rampe pour me faire face, puis elle prend mes mains dans les siennes et les tient contre sa poitrine avant de se pencher pour approcher son visage du mien.

– Tu as suffi à me faire rentrer, quand le moment était venu, dit-elle d'un ton sérieux qui me surprend.

Je ferme fort la bouche pour empêcher mes lèvres de trembler.

– Evie, j'ai voyagé dans le monde entier, j'ai vu tout ce que je voulais voir et vécu tout ce que je voulais vivre. Mais la seule chose qui m'importait quand j'ai eu envie de me poser, la seule personne, c'était toi. La seule personne sans qui je ne pouvais pas vivre, à long terme. Je suis désolée que mon besoin de voler t'ait blessée. Je ne peux pas revenir en arrière mais, honnêtement, je ne changerais rien. J'avais besoin de prendre ce temps pour moi. Pour grandir, changer et être la personne que j'étais censée être en dehors de la personne que j'étais pour toi.

– Sœurette... je chuchote.

– Tu te sous-estimes. Tu penses que je suis partie parce que tu n'étais pas une raison suffisante pour que je reste.

Tu ne vois pas que je suis partie parce que je n'avais rien à offrir ? J'étais le centre de ton univers. Tu n'avais rien à toi. Tout ce que tu faisais était pour quelqu'un d'autre et, la plupart du temps, c'était pour moi. Je ne suis pas seulement partie pour me trouver ; je suis partie pour que tu puisses te trouver, toi aussi. J'ai toujours su que je rentrerais, que je te retrouverais où que tu sois, parce que tu es mon soleil, Evie. Tu es le soleil de tout le monde. De moi, de maman, de papa, de Toko, et maintenant de Milo.

– Suda Kaye...

Je porte ses mains à ma bouche et embrasse nos mains jointes.

– Ta lumière est si vive, Evie, que parfois elle met ceux qui t'entourent dans l'ombre. Je devais partir pour trouver ma propre lumière et ne pas être aveuglée par la tienne. Tu ne comprends pas ? C'est à toi que je me compare pour savoir si je suis assez bien, assez intelligente, assez accomplie, assez jolie ou assez féminine. Ma sœur est la femme la plus capable, sublime, brillante et vertueuse que je connaisse. Tu as la tête sur les épaules, toute ta vie est planifiée à la perfection.

– Non, arrête, je murmure, horrifiée d'apprendre qu'elle s'est sentie dans mon ombre alors que j'ai toujours pensé que c'était l'inverse.

– Laisse-moi finir, dit-elle avant de déglutir et de prendre une profonde inspiration. Quand j'ai appris qu'Adam n'était pas mon père, ça a cassé quelque chose en moi. Ça m'a fait tellement de mal que je ne l'ai jamais dit à personne. Pas même à toi.

Je pose sa main sur sa joue et regarde ses yeux se remplir de larmes.

– Ensuite, maman est morte. J'allais finir le lycée et je ne savais absolument pas quoi faire, comment me comporter ni qui j'étais. Je me comparais à toi tous les jours et je me trouvais nulle. J'avais des notes pourries, je n'arrivais même pas à garder un petit job et je n'étais douée pour rien. Donc, quand maman m'a dit, dans sa lettre, de découvrir le monde, j'ai sauté sur l'occasion, pensant que ça m'aiderait à me trouver. À comprendre qui j'étais, sans être dans ton ombre.

– Sœurette, non... Tu es tellement joyeuse et pleine de vie. Tu vis ta vie comme si tout pouvait s'arrêter demain...

– Parce que c'est le cas ! s'exclame-t-elle en serrant plus fort mes mains, comme si elle voulait que je comprenne l'importance de ce qu'elle essaie de me dire. Notre grand-mère est morte jeune. Notre mère aussi. Et maintenant Adam, à cinquante ans ? Il n'y a pas de temps à perdre et c'est pour ça que quand j'ai eu une idée de ce que je voulais faire, dans ma vie, ma première envie a été de la partager avec toi. C'est pour ça que je travaille si dur, à la boutique. Je veux, ou plutôt non, j'ai besoin que tu voies que je peux être responsable. Que je peux être accomplie. Que je mérite ta dévotion, ton dévouement.

– Tu le mérites, Suda Kaye. Mon Dieu, je suis tellement fière de toi. Tu as construit une superbe affaire. Tu as épousé l'homme de tes rêves et tu envisages de fonder ta propre famille.

– Je suis désolée d'être partie, Evie, mais j'espère que tu comprends pourquoi je l'ai fait.

J'appuie mon front contre le sien et prends son visage dans mes mains.

– Merci. Merci de me l'avoir dit, d'avoir été honnête.

De m'avoir tout expliqué, même si ça a été difficile à entendre.

– Apparemment, on avait toutes les deux des perceptions biaisées de la situation, dit-elle.

Je hoche la tête et l'attire dans mes bras, la serrant cette fois avec tout mon amour.

– C'est fini, maintenant ? chuchote-t-elle dans mon oreille.

– Je pense, oui. Je crois qu'on a toutes les deux de belles blessures, mais on fait le premier pas vers la guérison. Un pas à la fois.

– Ouais, acquiesce-t-elle en nichant son visage dans mon cou.

– Je suis désolée de t'avoir accusée de te ficher de la mort de papa. C'était méchant. Je crois que je me suis servie de ma colère envers toi pour ne pas souffrir autant.

– Je comprends, ce n'est rien.

– Non, ce n'est pas rien. C'était mal et je suis désolée.

– Tu es toute pardonnée, dit-elle sans hésiter.

Nous restons un long moment dans les bras l'une de l'autre.

– Je t'aime plus que tout, Evie. Je ne compte aller nulle part, tu sais. Je construis ma vie ici. Ici, où ma sœur construit aussi la sienne. À ce propos... tu vides ton appart pour emménager avec Milo ? Milo le Musclor amérindien dont tu es amoureuse depuis que tu es petite... On peut en parler un peu, s'il te plaît ? Je veux le détail de comment ça s'est passé ! dit-elle, et son visage s'illumine, tout joyeux.

C'est tout elle, ça.

Je souris, puis me mets à rire, et c'est comme ça que Milo nous trouve lorsqu'il arrive, les bras chargés de cartons.

Il nous fait un signe de tête, nous contourne et retourne dans ma chambre : ce type ne perd jamais de temps.

– C'est lui qui gère tes vêtements ? demande ma sœur.

– Ouais. Il est super-autoritaire, en plus d'être têtu. Il veut que tous mes vêtements soient chez lui... pour que je sois obligée d'y rester ! je m'exclame en éclatant de rire.

Cela dit, après avoir été sans cesse laissé pour compte par son ex, je comprends qu'il veuille s'assurer que je n'aurai aucune raison de repartir.

– C'est génial ! ricane Suda Kaye. Et qu'en est-il du... tu sais... commence-t-elle en jouant des sourcils. Du sexe ? Il est immense, il doit forcément cacher un sacré monstre sous sa braguette.

Je me sens rougir, gênée, mais c'est la première fois depuis longtemps que je suis tout excitée de parler de ma relation. Or, celle-ci est saine et parfaite, et je n'ai aucun scrupule à assouvir la curiosité de ma sœur.

– Il est immense... partout ! je m'écrie.

– Waouh ! siffle Suda Kaye en s'éventant. Et... il sait s'en servir ?

– Eh bien, voyons. J'ai eu mes deux premiers orgasmes sur la réserve...

– Mais non ! Tu as couché avec ton mec chez Toko ? s'exclame-t-elle, bouche bée.

– Mais non, jamais de la vie. C'était sur les falaises. C'était magique. On a pris un pique-nique et une couverture, mais autant te dire qu'on n'a même pas touché à la nourriture.

Suda Kaye plaque sa main sur sa bouche, clairement folle de joie.

– Et son chalet ? Camden m'a dit qu'il y est allé une fois, avec son frère, et que c'est à couper le souffle.

– Carrément. Il est entouré de montagnes, de pins, et il y a même un lac avec un ponton et une barque. Il va m'y emmener ce soir, au clair de lune.

– Trop romantique ! Mais revenons-en au sexe, insiste mon obsédée de sœur.

Je sais qu'elle et Cam baisent comme des lapins, mais je peux enfin dire que j'ai mon propre sex-toy et je suis ravie de constater que celui-ci n'a pas besoin de piles.

– Hier soir, c'était sur le canapé, puis dans son lit après qu'il m'a dit qu'il m'aimait, je révèle en comptant les orgasmes sur mes doigts.

– Mon Dieu ! s'exclame Suda Kaye en sautillant sur ses genoux.

– Et ce soir, je mise sur la balade en barque.

Ma sœur se mord la lèvre et me regarde d'un air sincèrement heureux. J'espère qu'on va réussir à mettre nos rancœurs de côté, pour le moment, car je suis épuisée, mentalement comme physiquement.

– Tu es heureuse ? me demande-t-elle. Est-ce qu'il ne va pas trop vite ? Après tout, tu emménages chez lui le lendemain de votre première fois... Et puis, tu viens de vivre un drame.

– Ça va trop vite ? C'est toi qui dis ça ? Alors que tu as épousé Cam en quelques mois, après dix ans de séparation ?

– Oui, mais moi je suis folle et imprévisible, répond-elle en agitant la main, tout le monde le sait. C'est plutôt ma sœur, si rationnelle et mesurée, qui m'intéresse.

– Tu sais, au début, j'ai eu peur que ça aille trop vite, c'est vrai. Puis j'ai réalisé que je basais mon bonheur sur une série de règles arbitraires et de statistiques, alors que Milo et moi ne sommes pas des données à analyser.

On est deux personnes de trente et trente-quatre ans qui se connaissent depuis plus de vingt ans, et qui ont toujours tenu l'une à l'autre. On a tous les deux connu les hauts et les bas de relations merdiques ; surtout lui. On sait ce qu'on veut, et ce qu'on veut, c'est être ensemble. Il n'y a aucune raison d'attendre pour être heureux. On va juste avancer et voir ce qui se passe.

Suda Kaye sourit si grand et si longtemps que je ne serais pas surprise qu'elle en ait des crampes. Sans prévenir, elle se lève d'un bond et fait un grand écart facial dans les airs, comme une cheerleader, en criant « Youpi ! » aussi fort que possible.

Milo se précipite dans la pièce et me trouve assise par terre. Il regarde ma sœur faire une petite danse en cercle, qui ressemble beaucoup à une danse de la pluie, et il rive alors son regard sur moi en haussant un sourcil.

Il est tellement cool.

– Tout va bien, chéri. Je parle de nous à Suda Kaye. Elle est... euh... contente pour nous.

Il ricane et secoue la tête. Il est coiffé d'une tresse africaine que j'ai réalisée moi-même. Après notre douche, j'ai indiqué le sol, au pied du lit, et lui ai dit de s'asseoir, ce qu'il a fait sans le moindre commentaire. Ma tresse lui va très bien, et il ne mentait pas en disant qu'il serait ravi que je le coiffe. Il a pratiquement ronronné tout le temps, et je compte bien le faire tous les jours, si nous en avons l'opportunité.

– Ton dressing est vide. Je vais m'attaquer à la commode. Est-ce qu'il y a quoi que ce soit que tu ne veux pas que je voie ?

Je le regarde en esquissant un sourire coquin.

– Et si tu choisissais plutôt quelque chose qui te plaît ? Mets-le de côté, et je te ferai un défilé ce soir.

– Deal, déclare-t-il en même temps que son regard s'embrase.

Il disparaît dans ma chambre et je l'entends ouvrir un tiroir.

– C'était méga-hot ! s'exclame Suda Kaye.

– Tout est hot avec Milo.

– Ce n'est pas faux, acquiesce-t-elle. Vous allez faire de superbes bébés, un jour.

– Ha ha ! Dans neuf mois, si je n'écoutais que lui !

– Sérieux ? demande ma sœur en haussant les sourcils. Peut-être que si tu commences ta famille la première, j'aurai moins peur de me lancer avec Cam. Il veut que je me fasse enlever mon stérilet, mais je ne me sens pas prête. J'ai l'impression qu'il me faut encore un an ou deux pour trouver mes marques en tant qu'épouse et femme d'affaires, tu sais ?

– Oui, je comprends. Du moment que tu es sincère avec lui, je suis sûre que Camden comprendra. Il faut que vous soyez prêts tous les deux.

– Et toi ? Tu es prête à avoir des enfants ?

Je hausse les épaules et me lève pour prendre un nouveau carton.

– Je ne le pensais pas jusqu'à maintenant, non. Mais à présent, avec Milo, je suis prête à en parler, oui. J'aimerais qu'on soit mariés avant d'essayer, mais je doute que je réussisse à le faire attendre au-delà de ça. Son horloge biologique est prête à exploser et il veut me mettre enceinte aussi vite que possible.

– Et si vous vous mariiez à la mairie ?

– C'est comme ça qu'il a épousé sa première femme, je réponds en secouant la tête.

– Et Vegas ? On pourrait retourner la ville, avec mon mec.

– Tu veux surtout dire que tu perdrais tout son argent aux jeux, non ?

– Ouais, sans doute. Je n'ai jamais été très douée au poker, admet-elle en souriant.

Et c'est vrai. Ma sœur n'a jamais su cacher ses émotions.

– Pourquoi ne pas organiser une petite cérémonie intime dans votre nouvelle maison ? propose Suda Kaye en vidant les derniers livres de la bibliothèque.

– Peut-être... on verra. Je ne veux pas mettre la charrue avant les bœufs. D'abord, j'emménage chez lui. Ensuite, il faut qu'on s'occupe des obsèques de papa.

– Est-ce qu'il connaissait des gens dans le coin, au moins ? demande-t-elle en grimaçant.

– Je crois que l'armée envoie des gens... Je ne sais pas. Je vais appeler son avocat demain. Je te dirai ce qu'il en est. Tout ce que papa m'a dit, c'est qu'il avait tout prévu et que je n'aurais pas à m'inquiéter.

– C'est tout lui, ça. Tu pourras m'appeler demain, après avoir parlé à son avocat ?

– Bien sûr, sœurette. Je ne te cacherai plus rien. Promis, je dis d'un ton solennel.

– Il me manque, admet-elle d'une voix tremblante.

Je marche vers elle et la prends de nouveau dans mes bras.

– Moi aussi. On va s'en sortir. Ensemble. Toi, moi, Milo, Cam et Toko. Ok ?

– Notre famille, chuchote-t-elle en me serrant contre elle.

– Oui, notre petite famille.

CHAPITRE 16

Quelques jours plus tard, je suis installée dans un fauteuil, face à ma psy. Le docteur Williamson croise les jambes, attirant mon attention sur ses escarpins Valentino noirs à l'arrière ouvert. Je devrais les trouver sur internet, ils seraient parfaits avec un de mes tailleurs.

– J'adore vos chaussures, je murmure, les yeux rivés dessus avant de zyeuter mes ballerines roses.

Ce n'est clairement pas ce que j'ai l'habitude de porter en semaine. En temps normal, j'aurais une tenue aussi branchée et sexy que ma psy, mais je n'ai toujours pas repris le boulot et je n'ai pas fini de défaire mes cartons. Donc, à la place de mon tailleur habituel, je porte un jean bootleg et un pull en maille couleur crème qui pend sur une épaule, par-dessus un débardeur assorti. Mes cheveux sont attachés en une queue-de-cheval basse, faisant ressortir mes créoles en or.

Je me sens assez apprêtée pour une session avec ma psy, mais également assez à l'aise pour faire les allers-retours entre ma nouvelle maison et mon ancien appart.

– Merci. Alors, comment gérez-vous la mort de votre père ? demande-t-elle, allant droit au but.

J'ai annulé mon dernier rendez-vous, parce que je venais d'apprendre la nouvelle.

– Comme n'importe qui, je suppose. Je suis triste. J'ai beaucoup pleuré. Je me suis disputée avec Suda Kaye.

– Parlez-moi de cette dispute.

– C'était bénéfique, en fait, je réponds en regardant par la fenêtre. Je l'ai accusée de se ficher de la mort de notre père.

– Comment cela a-t-il pu être bénéfique ?

Je fronce les sourcils et trifouille un fil qui dépasse de mon jean.

– Ça a soulevé beaucoup de problèmes qui n'avaient pas été résolus. Comme son départ, ce que ça m'a fait et pourquoi elle est partie. Ou le fait que j'ai eu l'impression qu'elle avait fait une croix sur Adam quand elle a appris qu'il n'était pas son vrai père. J'ai un peu pété un câble avec elle, en fait.

– Ah ?

– Ouais. Je lui ai fait du mal. Exprès. Je voulais la blesser.

– Pourquoi ?

– Parce que je voulais qu'elle souffre autant que moi. Autant que j'ai souffert quand elle est partie, à l'époque.

– Ah, donc vous vouliez vous venger.

– Je suppose, oui.

– Et qu'avez-vous ressenti ? demande-t-elle en tapotant son stylo sur son bloc-notes.

– Au début, ça m'a fait du bien. J'avais l'impression d'avoir gagné quelque chose. Mais en réalité, j'ai perdu, énormément. L'accuser ne m'a pas aidée à me sentir mieux à propos de papa. Cela dit, ça a été un déclencheur et ça m'a permis d'admettre ce que je pense vraiment de son départ, il y a onze ans. Et vous savez ce que j'ai découvert ?

– Que son départ n'avait rien à voir avec vous ? répond-elle avec un sourire en coin.

– Oui, exactement, je dis, surprise par la réponse de ma psy. Pendant tout ce temps, je me suis sentie abandonnée, alors que la véritable raison de son départ, c'est qu'elle avait besoin de se trouver. Parce qu'elle n'arrivait pas à briller en étant dans mon ombre. C'est ce qu'elle a dit : que ma lumière la plongeait dans l'ombre et qu'elle avait besoin de se chercher.

La psy hoche la tête, comme si tout ça était parfaitement logique.

– Ça fait onze ans que je lui en veux. Et maintenant...

– Et maintenant ? encourage la psy.

Je me penche en avant, appuyant mes coudes sur mes genoux pour prendre mon menton dans ma main.

– Je suis un peu perdue. Je suis soulagée de savoir que ma sœur n'est pas partie parce qu'elle voulait me fuir, mais je suis triste qu'elle ait eu besoin de s'éloigner de moi pour s'épanouir.

Le docteur Williamson écrit quelque chose sur son bloc-notes.

– Parfois, lorsqu'on comprend les motivations d'un autre, on se sent soulagé. Est-ce que vous avez l'impression que votre discussion a réglé vos problèmes ? Que vous pouvez tourner la page ?

– Je crois, oui. Maintenant que je la comprends, je ne sais pas... je me sens mieux.

– Et est-ce qu'à présent, vous comprenez mieux le comportement de votre mère ?

Je fronce les sourcils et recule dans mon fauteuil en soupirant.

– Comment ça ?

– Votre mère partait régulièrement quand vous étiez petite. Peut-être qu'elle se cherchait, elle aussi ?

– Je ne vois pas le rapport, je réponds, agacée.

La psy me regarde de cet air « creusez un peu » qu'elle maîtrise si bien.

– Catori Ross a choisi de devenir l'épouse d'un militaire, je rétorque sèchement. Elle a choisi d'avoir un enfant avec lui. Elle a choisi sa vie. Personne ne lui a forcé la main. Or, elle a préféré abandonner son enfant pour poursuivre d'autres intérêts.

– Et la différence avec votre sœur, c'est... ?

– Suda Kaye avait dix-huit ans. C'était une gamine, elle est partie pour se chercher. Son départ nous a fait souffrir, Cam et moi, et elle devra vivre avec ce fardeau toute sa vie. Ma mère a abandonné son enfant, elle a trahi l'homme qu'elle avait épousé et elle a eu un autre enfant. Qu'elle a abandonné aussi, encore et encore. Elle ne s'est arrêtée qu'une fois que son corps n'en pouvait plus. Et elle nous a quittées de nouveau en mourant.

– Parlons-en un peu, si vous le voulez bien. Comment sa mort équivaut-elle à un abandon ?

– Elle ne s'est jamais fait aider. Quand elle a fini par rentrer et qu'elle est allée voir un médecin, son cancer était déjà de stade quatre. Peut-être que si elle avait été à la maison, avec sa famille, on aurait pu l'encourager à se faire soigner plus tôt. Toko a toujours su déceler les maladies sous toutes leurs formes. Il l'aurait vue se comporter différemment.

– Alors, vous lui en voulez d'avoir eu un cancer ? demande la psy en baissant un peu la tête, comme si elle me jugeait.

– Non. Ce que je dis, c'est que si elle avait été chez elle, comme une mère normale qui ne se fout pas complètement de ses enfants, peut-être qu'elle aurait vécu encore trente ou quarante ans.

– Écoutez, Evie, je ne dis pas que vous avez tort de ressentir ce que vous ressentez. Tout le monde a droit à ses sentiments. Ce que j'essaie de vous faire voir, c'est que vous n'êtes pas la raison des départs de votre mère. Est-ce que vous le comprenez ?

Je grince des dents.

– Peut-être que si j'avais été meilleure ou qu'elle m'avait aimée davantage, elle aurait eu envie d'être une vraie mère.

– Elle ne l'était pas ? Est-ce qu'elle ne vous laissait pas entre les mains de quelqu'un qui était heureux de s'occuper de vous et de vous offrir une bonne éducation ? Elle ne vous a pas abandonnée à l'hôpital à votre naissance ou laissée à votre grand-père pour ne jamais revenir. Elle revenait souvent, vous le dites vous-même. Et quand elle était à la maison, j'ai l'impression qu'elle concentrait toute son attention sur vous et Suda Kaye. Je me trompe ?

– Ben, non. C'est vrai qu'elle nous emmenait dans de mini-aventures sur la réserve ou ailleurs. C'est comme ça qu'on a découvert Pueblo et qu'on est toutes tombées sous le charme de la ville. Elle nous a appris la danse du ventre et nous emmenait à ses cours, pour qu'on participe. Tout ce qu'on faisait avec elle était une petite aventure. Elle appelait ça « vivre haut et fort ». On allait au parc au milieu de la nuit et on faisait du toboggan ou de la balançoire, aussi haut que possible pour essayer de toucher les étoiles.

– Vous avez dû beaucoup vous amuser.

– Oui, c'est vrai. Mais on n'était pas dans la cuisine à faire des gâteaux ensemble et elle n'était pas là pour nous aider avec nos devoirs ou nous emmener à l'école.

– Vous n'avez pas dit que c'est Toko qui s'en chargeait ?

Je fronce les sourcils et y réfléchis un moment. Durant mon enfance, c'est Toko qui jouait le rôle du véritable parent. Il s'assurait qu'on se réveillait à l'heure, qu'on avait des vêtements propres, qu'on mangeait avant d'aller à l'école, qu'on faisait nos devoirs en rentrant avant de participer aux tâches de la réserve et de s'asseoir à table pour un dîner de famille, à trois, à quatre ou à cinq, selon que maman ou papa étaient là. Il nous bordait, nous racontait l'histoire de nos ancêtres, nous apprenait le navajo et le comanche. Il faisait toutes ces choses, c'est vrai, mais il n'aurait pas dû avoir à le faire.

– Ce n'était pas son rôle. C'était celui de ma mère. Et de mon père. Mais au moins, mon père partait pour travailler et il envoyait régulièrement de l'argent. On n'a jamais manqué de rien grâce à son travail.

– Et votre mère ?

– Elle rentrait et nous racontait ce qu'elle avait vécu. Elle nous transmettait ce qu'elle avait appris dans les différents pays qu'elle avait visités. Elle parlait tout le temps de nous montrer le monde quand on serait grandes, et que grâce à nous elle le redécouvrirait une nouvelle fois, à travers nos yeux.

– Apprendre d'autres cultures et d'autres styles de vie est un moyen plutôt cool de tisser un lien avec sa mère, non ?

– Mais ce n'était pas normal, je soupire. Quand j'ai eu mes premières règles, c'est à Toko que j'ai dû en parler. Quand j'ai eu le béguin pour Milo, c'est à ma sœur que je me suis confiée. Je n'avais personne à qui parler de mes hormones, du chamboulement que j'ai vécu à la puberté. Personne ne m'a appris à me maquiller, à choisir ma robe pour le bal de fin d'année du lycée. Quand j'ai eu le plus besoin d'elle, elle n'était pas là.

– Je comprends que ç'ait été douloureux.

– Ça l'était. Et c'était gênant, aussi. Tout le monde savait que Suda Kaye et moi étions celles dont la maman partait tout le temps. Puis elle revenait dans nos vies en sautillant gaiement, pleine d'histoires à raconter et de souvenirs rapportés des quatre coins du monde.

– C'était gentil, dit le docteur.

– Ça ne remplaçait pas son absence, je rétorque froidement.

– Non, c'est vrai. Je comprends qu'avoir une mère non conformiste a dû être difficile.

– Ça l'était, oui.

L'alarme du téléphone de la psy sonne, m'informant que la séance est terminée.

– Voici ce que j'aimerais que vous fassiez durant les deux prochaines semaines, dit-elle. J'aimerais que vous preniez le temps de penser aux bonnes choses que votre mère vous a apportées lorsqu'elle était là. Elle n'est plus là pour que vous la punissiez. Tout ce que vous faites, Evie, c'est vous punir vous-même, encore et encore, en étant en colère contre elle. Il est temps d'essayer de libérer cette colère. Ça ne vous aide pas. Au contraire, je crois que ça vous empêche d'avancer et de faire confiance aux autres.

Je me lève.

– Comment vous me conseillez de faire ?

– Je vous propose d'écrire vos souvenirs sur une feuille, ou de passer du temps avec quelque chose qui vous fait penser à elle, et à personne d'autre.

Ses lettres.

– Je peux le faire, oui. Merci, Docteur Williamson.

– Il n'y a pas de quoi, Evie. On se voit dans deux semaines.

– Ça marche. À dans deux semaines, alors.

♦

De retour au chalet, je feuillette les enveloppes roses que j'ai ouvertes au fil des années. Je n'oserais jamais ouvrir celles qui sont encore fermées, pas tant que la date inscrite dessus n'est pas arrivée. Cela me semblerait cruel, comme un blasphème. En plus, chaque année, pour mon anniversaire, mon plus cadeau est de découvrir une autre lettre de ma mère.

Je lève les yeux sur le feu que Milo a allumé pour moi. Je l'entends préparer le dîner. Ça ne fait que quelques jours que je suis ici, mais j'ai déjà appris qu'en plus d'être un excellent cuistot, il adore ça. Cela dit, c'est désormais moi qui prépare le petit déj, car c'est une de mes spécialités. Je suis la reine des omelettes et des pancakes. Ce week-end, j'ai prévu de l'épater avec mes pains perdus. J'ai appris la recette de la maman d'une de mes copines de lycée. À l'époque, Suda Kaye et maman adoraient que j'en fasse, le week-end. Je les préparais le vendredi soir et les servais au petit déjeuner le samedi. Depuis, j'ai amélioré la recette et je n'ai pas peur de dire que le plat est vraiment délicieux.

Or, mon mec aime les gourmandises le matin. Il aime aussi les gâteries, d'ailleurs, quand on est encore tout endormis, et c'est la plus belle façon de commencer la journée.

En dehors de la tristesse que je ressens à propos de mon père, la semaine passée a été merveilleuse. Milo me laisse parler de mes parents quand je le veux et autant que je le veux. Il n'est pas insistant ni intrusif, mais il m'écoute attentivement quand je ressens le besoin de parler. Tout ce que je sais, c'est qu'avec lui, ma vie est déjà plus belle. J'ai quelqu'un qui s'occupe de moi et dont je peux prendre soin en retour. Quelqu'un qui me tient la main lorsque je regarde la télé, un homme qui me dit chaque jour combien je suis belle. Et dans sa bouche, avec ses mots, je le crois.

Demain, nous avons rendez-vous avec l'avocat de papa pour la lecture de son testament et de ses dernières volontés. Suda Kaye et moi sommes les seules dont la présence est requise. Apparemment, Toko est mentionné dans le testament, mais l'avocat l'a déjà contacté et il ne veut pas venir, sachant que Milo et Cam seront à nos côtés. Toko ne va jamais aux obsèques ni aux veillées funèbres. Il va aux pow-wow sur la réserve, à une cérémonie de célébration de la vie avec ses tambours géants et ses danseurs costumés, ce genre de truc, mais il n'irait jamais à une messe funéraire dans une église.

En général, sur notre réserve, un feu est allumé à l'endroit où le corps va être enterré, afin qu'il redevienne poussière de nouveau. Un ancien de la tribu, ou un membre de la famille du défunt, maintient ensuite le feu allumé pendant plusieurs jours pour guider l'esprit vers son lieu de repos final.

Les cimetières ne sont pas pour Toko, ça c'est clair. Ma grand-mère et ma mère sont toutes deux enterrées en terre sacrée, sur la réserve. C'est Toko qui a officié pour les deux cérémonies au côté d'un des guides spirituels de la tribu comanche.

Je feuillette les enveloppes et en choisis une au hasard. Elle date de mes vingt-deux ans.

Evie, ma Taabe adorée,

À ce stade, tu es sans doute la première de notre lignée à être diplômée de la fac. Et je suis sûre que tu vas poursuivre l'exploit en décrochant un master aussi. Je te connais bien, ma chérie. Tu es brillante, capable et déterminée.

J'espère que tes exploits ne t'empêchent pas de prendre le temps de profiter de ta réussite. N'oublie pas, mon soleil, de garder du temps pour toi. Rien n'est gratuit dans la vie. On doit l'obtenir nous-mêmes et pour cela, il faut le poursuivre. Et même si ce n'est pas l'aventure que tu cherches, je suis fière de savoir que tu as poursuivi tes propres objectifs. Que tu t'y es tenue jusqu'à ce qu'ils soient réalisés.

Je regrette parfois de ne pas être davantage comme toi, Taabe. De ne pas pouvoir rester en place et prendre racine. Je regrette de ne pas être capable de me sentir accomplie et heureuse du travail que j'ai effectué seule. Je crois parfois que je suis cassée, qu'il me manque un morceau.

J'ai conscience que tu as toujours eu du mal à accepter mon besoin de parcourir le monde, parce que toi, tu es satisfaite de celui qui t'entoure. Moi, j'ai toujours su qu'il y avait plus que ce que je voyais par la fenêtre. Je ne dis pas que la vue sur la réserve ou que toi, ta sœur et mon père ne suffisaient pas à me rendre heureuse. Je dis juste que mon besoin de partir, de bouger et de vivre de nouvelles expériences ne m'a jamais quittée. Ce besoin est comme un être vivant dans mes entrailles et qui trépigne de découvrir les mystères de la vie.

Dans tout ça, avec tout ce que j'ai vécu, c'est toi, ta sœur et mon père qui me faisiez revenir. À chaque fois. Mon amour pour toi est plus fort que tout et quand j'étais partie et que je sentais ma connexion avec ma famille s'amoindrir, je revenais à la maison en courant.

Je suis désolée que tu aies souffert de mes absences. Je le voyais dans tes yeux, chaque fois que je partais : ta déception, ta peine, ta colère. Néanmoins, je savais que tu étais capable de prendre soin de toi, d'être indépendante, forte, et pleine de ressources, comme je suis sûre que tu l'es aujourd'hui.

Rentrer auprès de toi me manque, Evie. Chaque fois, je voyais ton regard s'illuminer et ton amour débordant pour moi, et je vivais pour ces moments. Le plus beau, lors de mes retours, était de voir ta joie.

En tant que mère, c'est le genre de moment dont on rêve, quand son enfant aime sa maman d'un amour féroce qui est aussi lumineux qu'un rayon de soleil perçant un nuage par une journée froide d'hiver.

Ces moments m'ont fait tenir des milliers de jours, loin de toi.

Souviens-t'en, Taabe, quand tu auras des enfants. Grave dans ta mémoire ce moment où ton enfant te regarde dans les yeux et qu'il ne voit que toi. Cet amour est pur, et si réel, que tu ne pourras jamais vraiment l'expliquer.

Merci pour ce cadeau, ma chérie.

Avec tout l'amour du monde,

Maman

– Le dîner est prêt ! dit Milo.

Je pose les lettres sur la table basse et rejoins Milo, qui a déjà dressé l'immense table. Huit des chaises sont vides mais, au milieu de la table, une bougie nous éclaire de sa lumière chaude et tamisée. En bout de table et sur la droite, juste à côté, nos assiettes nous attendent, remplies de poulet grillé, de haricots et de riz. Il y a aussi un petit bol de salade verte à côté de chaque assiette. Milo recule ma chaise, comme le gentleman qu'il est, et je ne peux m'empêcher de sourire de le voir si galant, même dans notre propre maison.

– Merci, chéri. Ça a l'air délicieux et ça sent divinement bon.

Il hoche la tête et s'assoit à sa place, dépliant sa serviette en désignant le canapé d'un mouvement de tête.

– Tu lisais quoi ?

Je réalise soudain que je ne lui ai pas expliqué d'où viennent ces lettres. D'ailleurs, je n'en ai jamais parlé à personne. Les seules personnes qui connaissent leur existence sont maman, Suda Kaye et Toko. Même mon père ne devait pas le savoir, puisqu'elle a écrit ces lettres quand elle était malade et que c'est à Toko qu'elle les a confiées.

– Ce sont des lettres de ma mère.

– Durant ses voyages, quand tu étais jeune ?

– Non, elle nous a écrit quand elle était malade et qu'on vivait à Pueblo. À l'époque, je croyais qu'elle écrivait un journal intime, mais j'ai su à sa mort qu'elle nous laissait une pile de lettres à chacune. Chaque lettre correspond à un anniversaire qu'elle ne pourra pas passer avec nous.

Milo penche la tête et mastique d'un air pensif.

– C'est un cadeau important qu'elle vous a fait.

– C'est vrai. Très spécial. Chaque année, j'ai hâte de pouvoir en ouvrir une autre.

– Et tu les relis ?

– Oui, ça m'aide souvent lorsque je suis triste. Or, souvent, je suis triste à cause d'elle : à cause de son absence quand j'étais petite, à cause de sa mort ou parce qu'elle me manque toujours, même si je suis adulte.

– Ça t'attriste de les relire ?

Je réfléchis un moment à sa question, et il ne me presse pas de répondre. Il est heureux de me laisser chercher ma réponse, confortable avec mon silence.

– Parfois, oui.

– Pourquoi ?

J'avale un délicieux morceau de poulet avant de répondre.

– C'est tellement bon, je déclare en désignant mon assiette avec ma fourchette.

Il hoche la tête mais, encore une fois, il attend ma réponse en silence.

– L'absence de ma mère est une blessure qui ne date pas de sa mort. Je crois que la plaie s'est ouverte quand j'étais petite et qu'elle a grossi avec chacun de ses départs. À tel point que la douleur s'est transformée en colère. Je ne me suis jamais remise de son besoin de partir. Même maintenant que je comprends un peu mieux ses raisons, je ne suis pas sûre de m'en remettre un jour.

– Il y a des choses dont on n'est jamais censé se remettre.

– Comment ça ? je demande en découvrant les arômes divins des haricots.

– Est-ce que tu penses que Tahsuda s'est remis de la mort de ta grand-mère ?

Je fronce les sourcils.

– Elle est décédée jeune, non ? Comme ta mère ?

– Oui.

– Est-ce qu'elle a passé sa vie sur la réserve ?

– Oui, clairement. Les choses étaient différentes, à l'époque. Ils se sont rencontrés jeunes ; je crois que Toko n'avait que seize ans, même s'ils ne se sont mis officiellement ensemble qu'une fois qu'il a eu atteint l'âge adulte.

– Et ils ont eu Catori quand ?

– Tout de suite. Je crois que ma grand-mère avait dix-neuf ou vingt ans.

– Et ils n'ont eu qu'un enfant ?

Je ne sais pas où mènent ses questions, mais si on veut apprendre à se connaître, l'histoire de nos familles est importante.

– Kaku a eu un accouchement difficile et elle a failli mourir. Ils ont dû lui faire une hystérectomie d'urgence.

– Et seulement vingt-cinq ans plus tard, environ, elle est morte d'un cancer ?

Je hoche la tête. Il est normal que sa famille connaisse l'histoire de la nôtre, je suppose, puisqu'on vit sur la même réserve, surtout maintenant que je sais que Lina a été très proche de ma mère quand elles étaient jeunes.

– Tu ne t'es jamais dit que le fait que ta grand-mère soit morte avant d'avoir pu voir le monde a eu un impact important sur Catori ?

Je fronce les sourcils et repose ma fourchette.

– Ta mère a vu la sienne passer toute sa vie sur la réserve, et elle est morte sans jamais l'avoir quittée. Peut-être que Catori a vu ça comme une opportunité ratée. Dans sa tête, sa mère n'a jamais eu l'occasion de vivre pour elle, de profiter de la vie. J'imagine qu'elle a voulu éviter de commettre la même erreur.

– Et pourquoi ce serait une erreur ?

Milo me sourit tendrement et tend la main pour prendre la mienne. Il la porte à sa bouche et embrasse mes doigts en me regardant dans les yeux.

– J'aime que tu ne voies pas ça comme un renoncement, car cela signifie que tu es heureuse avec une vie stable et que tu trouves ton bonheur dans la vie qui t'entoure. Tu n'as pas besoin de voir si l'herbe est plus verte ailleurs pour être heureuse.

– Non, c'est vrai.

– Et c'est très bien pour toi. Et pour moi. Nous n'avons besoin que l'un de l'autre et de nos êtres chers pour être heureux. Ta mère, de son côté, avait besoin de vivre des expériences. Elle aimait rentrer auprès de vous, mais elle avait besoin d'aventures pour se sentir comblée.

– J'aurais aimé qu'elle ait besoin de moi. Et de Suda Kaye, et de Toko. Mais elle avait besoin du monde, et plus encore.

– Peut-être, mais ça n'implique pas qu'elle ne t'aimait pas de tout son cœur, Adinidiin. Ça veut seulement dire qu'elle avait assez de place dans son cœur pour de nombreuses choses et de nombreuses personnes.

– Je suppose... je soupire.

Les intentions de ma mère ont toujours été un mystère pour moi. Elle avait besoin de partir pour se sentir comblée, mais elle avait également besoin de rentrer, pour les mêmes raisons.

Alors, de quoi avait-elle vraiment besoin ?

Pourquoi n'a-t-elle jamais pu choisir ?

Peut-être qu'elle ne le savait pas, elle non plus.

CHAPITRE 17

– Monsieur Fink est prêt à vous recevoir, dit la petite femme rondelette aux cheveux gris en désignant la porte derrière elle.

Nous nous levons tous les quatre et je suis Suda Kaye et Camden dans le bureau. La main de Milo ne quitte pas le creux de mes reins, un geste réconfortant et prévenant que j'adore, même si je n'admettrai jamais que j'en ai besoin.

Alistair Fink est très grand et affreusement maigre. Ses cheveux châtain clair sont très fins et une moustache entoure sa bouche ronde. Il a des lunettes à verre si épais que j'en vois l'effet loupe quand il tourne la tête.

– Installez-vous, je vous en prie, dit-il en marchant vers la table de réunion, où nous nous asseyons deux par deux, une fois que nos hommes ont reculé nos chaises.

Je souris discrètement à Suda Kaye pour lui signifier notre chance d'avoir choisi des hommes aussi galants. Elle me retourne le sourire, ainsi qu'un petit clin d'œil.

Il est à peine assis que Milo pose sa main sur ma cuisse.

Je la recouvre, puis entrelace nos doigts, plaquant sa paume sur ma jambe, imaginant qu'il est l'ancre qui m'empêche de m'enfuir de cette réunion funeste et de faire comme si tout ça n'était qu'un vilain cauchemar, que mon père est encore vivant, occupé à sauver le monde.

L'avocat s'assoit en bout de table et pose un dossier devant lui.

– Nous sommes réunis aujourd'hui pour parler des dernières volontés et du testament d'Adam Hunter Ross.

J'inspire brusquement en entendant le nom de mon père, et Milo exerce une pression sur ma cuisse. Je tourne la tête vers lui et découvre que son attention est rivée sur moi, exprimant tout son amour et son soutien par un simple regard.

Je suis là. Tu n'es pas seule. Tu ne seras plus jamais seule de ta vie.

– Je t'aime, j'articule en silence, et des papillons s'envolent dans mon ventre lorsqu'il me sourit.

– Tout d'abord, Monsieur Ross ne voulait ni obsèques officielles ni faire-part de décès. Il a demandé à être incinéré et à ce que ses cendres soient confiées à un certain Tahsuda Tahsuda afin qu'elles soient enterrées au lieu de repos de Madame Catori Tahsuda-Ross. Monsieur Tahsuda a accepté cette demande à condition que les enfants de Monsieur Ross n'y voient pas d'objection.

Je couvre ma bouche de ma main en retenant mon souffle.

– Il veut être enterré avec maman, je chuchote, les larmes aux yeux.

Je ravale néanmoins mes émotions, faisant un effort surhumain pour rester calme.

– Je n'y vois pas d'objection, je murmure.

– Moi non plus, ajoute Suda Kaye en appuyant sa joue sur l'épaule de son mari.

Camden rapproche sa chaise et passe son bras dans son dos.

– Quatre personnes sont mentionnées dans ce document. Deux sont ici présentes, une n'a pas pu être jointe et l'autre est Tahsuda Tahsuda qui a choisi de ne pas venir.

Je trouve toujours amusant d'entendre quelqu'un prononcer le nom complet de mon grand-père, comme s'il y avait une erreur. Quand Tahsuda était jeune, afin d'obtenir un certificat de naissance, les Indiens d'Amérique ont dû fournir un prénom ainsi qu'un nom. Or mon grand-père n'a toujours eu que Tahsuda comme nom, ce qui était fréquent chez les Amérindiens. Le gouvernement leur a proposé de choisir un nom de colon, comme Jones ou Smith, mais mon grand-père n'a rien voulu entendre. Au lieu de choisir un nom pour lequel il ne ressentait aucune appartenance, il a donné son propre nom deux fois.

– Qui est l'autre personne ? je demande.

Monsieur Fink parcourt son document des yeux.

– Une certaine Isabeau Collins.

– C'est qui ? demande Suda Kaye en grimaçant.

– Je n'ai jamais entendu ce nom. Est-ce qu'il en dit davantage ? je réponds alors que ma sœur parle en même temps que moi.

– Il lui lègue quoi ? demande-t-elle.

– Kaye… je gronde. Ça ne nous regarde pas, je déclare, même si je meurs d'envie de le savoir.

– Rien de tout ça n'est confidentiel étant donné que ce n'est qu'une lecture de ses dernières volontés. Il stipule seulement qu'il lui laisse trente-trois pourcents de sa fortune.

– Trente-trois pourcents ? je demande, surprise.

S'il lui laisse une telle part, elle devait beaucoup compter pour lui. Mais dans ce cas, pourquoi on n'a jamais entendu parler d'elle ?

– Oui, acquiesce l'avocat. Et vous et Suda Kaye recevez chacune trente-trois virgule cinq pourcents.

Ça, je le comprends. Je ne suis pas surprise que mon père nous laisse la même part, mais pourquoi laisserait-il un tiers égal à cette Isabeau ? Qui est-elle ?

– A-t-il laissé un numéro ou une adresse pour cette Mademoiselle Collins ?

– Je vais vous les transmettre à toutes les deux, répond l'avocat en hochant la tête. Si vous entrez en contact avec elle, je fixerai un rendez-vous avec elle pour parler de son héritage.

Son héritage. Légué par mon père. Une femme que l'on ne connaît pas, qu'on n'a jamais rencontrée et dont on ne connaît pas le lien avec mon père.

– Elle vit où ?

– À Chicago, dans l'Illinois, mais le numéro que votre père a indiqué n'existe plus. J'ai donc fait appel à un service de localisation de personnes pour obtenir de plus amples informations afin de la contacter. Je vous tiendrai au courant lorsque j'en saurai davantage.

– Merci, je murmure.

Un millier de questions se bousculent dans ma tête sur l'identité de cette femme. Elle pourrait être une vieille amie, ou la femme d'un de ses frères d'armes, ou encore une lointaine parente.

– Tu penses qu'il trompait maman ? demande Suda Kaye, verbalisant ma plus grosse crainte.

– Je ne sais pas, je réponds en serrant fort la main de Milo. Et on ne saura rien tant qu'on ne l'aura pas retrouvée. On devrait laisser Monsieur Fink poursuivre, on en parlera plus tard.

– Ou peut-être qu'il a rencontré quelqu'un après le décès de maman ; après tout, ça fait onze ans, et ils ne se voyaient déjà pas beaucoup avant ça, poursuit-elle.

Je grince des dents et baisse la tête. C'est la dernière chose à laquelle j'ai envie de penser en ce moment.

– Poursuivons, si vous le voulez bien, dit Milo d'un ton ferme.

– Oui, eh bien, passons directement aux éléments importants. Vous aurez chacune une copie, comme ça, vous aborderez les aspects plus personnels en privé.

– Ce serait parfait. Merci, je soupire.

L'avocat passe alors en revue détaillée chacun des biens de mon père, et je découvre que je ne le connaissais finalement pas si bien que ça. Il a une maison à Chicago, dans l'Illinois, et une autre à Washington, DC. Apparemment, elles sont toutes les deux vides, mais il paie des gens pour entretenir les jardins deux fois par semaine, ainsi qu'une femme de ménage une fois par mois. Les deux lui appartiennent en totalité.

– Tu savais qu'il possédait ces maisons ? s'exclame ma sœur.

Je secoue la tête.

– La maison de Chicago a été évaluée aux environs de trois cent vingt mille dollars. Celle de Washington est située à Georgetown et vaut huit cent vingt-neuf mille dollars.

– Sérieux ? s'écrie Suda Kaye. Je ne savais pas que papa avait autant d'argent, dit-elle en secouant la tête et en se passant la main dans les cheveux.

– Je savais que l'armée le payait généreusement, mais pas à ce point, j'acquiesce.

– Ce n'est pas tout, Mesdemoiselles, interrompt Monsieur Fink. Votre père avait son propre héritage familial qui, une fois les actifs liquidés, équivaudra à un million cinq cent mille dollars. Cette somme a été divisée en quatre parts, pour Evie, Suda Kaye, Isabeau Collins et Tahsuda Tahsuda. Chaque personne recevra donc environ trois cent soixante-quinze mille dollars de la fiducie familiale Ross. Par ailleurs, les trois femmes se verront verser le solde de son compte courant, qui est actuellement de quatre-vingt mille dollars, ainsi que son épargne, équivalant à quatre cent mille dollars en actions, en obligations et en investissements divers. Et c'est sans compter les pensions de retraite de votre père.

– Attendez, qu'on soit d'accord, dit ma sœur. Vous dites qu'on va chacune recevoir quelques centaines de milliers de dollars de la fiducie Ross, dont on ne connaissait pas l'existence, un tiers du solde de ses comptes courant et épargne, soit environ un demi-million, l'argent qu'il a investi, deux maisons et un autre petit million de dollars ?

Monsieur Fink hoche la tête.

Suda Kaye se lève brusquement en agitant les bras.

– C'est dingue ! Est-ce qu'on connaissait notre père, ne serait-ce qu'un peu ?

Camden se lève à son tour et pose ses mains sur les épaules de sa femme.

– Rassieds-toi, ma biche. On en parlera plus tard.

– Tu plaisantes ! Mon père était plein aux as et on n'en savait rien ? Il avait deux maisons dans des États différents, ce qui implique qu'il y allait sans nous le dire. Et, en plus de ça, il y a une femme mystère, avec qui il était sans doute en couple à un moment de sa vie, qui ne sait même pas qu'il est mort ! Et il lui laisse un tiers du pactole ? Une femme dont ses deux filles ne savaient rien. Je suis la seule à trouver ça dingue ? Il menait une vie secrète, ou quoi ?

– Kaye, assieds-toi. Détends-toi. Je suis d'accord. Tout ça paraît complètement fou, je déclare.

– J'essaie juste de comprendre pourquoi on ne savait rien de tout ça, dit-elle, les yeux brillants, en me désignant avant de pointer son doigt sur elle-même. Comment pouvait-on ne pas savoir ?

Cam la prend par la taille et l'attire contre lui. Elle cache son visage dans ses mains et fond en larmes, sanglotant dans les bras de son mari qui lui caresse tendrement le dos en chuchotant contre ses cheveux.

C'est vraiment un mec super.

J'ai du mal à ne pas courir à elle pour m'en occuper comme je l'ai fait si souvent, mais ce n'est pas mon rôle quand son mari est là. D'ailleurs, ça me permet de me rappeler que je ne suis pas la seule à donner la priorité à Suda Kaye. Elle a Camden, à présent. Un homme qui lui est dévoué et qui veut la rendre aussi heureuse qu'elle le rend heureux.

– Monsieur Fink, est-ce que nous avons fait le tour ? Je crois qu'il est temps pour nous de partir et de digérer ce que nous avons appris aujourd'hui.

– Il y a une dernière chose, dit-il en me tendant une enveloppe blanche.

Je l'ouvre et découvre une clé en or sur laquelle est gravé le numéro 444.

– Une clé ?

Monsieur Fink écrit une adresse sur une petite carte.

– C'est un coffre qui se situe à la First National Bank, à Chicago.

– Chicago ? je répète en étudiant la petite clé dorée.

– Oui.

– La clé d'un coffre à Chicago, à trois États d'ici ?

– Apparemment, répond l'avocat en haussant les épaules.

– Que contient le coffre ? murmure Suda Kaye en essuyant son nez sur le mouchoir que lui tend Camden.

– Je ne sais pas, dit Fink. Ça ne fait pas partie des informations laissées par Monsieur Ross. Il n'a laissé que la clé et l'adresse de la banque, m'instruisant de la donner à ses filles, Evie et Suda Kaye Ross.

Je range la clé et l'adresse de la banque dans l'enveloppe tandis que Monsieur Fink nous tend à chacune un dossier avec tous les détails que nous venons d'aborder.

– Encore une fois, toutes mes condoléances, dit-il en nous souriant tristement.

Milo se lève et me tend la main.

– Merci, Monsieur Fink. Nous vous rappellerons concernant la femme mentionnée dans le testament de notre père.

– Si je trouve un numéro de téléphone ou d'autres informations, je vous contacterai également.

♦

Le feu que Milo a allumé au bord du lac crépite et rougeoie dans la nuit. Suda Kaye est emmitouflée dans un de mes peignoirs tout doux, en pyjama et en pantoufles. Son mari se tient derrière elle sur le plaid, adossé à un rondin, vêtu d'un jean et d'un tee-shirt à manches longues.

Derrière notre maison, un sentier descend vers le lac et la petite plage où Milo a construit un brasero, entouré de rondins. Lorsqu'on est rentrés, Suda Kaye a décidé qu'ils passeraient la nuit chez nous.

Milo n'a rien dit, et je n'étais pas contre. J'ai envie de garder ma sœur près de moi après ce qu'on a découvert aujourd'hui. Nous irons à la réserve ce week-end, puisque papa sera incinéré dans la semaine. Il avait tout prévu, ma sœur et moi n'avons à nous soucier d'aucun détail. C'était tout lui en fait, il s'occupait toujours de tout sans qu'on le sache.

Ce que je n'arrive pas à comprendre, en revanche, c'est ce mystère, ou ces non-dits peut-être. Il n'a jamais suggéré qu'il venait d'une famille aisée ni qu'il avait amassé lui-même beaucoup d'argent. Je ne dis pas que nous avons manqué de quoi que ce soit durant notre enfance ; Toko a confirmé qu'il envoyait de l'argent deux fois par mois, sans faute. Et il a continué à le faire une fois que nous avons déménagé à Pueblo, mais c'est là que je lui ai dit d'arrêter. Maman nous avait légué son assurance vie, ce qui m'a permis de financer mes études et de monter ma boîte, sans tout dépenser.

– Qu'est-ce qu'a dit Toko à propos des cendres de papa ? demande Suda Kaye en avalant une grosse gorgée de vin.

– Il a dit que tout était sous contrôle et qu'il nous attendait ce week-end. On s'installera chez les parents de Milo, comme ça, vous pourrez dormir chez Toko. Ça ne les dérangera pas, chéri ? je demande à mon homme, qui arrive avec deux bouteilles de vin rouge et un tote-bag.

– Má sera ravie, répond-il.

Il se penche et m'embrasse avant de s'asseoir sur le plaid à côté de moi, face au feu et à l'étendue d'eau.

Il sort alors quatre cintres de son sac ainsi qu'une paire de pinces et se met à couper et déplier les cintres en métal. Lorsqu'il a fini, il sort un énorme sac de chamallows, quatre barres de chocolat, des biscuits sablés et une pile d'assiettes et de serviettes.

– Tu es tellement gourmand ! je lance d'un ton moqueur en appuyant mon menton sur son épaule.

Il tourne la tête vers moi et je suis époustouflée de voir combien son visage semble serein à la lumière du feu. Il se rapproche de moi, m'embrasse brièvement.

– Mmm, la meilleure des gourmandises... murmure-t-il.

Je souris et reste où je suis pour le regarder enfiler les énormes chamallows sur les cintres.

– Camden, Suda Kaye, dit-il en leur proposant une brochette à chacun.

Il leur tend ensuite les sablés et deux barres de chocolat, puis il prépare ma propre brochette sucrée.

– Tu sais, la dernière fois que j'ai grillé des chamallows, c'était quand papa nous a emmenées camper à Castlewood Canyon. Tu avais quoi, douze ans ? Papa venait de rentrer et il est resté trois semaines cet été-là. On a passé toute une semaine à camper en famille. Tu te souviens quand on est partis en rando et qu'on est tombés sur cette cascade, et que maman nous a convaincues d'y nager en tee-shirt et en culotte ? demande ma sœur.

– Je me souviens surtout qu'on a eu d'horribles coups de soleil sur les jambes parce qu'on avait nagé pendant des heures. On avait mis de la crème seulement sur nos bras et nos visages, je réponds en riant. Maman a dû nous tartiner d'aloe vera, et on a passé la soirée à râler tellement on avait mal. Papa nous avait changé les idées en nous proposant de griller des chamallows.

– Ces vacances avaient été super, soupire Suda Kaye en tournant sa brochette sur le feu.

– Ouais, je crois que c'étaient les meilleures.

– Maintenant que j'y pense, on faisait plein de choses quand papa rentrait.

C'est vrai. En y repensant maintenant que je suis adulte, je me rends compte qu'on partait souvent en vacances en famille, sans doute deux fois par an, quand nos deux parents étaient à la maison en même temps. Ils faisaient tout pour que ces séjours soient mémorables.

– Tu penses quoi de cette Isabeau Collins ? demande Suda Kaye.

Milo s'installe derrière moi, ses jambes à l'extérieur des miennes, et il passe son bras sur mon ventre pour me ramener contre lui. Je m'adosse contre son torse chaud et puissant et je soupire de bonheur. Il m'embrasse sur la tempe, et je me sens toute sereine.

– Je ne sais pas. Ça pourrait être n'importe qui. Peut-être qu'on n'était pas censées la connaître. Peut-être qu'il nous en aurait parlé la prochaine fois. Honnêtement, maintenant qu'il n'est plus là pour s'expliquer, on ne comprendra peut-être jamais combien elle comptait pour lui.

– C'est mort, rétorque Suda Kaye en fronçant les sourcils. On a son adresse. On doit aller la voir !

– À Chicago ?

– Ben, on doit aussi y aller pour ouvrir son coffre-fort et découvrir ce qu'il nous y a laissé, non ?

– Tu as raison, j'admets en fronçant les sourcils.

Suda Kaye sourit jusqu'aux oreilles et lève les deux bras en l'air.

– Road trip !

– Il est hors de question que je fasse le trajet en voiture. On ira en avion.

– Ok. Faudra que je trouve une solution pour Gypsy Soul, dit ma sœur. La semaine dernière, j'ai mis une affiche annonçant que je cherchais quelqu'un pour m'aider, et j'ai déjà reçu une dizaine de candidatures.

– Est-ce qu'il y en a qui t'intéressent ?

– Ben oui, en fait. Une serveuse du pub de Porter. Elle ne peut pas travailler de nuit parce qu'elle est mère célibataire. Apparemment, en ce moment, elle ne fait que le service du midi et elle ne gagne pas assez d'argent. Comme on ferme à dix-huit heures en semaine, c'est parfait pour elle, parce que c'est sa mère qui récupère son fils à l'école. Et en bossant pour moi, elle aurait une mutuelle pour elle et son fils. Porter la recommande chaudement. Il dit qu'elle va lui manquer, mais qu'il comprend qu'elle a besoin de faire plus d'heures pour subvenir aux besoins de sa famille.

– On dirait que tu vas pouvoir venir en aide à une jeune femme qui en a besoin.

– Exactement ! Gypsy Soul a changé ma vie, et j'aime l'idée que la boutique puisse aider d'autres personnes aussi. Et puis, bien sûr, elle aura l'aide d'Addy l'après-midi.

– Tu attends quoi alors, ma biche ? Embauche-la tout de suite. Tu as besoin d'aide ; tu disais hier que tu manquais de temps pour faire rentrer de nouveaux produits et trouver de nouveaux artistes.

– En parlant d'artistes, Lina, la maman de Milo, fabrique de superbes bijoux d'inspiration navajo.

Suda Kaye hoche la tête pour désigner le ras-de-cou de Milo.

– C'est elle qui a fait ça ?

Il hoche la tête.

– Elle a aussi fait les bolos qu'il porte, ses boutons de manchette, ses bagues et plein d'autres choses. J'ai l'adresse de son site internet et elle est d'accord pour te faire un super-prix. D'ailleurs, elle les vend tellement bon marché, de toute façon, que tu pourrais faire un gros bénéfice.

– Génial ! Peut-être qu'elle pourrait me montrer son travail ce week-end ? Je paierai le prix juste, d'après ce que je verrai.

– Je suis sûre qu'elle sera ravie, je réponds en souriant.

Lina va vouloir préparer un festin pour ma sœur, si celle-ci dit qu'elle veut lui acheter des bijoux. Je vais laisser à Milo le plaisir de lui annoncer la nouvelle.

– Alors, quand est-ce qu'on va à Chicago ?

– Peut-être le week-end prochain, une semaine après qu'on aura enterré papa ? Il va falloir que je retourne au travail, tôt ou tard ; Regina et mes équipes se débrouillent sans moi, mais je n'aime pas savoir qu'ils gèrent mon travail à ma place. C'est juste dur... avec papa, et tout.

Suda Kaye se tait et son regard se perd dans les flammes tandis qu'une mélancolie pesante s'abat sur nous quatre.

– J'aimerais porter un toast, je déclare en levant mon verre, imitée par Milo, Cam et ma sœur. À nous tous. À Milo et moi, à notre maison et à la vie qu'on s'apprête à construire, à toi et Camden, à votre mariage et à votre avenir. Nous avons tous de quoi être très reconnaissants.

Nous formons tous les quatre une famille. Nous aurons des enfants un jour, à qui nous enseignerons comment apprécier non seulement la beauté sur le pas de notre porte mais aussi le monde dans son ensemble.

Suda Kaye sourit jusqu'aux oreilles et Cam en fait de même en l'embrassant sur la joue.

– À Adam Ross, je poursuis. Il a beau avoir eu des secrets, c'était un patriote, un mari attentionné et un père aimant.

– À Adam Ross ! dit Suda Kaye en levant son verre.

– À la vôtre, répond Cam.

Je bois mon vin et me tourne vers Milo, qui plonge son regard dans le mien et esquisse un sourire en coin, me faisant rêver de moments coquins, de petits déj, de dîners paisibles, de baisers mouillés et de draps défaits.

Il me prend par la taille et s'empare de ma bouche dans un baiser mouillé, sensuel et fiévreux. Sa langue danse avec la mienne et je goûte au délicieux mélange de vin rouge et de chamallows. Je prends son visage dans mes mains, sentant sa barbe naissante sous mes doigts, et je verse toutes mes émotions dans ce baiser – ma tristesse d'avoir perdu mon père et ma joie d'avoir Milo pour me réconforter. La gratitude que j'éprouve de l'avoir à mes côtés, mon espoir pour notre avenir et mon amour qui grandit de jour en jour.

Je lui confie tout.

Milo l'accepte, m'embrassant d'abord avec fougue, puis tendrement, jusqu'à ce que j'en oublie que nous sommes dehors, avec ma sœur et mon beau-frère.

Milo empoigne ma nuque et recule suffisamment pour que je puisse le regarder dans les yeux.

– Je serai toujours là pour toi, Nizhoni.

Je frotte ma joue à sa paume et prononce les deux mots qu'il veut entendre.

– Je sais.

Et c'est vrai. Je sais que son soutien et son amour sont dans ma vie pour de bon. Je n'en doute plus, pas même un peu.

– Tant mieux, répond-il avant de se lever.

Il tend les mains vers moi et m'attire debout, devant lui. Il se dirige ensuite vers le barbecue, à quelques mètres de notre feu de camp. Il l'ouvre et en extrait un énorme bouquet de roses jaunes, deux douzaines au moins. Il revient vers moi en souriant et me tend le bouquet.

– Chéri, elles sont sublimes. Quelle surprise… je commence à dire lorsqu'il s'agenouille devant moi, avec le lac et le feu en toile de fond.

Il sort quelque chose de sa poche.

Une bague.

Un diamant tout simple, et resplendissant.

– Mon Dieu ! siffle Suda Kaye, derrière nous.

– Donne-moi ta main, Evie, dit Milo d'une voix douce.

Je la lui tends si vite qu'il éclate de rire. Il prend la bague, l'approche de mon annulaire.

– Evie Ross, je veux que tu sois ma femme. Que tu portes un jour mes enfants. Je veux que tu passes le restant de tes jours avec moi. Acceptes-tu d'être à moi pour toujours ?

– Oui, oui, je veux t'épouser, oui !

Mes yeux se remplissent de larmes quand il glisse la bague à mon doigt. Il se lève, me prend dans ses bras et niche son visage dans le creux de mon cou. Il embrasse ma gorge à l'endroit où bat mon pouls, puis il baisse la tête pour m'embrasser sur le cœur, par-dessus ma chemise.

Il lève de nouveau la tête, prend mon visage dans ses mains et s'empare de ma bouche.

Suda Kaye et Camden sifflent et poussent des cris de joie qui résonnent dans les montagnes au-delà du lac, tandis que mon homme m'embrasse amoureusement, scellant la prochaine étape de nos vies.

C'est le plus beau baiser de ma vie, et c'est mon fiancé qui vient de me l'offrir.

CHAPITRE 18

Le trajet jusqu'à la réserve est long et silencieux. Nous avons pris mon Cayenne, qui est un peu plus confortable que son pick-up pour un si long voyage.

– Pourquoi tu n'aimes pas conduire ? demande Milo, sa main sur la mienne.

– Tu vas trouver ça bizarre, je dis en tournant la tête vers lui pour étudier son profil.

Il m'a laissé lui faire une demi-queue-de-cheval aujourd'hui, et j'aime voir ses cheveux tomber sur ses épaules alors que son visage est dégagé. Sur Dezba, il incarnerait à merveille un guerrier amérindien, mon héros à moi. C'est comme ça que je le perçois, ces derniers temps.

Tout ce qui concerne Milo semble s'adapter parfaitement à ma vie. Il est resté solide et calme à mes côtés, que ce soit au sujet du décès de mon père, de la dispute avec ses parents, de celle avec ma sœur ou de mes sentiments confus pour ma mère. Je peux me reposer sur lui et lui confier mes peurs sans craindre d'être jugée ou punie. Il est la seule personne qui soit concentrée uniquement sur mon bien-être et mon bonheur.

– Tu n'as rien de bizarre, Evie. Tu es douce. Parfois un peu folle, toujours forte. Mais jamais bizarre.

– Je n'aime pas conduire, parce que quand maman m'apprenait, on a eu un accident. Elle s'est cogné la tête contre la vitre et il a fallu lui faire des points de suture. Elle était déjà malade, à ce moment-là, et monter en voiture pour apprendre à une ado à conduire la fatiguait beaucoup, mais j'étais déterminée à apprendre. J'avais besoin de pouvoir nous conduire à l'école, au supermarché, et l'emmener à l'hôpital quand elle n'allait vraiment pas bien.

– Alors, tu as peur d'avoir un accident ?

– Non. Je sais que j'apprenais tout juste, à l'époque, et j'ai fait une erreur. Je croyais avoir la priorité et ce n'était pas le cas. L'autre voiture nous est rentrée dedans, du côté de maman.

– Je vois.

– En fait, je stresse seulement quand je conduis et qu'il y a quelqu'un d'autre dans la voiture. C'est trop de responsabilités, d'avoir la vie d'un autre entre mes mains. Je n'aime pas ça.

– Et nos enfants ?

Je fais tourner ma bague de fiançailles sur mon doigt et souris lorsqu'elle scintille sous les rayons du soleil.

– C'est toi qui leur apprendras.

Il sourit jusqu'aux oreilles.

– Non, je veux dire, comment tu feras quand ils seront dans ta voiture ?

– Eh ben, il va falloir qu'on y réfléchisse sérieusement. Déjà, on mettra le bébé au milieu, à l'arrière. Peut-être qu'on devrait regarder quels modèles de voiture sont les plus costauds et les plus sécurisés.

Milo éclate de rire et serre ma main dans la sienne.

– On fera en sorte d'avoir un tank.

– Parfait. Au fait, ça ne dérange pas tes parents qu'on dorme chez eux ?

Il secoue la tête.

– Est-ce qu'on doit dormir dans des chambres séparées ? je demande d'un ton moqueur. Je peux dormir sur le canapé de Toko, tu sais.

Il porte ma main à sa bouche et l'embrasse sans quitter la route des yeux.

– Personne ne nous séparera. Tu dors dans mes bras.

Je me tourne dans mon siège et imite son geste, baisant chacun de ses doigts. Je prends alors son pouce dans ma bouche et le caresse avec ma langue, sentant son empreinte sous mes papilles.

– Evie... gronde-t-il en fronçant les sourcils.

– Quoi ? je demande en titillant son doigt avant de le mordiller. Je veux juste montrer à mon mec ce qui l'attend dans sa chambre d'enfant.

– J'ai hâte de voir ça ce soir, Nizhoni. J'espère que ma patience sera récompensée.

– Tu n'as pas idée...

Il rit dans sa barbe et ramène nos mains sur la console centrale tandis que nous arrivons au portail de la réserve. Il baisse la vitre et parle en navajo au gardien, qui nous laisse passer. On traverse la réserve et, au lieu de déposer nos affaires chez ses parents, il nous emmène de l'autre côté, chez mon grand-père.

La voiture de Camden est déjà là, Milo se gare à côté. Toko sort de sa maison et je suis tout émue de voir sa posture stoïque tandis qu'il avance sur le porche. Milo sort de la voiture et en fait le tour pour ouvrir ma portière et m'aider à descendre.

Je marche vers mon grand-père, qui ouvre les bras, et je presse le pas pour me jeter contre lui, respirant son parfum de feu de cheminée et de bois de santal, un peu comme celui de Milo, mais avec quelque chose d'unique qui n'appartient qu'à Toko.

Il pose alors sa main sur ma tête et me serre longtemps contre lui.

J'entends la porte de chez lui s'ouvrir et se fermer, puis des bruits de pas.

– Salut, beau gosse, dit Suda Kaye, me faisant sourire.

Toko prend mon visage dans ses mains et lève mon menton pour me regarder longuement dans les yeux.

– Tu vas bien, Taabe ?

– Oui, je vais bien, Toko.

Il m'embrasse sur le front, puis ses yeux se lèvent sur quelque chose, derrière moi.

– Tu as pris soin de mon soleil ?

– Oui, Tahsuda, et je ne cesserai jamais, répond Milo dans un comanche parfait.

Je tourne la tête vers lui et le regarde, bouche bée.

– Tu parles comanche !

– Assez pour me débrouiller.

– Je n'en reviens pas !

Suda Kaye glousse et s'assoit sur la rambarde en bois.

– Tu es plein de surprises, Milo, s'émerveille-t-elle d'un ton moqueur.

– C'est clair ! j'acquiesce en riant.

– Montre à Toko l'autre surprise qu'il t'a faite l'autre soir, dit Suda Kaye.

Je me tourne vers mon grand-père et lui montre ma main en souriant jusqu'aux oreilles.

– Je vais me marier, Toko !

Il regarde ma main, puis mon visage fou de joie, puis Milo. Alors, lentement, il sourit jusqu'aux oreilles.

– C'est une belle journée. Nous allons fêter ça.

Suda Kaye descend de la rambarde en sautant.

– Ooooh, j'espère que ça implique un calumet de la paix ? Et une danse ? Et plein de vin !

Toko secoue la tête.

– Tu es trop jeune, répond-il simplement.

– J'ai presque vingt-neuf ans ! Ça fait onze ans que je suis adulte, Toko, rouspète-t-elle.

– C'est ce que j'ai dit. Tu es trop jeune.

Et c'est tout. Car Toko est la loi.

Je ricane, car Suda Kaye se met à dresser la liste de toutes les raisons pour lesquelles elle est assez âgée pour fumer avec les anciens. Elle rêve de le faire depuis qu'elle a cinq ans, et Toko a toujours répondu qu'elle était trop jeune.

Camden sort de la maison, tenant deux verres de thé glacé dans les mains.

– Chéri, dis à Toko que j'ai l'âge de fumer le calumet de la paix.

– Vous faites vraiment ça ? demande-t-il à Toko.

– Ce n'est pas un calumet de la paix, répond mon grand-père en secouant la tête. C'est un stéréotype.

– Mais ça apaise votre esprit, non ? demande Suda Kaye en dévisageant Toko, une main sur la hanche, signe qu'elle s'apprête à s'enflammer.

– Ma biche, ce n'est pas bien de fumer, répond Camden.

– Tu es de son côté ? s'exclame-t-elle. Mais non ! Tu es légalement tenu d'être dans mon camp chaque fois que je me dispute avec quelqu'un !

– Pas avec ton grand-père, non, dit Cam en souriant. Je ne suis pas fou. Et s'il dit que tu es trop jeune pour fumer quelque chose qui n'est pas bon pour toi, alors je suis de son côté, oui.

– Tu seras privé de sexe ! lance-t-elle aussitôt.

Derrière moi, Milo éclate de rire et je lui mets un petit coup de coude.

– Ne t'en mêle pas, va. Une fois qu'elle est lancée, impossible de l'arrêter ! Et elle s'emballe toujours à ce sujet.

– Si ça peut te rassurer, Suda Kaye, je n'ai jamais fumé avec les anciens moi non plus, dit-il à ma sœur.

Elle l'étudie d'une mine boudeuse et semble évaluer son honnêteté.

– Ça craint ! Il n'y a que moi qui considère ça comme un rite de passage ? J'ai besoin d'être en symbiose avec mon peuple, les esprits et les dieux !

– Tu as besoin d'être en symbiose avec la réalité, sœurette, et de comprendre que tu ne fumeras jamais cette pipe !

Elle grimace et se laisse tomber sur une chaise, comme le ferait un enfant capricieux.

Ouf, la crise est passée. Elle va ruminer sa frustration jusqu'à ce qu'autre chose de brillant ou d'excitant lui fasse oublier qu'elle est contrariée.

Milo se retourne et je suis son regard, découvrant ses parents qui marchent vers la maison. Ils viennent tout droit vers nous. Milo les prend l'un après l'autre dans ses bras, et j'en fais de même.

– Bonjour, vous nous avez vus arriver ? je demande.

– Oui, et j'étais trop excitée pour attendre, répond Lina en se tournant vers mon grand-père, inclinant la tête en signe de respect. J'espère qu'on ne vous dérange pas. J'avais hâte de voir mon fils.

– Pas du tout, soyez les bienvenus, Lina et Sani, répond-il avant de s'adresser à ma sœur. Huutsuu, peux-tu apporter un rafraîchissement à nos invités ?

Elle se lève joyeusement, prouvant qu'elle a déjà oublié sa colère.

– Bien sûr !

Je présente les parents de Milo à Camden alors que Suda Kaye revient avec deux verres de thé glacé.

– Bonjour, je suis Suda Kaye. La petite fille de Toko.

– Oui, la cadette de Catori, répond Lina en souriant tendrement. Tu partages beaucoup de sa beauté.

– Oui, merci. Je suis ravie de vous rencontrer. J'adore votre fils et j'ai hâte qu'ils se marient.

Lina fronce les sourcils, clairement confuse.

– Qu'ils se marient ?

Elle se tourne brusquement vers son fils et lui parle si vite en navajo que je n'arrive pas à suivre. Néanmoins, quoi qu'elle dise, cela semble plaire à Toko puisqu'il sourit et que son regard pétille de joie.

Elle saisit alors ma main, admire la bague et se jette dans mes bras.

– Enfin ! La femme qu'il faut à mon garçon ! s'exclame-t-elle, les larmes aux yeux.

– Shimá, mère, tu peux la lâcher, maintenant. Evie ne va nulle part, dit Milo en prenant mon bras pour m'attirer à ses côtés.

– On doit fêter ça ! dit-elle d'une voix tremblante.

– Youpi ! Une teuf sur la rez ! s'écrie ma sœur.

– Nous préparerons un festin. Tout le monde viendra.

Milo lève la main pour stopper sa mère.

– Shima, Evie et Suda Kaye viennent de perdre leur père. Elles sont ici pour mettre son esprit au repos avec leur grand-père. Elles ne sont pas ici pour faire la fête.

– Oh, mes pauvres filles, je suis navrée, chuchote-t-elle en navajo en se couvrant la bouche.

– Un dîner pour nos deux familles serait une bonne chose, un petit repas ? propose Sani en interrogeant Toko du regard, qui hoche la tête.

– *Aoo, 'Aoo*. Un repas pour réunir nos familles dans les bons comme dans les mauvais moments, acquiesce Lina en baissant la tête.

Je prends sa main et elle lève des yeux brillants vers moi.

– Merci. J'adorerais que nous dînions tous ensemble.

Lina hoche la tête et recule lentement tandis que Sani la prend par la taille.

– Il y a beaucoup à préparer.

– Suda Kaye et moi pouvons aider. Et Toko est un super-cuistot, je déclare.

– J'apporterai mon maïs frit, du pain et du vin.

Le vin était une évidence.

– Ce serait parfait, Tahsuda le sage. Merci. J'adorerais que vous m'aidiez, Evie et Suda Kaye. Peut-être les hommes pourraient-ils faire visiter la réserve à Camden ?

– Ce serait super, répond Cam en caressant le bras de ma sœur. Evie m'a beaucoup parlé de Dezba et d'Adinidiin.

– Oooh, comment va la petite ? je demande à Sani.

– Elle est parfaite. Elle est au pré avec Dezba et Chenoa. Milo t'y emmènera quand tu seras prête.

– J'ai hâte de les ramener à la maison. Ce sera super de les voir tous les jours.

– Absolument, murmure Milo avant de m'embrasser sur la tête.

– Alors, à tout à l'heure, dit Lina en tendant son verre à Milo.

Sani en fait de même, puis il prend la main de sa femme et ils repartent à pied vers leur maison.

♦

– Le dîner était génial, je dis en enlevant mon pull avant de le jeter par terre.

Milo ferme la porte et tourne le verrou.

Je défais mon jean et le baisse en remuant les fesses, enivrée par le vin qu'adore tant mon grand-père. Je commence à vaciller et tombe assise sur le lit en réalisant que je n'ai pas ôté mes bottines. J'éclate de rire et me dépêche de les enlever pour finir de baisser mon jean.

– Yes ! je m'exclame joyeusement.

– Nizhoni, tu as une promesse à tenir, ronronne Milo de sa grosse voix.

Je lève la tête et le trouve appuyé contre la porte, les bras croisés sur son torse musclé.

– Pardon ? je demande en me levant et en posant mes mains sur mes hanches.

Il décroise les bras, défait son jean et le baisse juste assez pour en extraire son érection.

Ma gorge devient sèche, mais je salive d'impatience. Je déglutis et me lèche les lèvres en le regardant se branler lentement.

– À genoux, mon amour, ordonne-t-il en se caressant une nouvelle fois.

Le ton sérieux et le timbre sévère de sa voix sont un puissant aphrodisiaque. Je défais mon soutien-gorge et le laisse tomber par terre, car je veux combler tous ses désirs. J'enlève ensuite ma culotte en dentelle, qui atterrit à côté de mon soutien-gorge. Le regard de Milo s'embrase.

– Nizhoni... marmonne-t-il d'une voix torturée.

J'avance jusqu'à lui et pose mes mains sur son torse. Je défais sa chemise et la lui enlève, l'obligeant à lâcher son sexe. Il prend ensuite mon visage dans ses mains et m'attire à lui, s'emparant de ma bouche dans un baiser fiévreux.

Mon sang s'embrase et je plaque mon corps au sien en glissant une main entre nous pour empoigner sa verge épaisse. Il grogne dans ma bouche avant d'y plonger sa langue, et je le caresse lentement de haut en bas.

Il dévore ma bouche jusqu'à ce que je sois à bout de souffle et que je rompe le baiser. Je dessine un cercle sur son gland avec mon pouce, étalant son liquide préséminal, mais je suis trop impatiente de le sentir sur ma langue.

Je tombe à genoux et baisse son jean sur ses chevilles. Il s'est déjà déchaussé et je l'aide à enlever complètement son pantalon. Puis je pose mes mains sur ses mollets et les remonte sur ses cuisses puis sur ses fesses, que j'empoigne fermement. Il avance son bassin, son sexe n'est plus qu'à deux centimètres de mon visage.

Je souris et lève les yeux vers lui en posant ma joue contre son membre, puis je l'embrasse délicatement sur la base. Milo est complètement rasé, il n'a pas un seul poil entre les cuisses, ce qu'il entretient tous les jours et qui fait que sa peau est parfaitement lisse. Son torse est imberbe aussi, mais ça, c'est naturel.

– Ne t'amuse pas à m'allumer, gronde-t-il.

Il plonge ses doigts dans mes cheveux et les empoigne, tirant juste assez pour m'exciter et faire pulser mon sexe.

Je souris jusqu'aux oreilles et promène ma bouche sur sa verge, de la base jusqu'au gland. Je le titille avec la pointe de ma langue, et il tire un peu plus mes cheveux, sans pour autant me forcer à le prendre. Il semble heureux de me laisser mener la danse, or je compte offrir à mon homme l'orgasme le plus intense de sa vie.

Sans le quitter des yeux, je prends son gland entre mes lèvres et le suce fort. Milo siffle et penche la tête en arrière, contre la porte.

– Regarde-moi, bébé, j'ordonne en lâchant son sexe un instant.

Il baisse un regard amusé sur moi tandis que je taquine à nouveau son gland avec ma langue pour l'avaler une nouvelle fois.

Je promène mes mains sur ses cuisses musclées, puis sur ses fesses rebondies et ses abdos carrés. Il pousse un grognement lorsque je saisis la base de son sexe pour le branler pendant que ma bouche s'occupe de son gland. Je m'occupe ensuite de le lécher là où la peau est si sensible, tout en faisant rouler ses testicules dans ma main.

Milo retient son souffle et je ne m'arrête pas, lapant les gouttes de son essence avant de frotter son gland à ma bouche pour l'avaler de nouveau. Je me prends tellement au jeu que je libère une de mes mains pour la glisser entre mes cuisses, découvrant que je suis plus trempée que jamais. Je fais dessiner un cercle à mon clitoris et gémis avec la verge de Milo dans ma bouche, en me mettant à balancer mes hanches d'avant en arrière.

– Evie... prévient Milo en avançant lui aussi le bassin, cherchant l'orgasme.

Il est couvert de sueur et ses veines sont saillantes. Soudain, il empoigne mes cheveux.

– Vas-y, je chuchote.

Fascinée et plus excitée que jamais, je regarde ses narines se dilater alors qu'il plonge son autre main dans mes cheveux avant de s'enfouir aussi loin que possible dans ma gorge.

Je suis tellement détendue par tout le vin que j'ai bu et l'excitation qui brûle dans mes veines que je n'ai aucun mal à accommoder Milo dans ma gorge. C'est un peu étroit et brutal, et j'adore ça.

Le corps tout entier de Milo frémit de plaisir tandis qu'il prend ma bouche avec de violents coups de bassin. Soudain, il se fige et tous ses muscles se bandent.

Je pince sa fesse et fais rouler ses testicules dans mon autre main jusqu'à ce que je sente sa chaleur dans ma paume quand sa semence se précipite dans son sexe pour jaillir dans ma bouche en de puissantes giclées.

– Mon Evie, gémit-il.

Je le suce et l'avale jusqu'à sentir ses mouvements perdre en intensité. Il s'appuie mollement contre la porte et se retire de ma bouche, puis il se penche pour me mettre debout et me prendre dans ses bras. Il nous fait marcher jusqu'au lit et nous y allonge avant de s'emparer de ma bouche.

Je suis sur un nuage et mon corps désespère de le sentir, mais je n'ai pas à attendre longtemps. Lorsqu'il en a fini avec ma bouche, ses lèvres et sa langue descendent sur ma gorge jusqu'à mes seins, qu'il mordille et torture jusqu'à ce que je sois au bord de l'orgasme.

– Milo, bébé, je chuchote en me cambrant.

Il suce si fort mon téton que je pousse un cri et m'agrippe à sa tête de lit en bois.

– Chut, tu ne veux pas que ma famille nous entende...

Il m'a pourtant dit durant le dîner qu'ils sont de l'autre côté de la maison et qu'ils dorment tous les deux comme des loirs. Néanmoins, cela me donne l'impression que ce qu'on fait est interdit ou tabou, et c'est encore plus excitant. Je ferme fort la bouche et il sourit avant d'explorer le reste de mon ventre jusqu'à mon nombril.

– Écarte, dit-il.

Aussitôt, je plie les jambes et les ouvre comme les ailes d'un papillon. Sans hésiter. Je sais ce qu'il compte faire et ça me ravit. Ces deux dernières semaines, Milo m'a prouvé plus d'une fois qu'il est un amant très créatif et attentionné.

Il pousse un grognement guttural, comme un animal prêt à en dévorer un autre. Ses mains empoignent mes cuisses pour les immobiliser tandis qu'il prend le temps de regarder mon sexe.

– Mon Evie... susurre-t-il alors que son pouce caresse ma fente avant de la pénétrer. Si chaude, pour moi, murmure-t-il, me faisant frissonner.

– Oui.

– Trempée, pour moi.

– S'il te plaît... je gémis en soulevant le bassin pour lui faire comprendre ce que je veux.

– Toute à moi, dit-il avant de poser sa bouche sur mon sexe.

Je me couvre la bouche pour étouffer mon cri et Milo me plaque si fort contre le lit que je n'ai d'autre choix que de profiter de chaque caresse de sa langue experte.

– Chéri...

Je baisse les mains pour les plonger dans ses superbes cheveux.

Je crois l'entendre ricaner lorsqu'il plonge deux doigts en moi avant d'aspirer mon clitoris dans sa bouche.

Je suis déjà si excitée de lui avoir taillé une pipe que je jouis instantanément, mais il continue. Il m'arrache un second orgasme, mais ne s'arrête toujours pas. Soudain, il saisit mes hanches et me fait rouler à plat ventre, puis il me tire au pied du lit, promenant sa langue depuis mon sexe jusqu'à ce bouton secret que personne n'a encore jamais touché. Il écarte mes fesses et dessine des cercles avec sa langue autour de la petite rosette jusqu'à ce que je recule contre sa bouche, cherchant à le sentir autant que possible.

Je n'ai pas eu le temps d'évaluer ce que je pense de ce plaisir nouveau qu'il se lève, place son gland à l'entrée de mon sexe et s'enfouit entièrement en moi. J'ai l'impression de le sentir jusque dans mon ventre. Il se penche ensuite sur moi et empoigne ma nuque, m'empêchant de bouger. Je lève les fesses et me cambre contre lui tandis qu'il se retire et me reprend aussitôt.

– Oh, tu es tellement profond ! je m'exclame.

Il se retire lentement avant de s'enfouir de nouveau, doucement, laissant mon corps s'habituer à la position. Lorsque mon sexe lui a fait plus de place, ses mains descendent le long de mes côtes jusqu'à mes hanches, et il s'arrête.

– Tu veux plus fort, Nizhoni ?

– Mon Dieu, oui ! je chuchote.

Toutefois, je n'ai pas le temps d'inspirer car il entame aussitôt de puissants va-et-vient, si forts que mes genoux décollent du matelas. Il me soulève et me martèle, comblant mon sexe, encore et encore, jusqu'à ce que je ne sache plus où je suis. Je perds toute capacité à réfléchir en dehors de ce qui concerne sa verge épaisse et le plaisir qu'il me procure, en plus du sentiment d'être aimée, connectée et entière.

Je me mets à reculer les fesses contre lui, l'obligeant à me prendre plus fort. Il plante ses doigts dans la peau de ma hanche tandis que son autre main plonge dans mes cheveux. Il tire ma tête en arrière, m'obligeant à me cambrer jusqu'à ce que je sois à genoux, mon dos contre son torse.

Je tends le bras pour me tenir à sa nuque, sa main descend entre mes jambes.

– Donne-moi ce qui m'appartient. Je veux tout ton plaisir, grogne-t-il dans mon oreille avant de mordre la chair de mon épaule.

Je crie et mon sang bout dans mes veines. Un frisson électrique parcourt mon corps et j'explose enfin. Il plonge ses doigts dans ma bouche pour étouffer mon cri, et je les suce aussi fort que possible alors que mon orgasme me détruit cellule après cellule.

Milo ne ralentit pas le rythme, titillant mon clitoris sans relâche jusqu'à ce que mon orgasme se décuple à l'infini. Je ne sais pas où l'un s'arrête et ou l'autre commence, seulement que je m'envole encore et encore, toujours plus haut, tressautant contre mon homme.

Des étoiles brillent devant mes yeux et mon cœur bat plus vite que jamais. Milo finit quand même par jouir à son tour et il me serre contre lui en s'immobilisant en moi tandis que son corps est secoué de spasmes.

Lorsqu'il revient sur terre, il tourne ma tête vers lui pour m'embrasser. Il a le goût de lui et de moi mélangés, tout ce qu'il y a de plus beau sur terre.

– Tu me bouleverses, Nizhoni. Chaque fois avec toi est merveilleuse et magique.

Je souris, puisant dans mes dernières ressources pour lever la tête et sucer sa lèvre inférieure.

– C'était bon, pour moi aussi.

Il glousse contre mes lèvres et se retire, me faisant gémir et grimacer.

– Je t'ai prise trop fort, dit-il en fronçant les sourcils et en caressant ma lèvre avec son pouce.

– C'était parfait, je réponds avec un clin d'œil, tout en léchant son doigt.

Il n'empêche qu'il me soulève pour me porter dans la salle de bains de sa chambre.

Ce serait super que Toko ait ça dans sa maison.

– Tu veux te doucher ? demande Milo en posant mes fesses nues sur le meuble du lavabo.

– Trop fatiguée, je réponds en secouant la tête.

Je ferme les yeux et appuie ma tête contre le miroir alors que Milo fait couler l'eau. Bientôt, mes jambes sont écartées et Milo essuie les vestiges de notre amour avec un gant tiède. Je suis trop fatiguée pour être gênée de ne pas faire ça moi-même.

Lorsqu'il a fini, il me reprend dans ses bras et me ramène dans la chambre. Il retire la couette et m'allonge en plein milieu du lit avant de m'y rejoindre. Je me tourne sur le côté et il passe son bras sur ma taille pour me blottir contre lui.

– Bonne nuit, je marmonne en bâillant.

Il m'embrasse sur la joue avant d'y poser la sienne.

– Avec toi dans ma vie, en sécurité dans mes bras, mes nuits seront toujours bonnes.

– Je t'aime, je réponds en souriant.

– Je t'aime aussi. Bonne nuit, mon Evie.

CHAPITRE 19

Nous traversons le désert sous une chaleur étouffante et ma gorge brûle d'amertume et de tristesse. Il est déjà tard, le soleil se couche loin dans notre dos. Le ciel commence à changer de couleur, s'imprégnant de ces orange, violet et rose magiques, comme il le fait tous les jours.

Or, aujourd'hui rien n'est normal. Nous enterrons notre père selon ses dernières volontés.

Toko mène la marche, décoré de sa couronne de plumes et de son immense médaillon d'argent, de la taille d'une assiette. Il est vêtu d'une tunique simple, et ses cheveux sont tressés. Il n'est pas apprêté pour un pow-wow, ce qui inclurait un costume spécial, mais sa tenue respecte néanmoins la place que mon père tenait dans notre famille.

Sa couronne est superbe, faite de plumes d'aigle royal, dont les couleurs varient d'un blanc immaculé à un noir d'ébène en passant par un marron clair, comme si elles avaient été trempées dans un pot de peinture. La couronne lui a été transmise par son père et son grand-père avant lui, qui étaient de véritables guerriers comanches. Le bandeau de perles qui repose sur son front ridé est rouge écarlate avec des motifs blancs représentant les montagnes. Des médaillons ornés d'étoiles à six branches pendent sur ses tempes, accompagnés de plumes plus petites. Le collier est celui qu'il porte lors des cérémonies spéciales. Il l'avait mis pour le mariage de Suda Kaye et j'espère qu'il le portera au mien, aussi.

Milo serre ma main, car nous approchons du seul lieu ou je ne me suis pas rendue en onze ans. Un ancien de la tribu navajo nous y attend. Ma mère était comanche et navajo, je comprends qu'il l'ait représentée à son enterrement, mais mon père n'était pas amérindien, lui.

Nous marchons jusqu'à l'unique arbre qui plonge un petit muret de pierres dans l'ombre. L'endroit est paisible et parfait pour une commémoration. À la base de l'arbre, à quelques mètres du tronc, deux pierres tombales sont couchées par terre. Elles ressemblent un peu à celles qu'on peut voir dans un cimetière, mais celles-ci ont été sculptées dans la roche par mon grand-père lui-même. Je regarde celle de ma grand-mère, sur laquelle est gravé son nom, TOPSANNAH, ainsi qu'une fleur. La pierre n'indique ni dates de naissance ou de décès ni nom de famille, car ce n'est pas nécessaire. En comanche, son nom signifiait « fleur des champs », et je le trouve sublime, même si on l'appelait Kaku, « grand-mère » dans notre langue.

À quelques pas de la sienne se trouve la pierre tombale de ma mère. Au-dessus de son nom sont gravées des étoiles. Il y a des vagues sur un côté, une montagne de l'autre et, sous son nom, des tourbillons représentent le vent. Si ce n'est pas la preuve que Toko savait que l'esprit de sa fille était libre...

Je me lèche les lèvres et ramène la main de Milo contre moi pour me coller à lui. Il ne dit rien, sa présence suffit à me soutenir et m'apaiser.

Camden et Suda Kaye se tiennent à nos côtés. Personne ne parle. Le sage des Navajos se met à creuser un trou à l'aide d'une pelle, une dizaine de centimètres sous la pierre tombale de maman. Toko parle en comanche et lève alors l'urne de mon père devant lui, chuchotant les mêmes paroles que j'ai entendues à la cérémonie de maman.

Lorsque le trou est assez profond, Toko ouvre l'urne et verse les cendres directement dans la terre, puis il se redresse et me regarde.

– Taabe, dit-il en désignant le petit monticule de terre à côté du trou.

Je lâche la main de Milo, la gorge nouée, et je m'accroupis pour prendre une poignée de terre.

– Au revoir, papa. Repose en paix avec maman. Je te promets que ton héritage continuera à vivre et que tes petits-enfants sauront le héros que tu étais, je dis en couvrant ses cendres avec la terre. Je t'aimerai pour toujours.

Mes larmes coulent dans la terre. Je me relève et me blottis aussitôt dans les bras de Milo, appuyant ma joue contre son cœur, qui bat assez fort pour m'apaiser.

Je me retourne dans ses bras et il plaque mon dos contre son torse, appuyant son menton sur mon épaule, comme il aime tant le faire, pour coller sa joue à la mienne.

– Huutsuu, dit alors Toko.

Ma sœur déglutit et marche d'un pas fragile vers le monticule, prenant à son tour une poignée de terre dans sa main.

– Adieu, papa. Merci de m'avoir reconnue comme ta fille. Merci de m'avoir aimée. Maman prendra soin de toi à présent. Sois en paix.

Sa voix tremble, elle jette sa poignée de terre et ses larmes rejoignent les miennes.

– Messieurs ? dit Toko, et Milo me lâche pour marcher vers le trou.

Il saisit à son tour de la terre et la tient en l'air devant lui en prononçant ces mots :

– J'aimerai et prendrai soin d'Evie jusqu'à mon dernier souffle. J'en fais la promesse solennelle.

Je me recroqueville sur moi-même et fonds en larmes, ses paroles me transpercent jusqu'au plus profond de l'âme. Milo revient vers moi et me prend de nouveau dans ses bras, nous tournant de côté pour que je puisse regarder la cérémonie tout en étant contre lui.

Camden imite Milo.

– Suda Kaye sera toujours ma priorité. Elle sera aimée et protégée toute sa vie durant, dit-il en ajoutant sa poignée de terre à la nôtre.

Toko avance à son tour et prend une poignée de terre, levant la main en l'air en parlant en comanche.

– Que la terre, le soleil, l'air et le feu guident ton esprit, dit-il en jetant la terre dans le trou.

L'autre sage prend le relais et finit de combler le trou, aplatissant la terre à mains nues en chuchotant lui aussi des prières.

Nous restons silencieux un moment, puis Toko se dirige vers un sac que le sage des Navajos a dû apporter. Il en extrait un drapeau américain plié en triangle. Je retiens mon souffle et Toko se tourne vers moi.

– Tu es l'aînée de ses héritières, et ceci te revient, déclare-t-il en me tendant le drapeau que les frères d'armes de mon père ont dû lui apporter il y a quelques semaines.

Il n'en avait pas parlé, et je comprends, maintenant, qu'il attendait le moment des derniers adieux.

Je prends le drapeau dans mes mains tremblantes et le tiens contre ma poitrine alors que Suda Kaye craque et sanglote contre son mari.

– Nous l'exposerons dans notre maison et parlerons de ce qu'il a fait pour notre pays à nos enfants, dit Milo en me prenant dans ses bras. Ils connaîtront leur grand-père à travers toi.

Je hoche la tête alors que mes larmes dévalent mes joues.

Toko retourne au sac que tient l'ancien et, ensemble, ils sortent ce dont ils ont besoin pour allumer un feu. Je me souviens vaguement qu'ils ont fait ça à l'enterrement de ma grand-mère, mais je n'avais que six ans.

– Nous maintiendrons ce feu allumé afin d'aider l'esprit d'Adam à trouver son lieu de repos final, déclare Toko.

Je fronce les sourcils, car si nous l'avons fait pour ma grand-mère, ça n'a pas été le cas pour maman. Or, je me souviens parfaitement de chaque seconde de l'enterrement de ma mère. Toute la tribu était venue, se tenant à l'écart pour nous témoigner son respect sans nous gêner. Je m'en souviendrai toute ma vie.

Toko termine la cérémonie et nous restons debout un long moment, nos regards rivés sur les flammes. Toko tourne alors la tête quand un autre membre de la tribu approche, restant un peu à l'écart.

– Qui est-ce ?

– Il va continuer d'alimenter le feu. Et, dans quelques heures, quelqu'un viendra prendre sa place, et ainsi de suite pendant quelques jours. C'est un service qu'ils rendent à notre peuple.

Toko salue l'homme d'un mouvement de tête, celui-ci s'incline légèrement en signe de respect envers un des anciens de la tribu.

Mon grand-père tourne les talons et mène de nouveau la marche vers chez lui. Au bout de quinze minutes, je ne peux plus me taire.

– Toko ? je demande, le faisant ralentir. Pourquoi on n'a pas allumé de feu pour maman, quand elle est morte ?

Sa bouche se pince et il soupire.

– Les instructions de ma Catori étaient de ne pas laisser partir son esprit tant que le moment n'était pas venu.

Je fronce les sourcils et Suda Kaye se joint à nous.

– Mais ça fait onze ans... ?

– Son esprit n'est pas prêt, dit Toko en hochant la tête.

– Mais que peut-il encore avoir à faire ? je demande, soudain furieuse que ma mère ne puisse pas reposer en paix.

– Lorsque le moment sera venu, répond Toko, nous le saurons. Or, ce n'est pas le cas.

– Son mari est mort, je rétorque. Ses cendres sont enterrées à ses côtés. Son esprit part pour son dernier voyage en ce moment même. N'est-ce pas le meilleur moment ? Tu ne crois pas qu'on devrait allumer deux feux ?

Mon grand-père secoue solennellement la tête.

– Ça n'a pas de sens ! s'exclame Suda Kaye.

– Ce n'est pas à vous de comprendre. Les dernières volontés de Catori sont respectées. C'est tout.

Il tourne alors les talons et marche vers chez lui, nous laissant réfléchir à ce retournement de situation.

– Je ne comprends pas, râle Suda Kaye.

– Moi non plus, je siffle, prête à courir après Toko pour lui toucher un mot de ce que je pense.

Milo pose sa main sur mon épaule, comme s'il devinait mon intention.

– Evie, tu n'as pas à questionner les volontés de ta mère, dit-il tendrement.

– Ah bon ? C'est pourtant ma mère. J'ai le droit de poser les questions que je veux.

Milo fronce les sourcils et semble soudain inquiet.

– Certaines choses sont telles qu'elles sont, et c'est tout. La vérité ressortira en temps voulu. Sois patiente, Nizhoni.

– Toko nous cache la vérité, je rouspète.

– Ton grand-père est un homme juste. S'il vous la cache, c'est qu'il a une raison de le faire. Une raison que vous n'êtes pas censées connaître. Je suis convaincu qu'il s'expliquera quand le moment sera venu.

– C'est n'importe quoi ! siffle Suda Kaye.

Camden lui sourit et passe son bras sur ses épaules.

– Peut-être, mais tu n'arriveras pas à le faire parler. S'il veut que tu comprennes, alors il parlera. D'ici là, tu vas devoir croire que les intérêts de ta mère ainsi que les tiens lui tiennent à cœur.

Camden a raison. Toko ne nous ment jamais. D'ailleurs, il ne prend même jamais de pincettes pour nous protéger. S'il agit ainsi, c'est qu'il a ses raisons. Or, il mourrait plutôt que de nous faire souffrir. Apparemment, il a fait une promesse à maman et, en tant que père, c'est à lui de décider ce qu'il nous dit ou non. Même à nous, ses enfants.

Une brise caresse ma peau, comme si ma mère cherchait à calmer ma colère.

– Je fais confiance à Toko, je murmure en le regardant s'éloigner.

Suda Kaye soupire longuement et bruyamment.

– Moi aussi. Même si c'est n'importe quoi.

– Allez, ma biche, ricane Camden. Vous avez besoin de manger et de boire un peu de ce fameux vin.

Je me tourne vers Milo et pose mes mains sur son torse.

– Est-ce qu'on peut aller sur les falaises, après dîner ? On n'a jamais fait cette balade en barque, et j'aimerais faire un nouveau vœu, et aussi te montrer comment faire.

Il se penche et m'embrasse tendrement.

– On va où tu veux, Evie.

♦

Milo et moi tenons chacun une lanterne tandis que nous gravissons la colline jusqu'à mon endroit préféré. Il est devenu encore plus spécial qu'il ne l'était déjà, puisque c'est là que nous avons fait l'amour pour la première fois.

Le soleil a presque complètement disparu derrière la montagne lorsque nous arrivons enfin en haut.

– Comment tu vas ? demande Milo en me prenant dans ses bras.

Je sais qu'il s'inquiète ; il n'a pas dit grand-chose durant le dîner avec ma famille.

– Je veux rentrer demain. Je veux finir de défaire mes cartons et reprendre le travail. Je veux reprendre le cours de ma vie. Et je veux qu'on réfléchisse à la meilleure façon de fusionner nos entreprises.

Il me serre contre lui et appuie son front contre ma joue.

– Si c'est que tu veux, alors nous partons demain. Mais le travail ne va pas disparaître et la fusion peut attendre que tu sois prête. C'est ton bien-être et ton bonheur qui comptent le plus.

– Ta mère va être déçue.

– Elle comprendra que tu as besoin de retrouver une vie normale après ce que tu viens de vivre. C'est naturel. Et puis, je te veux pour moi tout seul.

– Tu as conscience qu'elle ne va pas nous lâcher d'une semelle tant qu'on n'aura pas fixé la date du mariage ?

– Tu veux quoi, toi ?

– Juste toi et moi, pour toujours. Le reste n'a pas d'importance, en fait.

– Et si on le faisait ici ?

Je tourne la tête pour le regarder dans les yeux.

– Ici, tu veux dire à la réserve ?

Il secoue la tête et m'embrasse tendrement.

– Non, ici, sur ta falaise. Toi, moi, Toko, ta sœur et Camden, mes parents et ma sœur. Et un membre de la tribu pour mener la cérémonie. Rien de moins, rien de plus. Papa et maman prépareront un festin, et on fera la fête toute la nuit avant de partir en lune de miel.

– Sérieux ? je demande en souriant.

Il hoche la tête. Je me serre contre lui en l'embrassant longuement, comme pour sceller notre destin.

– Ce serait magique et absolument parfait !

Il recule le premier et étend un plaid sur le sol, à l'endroit où nous avons fait l'amour. Il allume sa lanterne puis la mienne, et nous les posons de part et d'autre de la couverture.

Il sort alors une bouteille de vin et deux gobelets métalliques de son sac à bandoulière.

Je m'agenouille par terre tandis qu'il ouvre la bouteille et me sert un verre.

– C'est ta mère qui a fait ces gobelets ?

– Oui, elle les a faits pour nous, pour notre maison.

– Notre premier cadeau de couple ! Je ne savais pas qu'elle faisait aussi ce genre de choses.

– Papa l'a aidée. C'est son passe-temps, à lui aussi. Il les a formés, et c'est elle qui y a gravé les dessins.

Je place mon gobelet à la lumière et étudie les dessins de plus près.

Lorsqu'il a rempli le sien, il le lève et me regarde dans les yeux.

– À notre vie ensemble. Puisse-t-elle être longue et heureuse.

– Absolument, je réponds en trinquant avec lui.

Je me penche et attends qu'il comprenne et qu'il en fasse de même pour que nous puissions nous embrasser sous le ciel étoilé.

– Ok, maintenant, regarde les étoiles.

Il sourit et obéit.

– Tu es censé choisir une étoile qui fait appel à toi.

– Pourquoi ?

– Je ne sais pas, fais-le, je réponds en rampant sur la couverture pour m'asseoir à côté de lui.

Il passe son bras dans mon dos et saisit ma taille.

– Ok, je te la montre ?

Je secoue la tête et lève les yeux, trouvant tout de suite mon étoile, contrairement à la première fois que j'ai fait ça, quand j'étais petite.

– Maintenant, répète après moi. Je souhaiterais beaucoup... je dis, attendant qu'il répète.

– Je souhaiterais beaucoup, dit Milo en me regardant du coin de l'œil.

– Je désire vraiment... je poursuis, et Milo répète.

– Avoir ce vœu... je déclare en marquant une pause, le temps qu'il m'imite. Rêvé ce soir, je conclus, attendant qu'il le dise.

– Et maintenant ? demande-t-il.

– Tu confies ton souhait à ton étoile. Mais tu ne peux pas me le dire, sinon il ne sera jamais exaucé.

– Mais tu m'as dit le tien, non ?

– C'est vrai, j'acquiesce en souriant. Mais seulement parce qu'il avait été exaucé. Maintenant, concentre-toi sur ton étoile et fais ton vœu.

Nous restons silencieux, les yeux levés vers le ciel. Je concentre mon attention sur mon étoile, le temps que mon souhait le plus cher m'apparaisse comme une évidence.

Je souhaite avoir une famille, un jour. Un garçon fort, aux cheveux noirs comme Milo, et une petite fille joyeuse qui ne doutera jamais qu'elle est aimée, désirée et indispensable à sa famille.

Ensemble, nous observons le ciel en buvant notre vin. Nous choisissons une date pour notre mariage. Dans trois mois, quand on aura pris nos marques dans notre nouvelle vie. La cérémonie se fera à l'aube, quand le soleil illuminera les falaises, et la nuit suivante, nous dormirons dans une tente, ici, et nous regarderons le soleil se coucher. Nous ferons l'amour pour la première fois en tant que mari et femme, sous les étoiles, à l'endroit où nous nous sommes unis pour la première fois.

CHAPITRE 20

– Arrête de gigoter, tu me rends folle, je gronde en posant ma main sur la cuisse de Suda Kaye, qui rebondit non-stop depuis que nous nous sommes assises dans la salle d'attente de la First National Bank, à Chicago.

J'ai connu des hauts et des bas durant cette dernière semaine, mais Milo a été d'un soutien précieux, comme toujours. Il m'a réconfortée quand j'ai craqué sans raison apparente et il a ri avec moi lorsque je me suis souvenue de choses que disait papa, quand j'étais petite. Il a même cuisiné des plats exotiques dont maman nous avait parlé en rentrant de ses voyages. Il a tout fait pour que je me sente proche d'eux.

Le moins que je puisse dire, c'est que me forcer à ne penser à mes parents qu'à travers les bons souvenirs a été intéressant, difficile, mais nécessaire. Milo m'a beaucoup aidée en me posant des questions sur ce qu'on faisait, m'aidant à sa manière à les maintenir vivants dans mon cœur.

Lorsqu'on est rentrés de la réserve, il a enlevé tout ce qui reposait sur l'étagère au-dessus de la cheminée et y a placé le drapeau de papa au centre, puis il m'a demandé une photo de lui. Le lendemain, je suis donc allée chez le photographe pour en imprimer une, ainsi que la photo de Suda Kaye et Camden le jour de leur mariage, le selfie de Milo et moi pris sur les falaises ainsi que des photos de Milo avec ses parents et sa sœur, une photo de mon grand-père avec sa coiffe et son immense collier, et enfin, une superbe photo de ma mère. Elle y est vêtue d'une robe à fleurs bleues et pourpres, d'un foulard banc à pois noirs et d'énormes créoles en argent dont pendent des perles de toutes les couleurs. Ses cheveux ébène sont attachés en demi-queue-de-cheval et lui arrivent à la taille. Elle est assise en tailleur par terre, les mains jointes devant elle, le regard perdu dans le vague. Toko m'a dit qu'elle devait avoir environ vingt ans. Pour moi, cette photo symbolise parfaitement ma mère.

Un esprit libre, rêveur et contemplatif.

Le banquier marche vers nous, Suda Kaye se lève d'un bond et saisit ma main.

– Je peux vous emmener à la salle des coffres, à présent, dit-il en nous indiquant le chemin.

– Je suis tellement stressée, chuchote Suda Kaye, serrant ma main comme une fillette qui a peur de traverser la rue.

– Je pensais que tu serais excitée d'apprendre un des secrets de papa, je réponds d'un ton moqueur, cherchant à la détendre.

– Pourquoi tu ne paniques pas, toi ?

– Il ne sert à rien de stresser à propos de choses qui ne se sont pas encore produites ; ce n'est pas toi qui disais ça ?

Elle me fait les gros yeux.

– Depuis quand tu es devenue la meuf la plus cool et détendue de la famille ? Ce doit être l'influence de Milo, le mec le plus zen sur terre.

– Zen ? Pas du tout. Milo est juste réservé et réfléchi.

– Eh bien, quoi qu'il en soit, ça déteint sur toi.

Le banquier nous emmène dans une vaste salle dont les murs sont recouverts de plaques dorées de toutes les tailles, avec des numéros gravés dessus et de petites serrures. Il nous guide vers un des coffres de taille moyenne et insère sa clé dans la serrure de gauche.

– À vous, Mademoiselle Ross, dit-il en désignant la clé à laquelle je m'agrippe depuis que nous avons passé la porte du bâtiment.

Je l'insère dans la serrure et nous déverrouillons le coffre-fort. J'ouvre la porte, et il hoche la tête en direction de la porte.

– Je vous laisse seules.

– Merci, je marmonne en sortant la lourde boîte métallique du coffre pour la poser sur la table au milieu de la salle.

Suda Kaye frissonne, tant elle est nerveuse. Je pose ma main sur son épaule et la regarde dans les yeux.

– Sœurette, détends-toi. Quoi qu'on découvre, ça ne changera rien entre nous. On est sœurs, on est avec les hommes de nos rêves et on construira de belles vies avec eux.

– Tu as raison, acquiesce-t-elle.

Nous prenons toutes les deux une profonde inspiration avant de vider tout l'air de nos poumons.

– Ok, je déclare en soulevant le couvercle, sursautant lorsqu'il frappe la table avec fracas.

Suda Kaye se met à glousser et nous finissons par rire aux éclats, les yeux rivés sur les dizaines d'enveloppes roses que contient la boîte.

– Des lettres de maman... Des dizaines, dit-elle en tendant la main pour décaler le ruban rose que nous connaissons si bien afin de lire le nom écrit dessus.

Isabeau.

Je sors la pile et la pose sur la table. Au fond du coffre, il y a une grande enveloppe jaune sur laquelle sont écrits nos noms. C'est l'écriture de papa.

– Celle-ci est pour nous.

Je l'ouvre et la vide sur la table. Elle contient une petite enveloppe rose, cette fois c'est maman qui a écrit nos prénoms. Il y a aussi une demi-douzaine de photos et une lettre que papa nous adresse.

Suda Kaye prend les photos et les pose une par une sur la table. Elles ont un ordre, apparemment. La première est celle d'un bébé emmitouflé dans une couverture rose, avec un bonnet vert pâle sur la tête. Ensuite, une photo de maman tenant ce bébé, dans un lit d'hôpital.

– Qu'est-ce que... commence Suda Kaye en posant la suivante.

On y voit une fillette rousse devant un gâteau d'anniversaire avec deux bougies. La suivante est de la même fille, vers cinq ans, souriant à la caméra devant la grille d'une école. Je connais bien ce sourire. C'est le même que le mien et celui de Suda Kaye, puisqu'il nous vient de maman. La photo suivante montre la fillette vers dix ans, préparant un gâteau aux côtés d'un bel homme aux cheveux roux, qui doit être son père. Ensuite, on la voit préadolescente, vêtue d'une robe de bal, sans doute avant un bal de fin d'année, au collège. La dernière image montre la même jeune fille en tenue de remise de diplôme, marquant la fin du lycée.

– Mon Dieu, mon Dieu, mon Dieu, Evie ! siffle Suda Kaye en reculant contre le mur de coffres, les yeux écarquillés de terreur.

– On ne sait pas ce que ça veut dire, sœurette, je dis en levant les mains vers elle.

– Bien sûr que si ! Cette... cette fille est notre sœur ! Maman a eu un bébé avec ce mec roux ! déclare-t-elle en se passant la main dans les cheveux pour les tirer. C'est complètement dingue !

Je pose mes mains à plat sur la table, étudiant chaque photo de cette fille, que je présume être Isabeau. Je suis en train de me creuser la tête lorsque je me souviens que nos parents nous ont laissé des lettres.

– Viens par là, Suda Kaye. Lisons les lettres, je dis en posant le courrier de papa sur la table pour qu'on puisse le lire en même temps.

Evie et Suda Kaye,

Si vous lisez cette lettre, c'est que votre bon vieux papa est parti. Tout d'abord, je veux vous dire que je suis désolé, mes petites.

Désolé de ne pas avoir été honnête avec vous à propos de la dangerosité de mon métier.

Désolé de ne pas vous voir fonder vos propres familles.

Je suis désolé de ne pas toujours avoir été là pour vous durant votre enfance, pour vous apprendre ce qu'un homme doit enseigner à ses filles.

Désolé de ne pas avoir su vous accompagner après le décès de votre mère.

Je suis désolé d'avoir gardé ce secret.

Votre mère a eu un autre enfant. Une fille. C'était voulu, et j'étais au courant dès le début. C'est très dur à expliquer, et j'espère que la lettre de votre mère vous apprendra ce que je ne peux pas vous dire. Sachez juste que ce bébé était un cadeau pour Ian et son mari, envers qui elle se sentait redevable, pour des raisons que je ne saurais exprimer. Ils ne pouvaient pas avoir d'enfant et ils ont demandé de l'aide à votre mère. Elle a donc accepté d'être leur donneuse et leur mère porteuse.

Cela a eu lieu quand vous aviez cinq et trois ans.

Elle s'appelle Isabeau Collins.

Votre demi-sœur.

Votre mère a accepté de laisser Isabeau être élevée par ses pères, et seulement eux, sans qu'elle ne soit impliquée dans son éducation, car ç'aurait été trop perturbant et dévastateur pour tout le monde.

C'est l'acte le plus altruiste qu'elle a commis de toute sa vie, et je l'admire pour ça.

Vous devez comprendre pourquoi on ne pouvait pas vous parler d'Isabeau. Elle ne sait même pas qu'elle a une mère ni deux demi-sœurs. Malgré cela, votre mère a toujours aimé Isabeau et ses pères sont restés en contact en envoyant ces quelques photos, au fil des années. Votre mère a toutefois accepté de rester à distance.

Je ne pouvais pas vous cacher son existence plus longtemps. Maintenant que nous sommes tous les deux partis, je laisse la décision entre vos mains. Mes brillantes et sublimes filles pleines d'amour. La dernière adresse connue pour Isabeau est notée au dos de cette lettre.

Vous me manquez toutes les deux. Vous me manquerez à jamais.

Sachez que je vous aimerai, vous et votre mère, jusqu'à la fin des temps.

Votre père,

Adam Ross

– Waouh, ça fait beaucoup d'infos à encaisser, je dis en pliant la lettre.

L'adresse d'Isabeau est en effet écrite dessus, et elle m'apparaît comme un défi.

– Alors... on a une sœur.

– On a une sœur, je répète sans savoir comment appréhender ce que je viens de lire.

– Qui est la fille de mon père, il semblerait, ajoute Suda Kaye, sous le choc.

Je caresse le bras de ma sœur, puis je ramasse les photos et les lettres, et les remets dans la grande enveloppe avant de la glisser dans mon tote-bag.

– Rapportons tout ça à l'hôtel, je déclare.

– Ouais, on en parlera autour d'une bouteille de tequila, répond ma sœur.

– Carrément.

♦

Lorsque nous rentrons à l'hôtel, Suda Kaye nous commande des burgers et des frites, ainsi qu'une bouteille de tequila. Nous sommes assises sur le lit, à dévorer notre repas en sirotant la tequila dans des verres à cocktail. On aurait pu s'installer dans la maison de papa, mais cela nous a semblé intrusif et... bizarre. On ne sait toujours pas ce qu'on va en faire ni pourquoi il avait un pied-à-terre à Chicago. Il aurait été moins choquant qu'il en ait eu un à Washington puisqu'il travaillait pour l'armée. Mais Chicago... ? À moins qu'il ait gardé un œil sur Isabeau, de loin ? Ça ne me choquerait pas trop, venant de mon père et de ma mère.

– Tu crois qu'on a assez bu pour ouvrir la lettre de maman ? demande Suda Kaye, me tirant de mes pensées.

– Non, je réponds en toute honnêteté.

Je me sers un autre verre et le vide d'un trait, laissant l'alcool me brûler la gorge et le ventre.

– À ton avis, on l'ouvre quand ? Avant ou après avoir vu Isabeau ? demande-t-elle comme s'il était évident que nous allions partir à la rencontre de notre demi-sœur.

– Tu es sûre qu'on va la voir ? Après tout, elle doit avoir... vingt-cinq ou vingt-six ans ?

Suda Kaye remplit son verre en hochant la tête.

– Justement. Elle est assez grande pour apprendre qu'elle a deux sœurs.

– Peut-être, mais... et si ses pères lui ont déjà dit ?

– Impossible. Elle aurait forcément cherché à nous contacter.

– Je ne sais pas, Suda Kaye. On ne sait rien de cette femme. Elle pourrait être horrible.

Suda Kaye boit son verre cul sec et le repose avec un « Aaaah ».

– Les gènes de maman sont forcément ressortis chez elle, ne serait-ce qu'un peu, et maman était géniale. Elle aimait tout le monde, et toute chose sur terre.

– Ouais, mais elle a aussi deux pères. Et c'est eux qui l'ont élevée.

– Deux mecs gays, répond ma sœur en pointant son doigt sur moi. Dont un doit être bi, si c'est mon père. Or, tous les homos que je connais sont ouverts d'esprit et super-cool, dit-elle.

J'y réfléchis un instant en pensant aux gens que je connais qui sont homos, et je me rends compte que ma sœur n'a pas tort.

– Techniquement, c'est un cliché, sœurette. Je suis sûre qu'il y a plein de connards gays sur terre, aussi.

– Eh bien, je suis ravie de n'en avoir rencontré aucun, ricane Suda Kaye. Non mais sans rire, Evie, je ne peux pas rester sans rien faire. C'est notre sœur. Le sang de maman coule dans ses veines. En plus, l'un de ses pères est mon père biologique. Si j'ai la possibilité de le rencontrer, il faut que je le fasse.

– Je sais, j'admets en posant ma main sur sa joue. Ce serait triste qu'il ne te rencontre pas.

Elle sourit tandis que je caresse sa pommette, identique à la mienne et identique à celle d'Isabeau. À l'évidence, nous avons toutes hérité de la structure osseuse de notre mère.

Je baisse la main et regarde le tote-bag posé sur la commode.

– Tu peux vraiment savoir qu'elle existe et ne pas la rencontrer ? demande ma sœur en prenant ma main.

Je secoue la tête parce que si on ne le fait pas, cela me hantera pour toujours. Par ailleurs, je crois que Suda Kaye a besoin de savoir qui est son père, même si elle n'en parle pas. C'est presque comme si elle y prêtait moins attention qu'à la question d'Isabeau, alors que je sais que ça doit la travailler.

– Très bien.

Je me lève et ouvre le sac, fouillant parmi les lettres adressées à Isabeau, ne sachant pas bien ce qu'on est censées en faire. Je saisis celle que maman nous a laissée, et je reviens m'asseoir sur le lit.

– Sers-nous un autre verre. Je vais en avoir besoin.

Suda Kaye s'exécute, puis elle me donne mon verre avant de lever le sien.

– À Isabeau, dit-elle en souriant.

– En espérant qu'elle est prête à voir débarquer les sœurs Ross dans sa vie, j'ajoute.

Nous trinquons et vidons nos verres d'un trait, puis j'ouvre la lettre de maman.

À mes chères filles, Evie et Suda Kaye,

Votre père m'a demandé de vous écrire cette lettre dans l'éventualité où nous mourrions tous les deux. Je déteste penser que vous êtes désormais seules au monde, mais j'espère que vous avez rencontré les hommes de vos rêves et que vous menez des vies heureuses et pleines de magie.

C'est mon plus grand souhait pour vous deux.

Comme vous le savez désormais, vous avez une demi-sœur.

Isabeau.

Pour que vous compreniez ce qui s'est passé, je dois revenir en arrière, avant la naissance de Suda Kaye. Votre père et moi venions d'avoir Evie ; tu avais un an. J'ai souffert d'une terrible dépression post-partum. Votre père menait une guerre dont personne ne connaissait l'existence, et j'étais sur la réserve avec Toko, la tête pleine de pensées lugubres : je pensais échouer en tant que mère et en tant que femme.

Toko m'a poussée à chercher du répit, car il comprenait, lui, que mon âme ne s'épanouissait qu'avec le vent, contrairement à Adam qui était furieux de savoir que j'avais besoin de me séparer de notre fille, alors qu'il était au front pour défendre son pays et subvenir aux besoins de sa famille. Nous nous sommes mis d'accord pour nous séparer, pour trouver notre bonheur et nous retrouver un an plus tard. Je n'ai jamais pu vous expliquer cela ; vous étiez trop jeunes pour comprendre la relation que j'avais avec votre père. Je crois d'ailleurs que personne ne la comprenait.

J'aimais Adam plus que n'importe quel homme sur terre. Nos âmes n'étaient parfaitement comblées que lorsque nous étions ensemble. Toutefois, nous n'étions pas faits pour un mariage conventionnel. Ça ne marchait pas, pour nous. Nous l'avons vite compris et nous avons accepté que lorsque nous étions ensemble, nous profitions pleinement de la vie. Puis nous nous séparions et menions chacun notre vie.

Cela peut paraître étrange de dire que nous avions un mariage libre, mais c'était le cas. Durant ses mois ou ses années d'absence, Adam voyait d'autres femmes, et moi, je fréquentais d'autres hommes si j'en avais envie.

Néanmoins, votre père et moi nous aimions et nous respections profondément. Il est le plus grand amour de ma vie et il a toujours été mon meilleur ami.

Suda Kaye, ton père s'appelle Ian Kamal Collins. Il est marié à Casey Collins, le père biologique d'Isabeau. J'ai rencontré Ian lors d'un festival, et on s'est tout de suite entendus. Nous sommes devenus amants et proches amis. Quand j'ai découvert que j'étais enceinte, il n'était pas prêt à être père et je n'étais pas prête à partager un enfant avec lui. Mon bébé serait élevé par Toko et son père serait Adam Ross. Après de longues et difficiles conversations, il a fini par accepter que ce serait pour le mieux, et je suis partie.

Environ trois ans plus tard, j'ai reçu une requête désespérée de la part de Ian. Il voulait que je sois donneuse d'ovocytes et leur mère porteuse. Ils avaient déjà trouvé une femme pour le faire, grâce à un don de sperme, mais à la naissance de l'enfant, elle a refusé de le leur donner. Or, comme l'enfant n'était pas biologiquement à eux, ils n'avaient aucun recours légal pour se battre.

J'ai longtemps prié pour savoir quoi faire et j'ai fini par accepter. Adam a accepté également. Nous avons donc commencé la FIV, et c'est Casey qui allait être le père biologique de l'enfant. Je suis tombée enceinte tout de suite, comme si c'était le destin. Lorsque j'ai été enceinte d'environ six mois, je vous ai laissées avec Toko et j'ai terminé ma grossesse chez Ian et Casey, où je suis restée jusqu'aux trois mois d'Isabeau.

Puis, un matin, j'ai su qu'il était temps pour moi de partir. J'avais besoin de bouger, mes ailes avaient besoin de voler et mon cœur avait désespérément besoin de rentrer auprès de vous, chez Toko.

J'ai embrassé ma fille sur la tête, lui ai dit que je l'aimais, et je suis partie. Je n'y suis jamais retournée, même s'ils m'ont envoyé une photo de temps en temps.

Ça a été la chose la plus difficile de ma vie, mais je savais qu'il fallait que je le fasse.

J'espère que vous pourrez comprendre. Je suis désolée, mes chéries, de ne jamais vous avoir parlé d'Isabeau, mais elle n'était jamais censée être mienne.

Toko connaît son existence, parce qu'il a dû m'aider durant les premiers mois après que je l'avais quittée. Il dit qu'il ne quittera pas cette terre tant qu'il n'aura pas tenu sa petite-fille de sang dans ses bras, sans avoir pu la regarder dans les yeux.

Ça, je le laisse entre les mains du destin.

Portez-vous bien, mes chéries.

Je vous aimerai jusqu'à ce que toutes les étoiles tombent du ciel.

Maman

– Waouh, c'était intense, chuchote Suda Kaye, comme si elle avait peur de rompre la connexion avec notre mère.

– Maman dit qu'Isabeau n'était jamais censée être à elle.

– Ouais, et alors ?

– Ben, la question qui se pose à présent c'est... est-ce qu'elle est censée être à nous ?

CHAPITRE 21

L'adresse que papa nous a laissée nous amène dans un quartier calme de Chicago, où les rues sont bordées d'arbres centenaires dont les branches se rejoignent au centre pour former une arche. La maison elle-même est bâtie en brique, elle est petite et bien entretenue. Le rez-de-chaussée s'étale sur différents niveaux, de sorte que le bas des fenêtres arrive au niveau de la pelouse.

Elle a beau être charmante, Suda Kaye et moi la regardons comme si elle était remplie de serpents ou de dangereux explosifs.

– On n'est pas obligées de faire ça. On peut juste trouver le numéro et l'appeler au téléphone, je dis en prenant la main de ma sœur.

– Et si mon père biologique était là ? Et s'il ne voulait pas me voir ?

Je vois une larme couler sur sa joue. Je savais que ce moment allait arriver, mais jusqu'à maintenant, Suda Kaye n'avait rien laissé transparaître de son angoisse vis-à-vis de son père biologique.

– Tu veux que j'entre la première ? je demande.

– Toute seule ? C'est mort ! s'exclame-t-elle en serrant si fort ma main qu'elle me fait mal, même si je ne dis rien. Avec nous, c'est tout ou rien, sœurette !

– Peut-être qu'on aurait dû venir avec Milo et Cam. Au moins, ils n'y auraient pas été par quatre chemins et ils nous auraient obligées à le faire, même s'ils avaient dû nous traîner par la peau des fesses.

Suda Kaye éclate de rire et regarde nos mains jointes.

– Promets-moi quelque chose, dit-elle avant de plonger ses yeux caramel dans les miens.

– Ce que tu voudras.

– Quoi qu'il se passe là-dedans, qu'ils nous veuillent dans leur vie ou non, quoi qu'ils fassent... à long terme, ce sera toujours toi et moi. Promets-moi qu'on ne laissera ni cette femme ni Ian s'immiscer entre nous.

Je prends son visage dans mes mains.

– Toi et moi, sœurette. Ce sera toujours toi et moi.

Elle hoche la tête, et nous sursautons lorsque quelqu'un frappe à la vitre, côté passager. C'est un homme roux, barbu, avec des yeux verts très doux. Il nous salue de la main et me fait signe de baisser la vitre.

Mon cœur bat la chamade et je tremble tellement que j'ai du mal à appuyer sur le bouton. J'ouvre assez la vitre pour l'entendre, mais pas assez pour qu'il puisse passer une main dans la voiture, la sécurité avant tout.

– Bonjour, Mesdemoiselles. Vous cherchez quelqu'un ?

Suda Kaye devient parfaitement muette.

– Euh... oui, en fait. C'est bien l'adresse d'Isabeau Collins ? je demande, ravalant la balle de golf qui s'est logée dans ma gorge.

– Ça l'est de nouveau, oui ! répond-il en souriant. Elle vient de finir la fac et de rentrer à la maison, explique-t-il en nous regardant tour à tour avant de froncer les sourcils. Vous êtes des amies de l'école ?

Moi, une amie de fac ? Ma crème de nuit antirides doit vraiment marcher s'il pense que j'ai l'âge de sa fille.

– Pas vraiment, mais nous avons une connaissance en commun, je réponds vaguement.

Il sourit de nouveau et agite la main.

– Eh bien, entrez. Elle est en cuisine, occupée à préparer des donuts maison. J'ai dû aller acheter des ingrédients de dernière minute, répond-il en désignant son sac de courses.

– Oh, vous savez, on ne veut pas déranger...

– Pas du tout, venez. Ma petite boule de feu fait toujours à manger pour une équipe de football. Elle ne sait pas cuisiner en petites quantités, dit-il en riant et en ouvrant ma portière. Je m'appelle Casey, je suis son père.

Je fais les gros yeux à Suda Kaye.

– C'est maintenant ou jamais, sœurette, dit-elle en ouvrant la portière côté conducteur.

Ma sœur est vêtue d'une de ses maxi-robes longues, dans des tons rouges, orange et turquoise, et chaussée de sandales couvertes de perles. Quant à moi, j'ai mis un pantalon trois-quarts blanc, avec un débardeur couleur pêche rentré dedans, une ceinture dorée et des sandales assorties. On a toutes les deux lâché nos cheveux ; les miens sont ondulés, ceux de Suda Kaye plutôt bouclés.

Nous nous tenons la main en suivant Casey, qui nous fait entrer sans hésitation, ignorant clairement que nous sommes toutes les deux terrorisées.

– Izzy ! Tu as de la visite ! annonce-t-il en nous guidant vers la cuisine.

– Je veux le mien recouvert de chocolat, tu sais combien j'aime ça, dit un homme à l'allure athlétique en se frottant les mains.

Il porte un pantalon vert citron rentré dans des rangers jaunes à lacets noirs, un blouson aviateur argenté et un débardeur noir. Ses cheveux blond platine sont coiffés en piques.

– Jasper, tu aimes surtout les mecs chocolat, rétorque la jeune fille rousse qui est occupée à pétrir une boule de pâte.

Ses cheveux sont en vérité auburn, dont les boucles lui arrivent dans le dos, comme nous. Elle a de superbes pommettes saillantes, des lèvres pulpeuses comme les miennes et un petit nez recouvert de taches de rousseur. Toutefois, c'est son sourire qui me coupe le souffle.

Car c'est le sourire de maman, de Suda Kaye et le mien aussi. Cette jeune femme superbe et pleine de vie a exactement le même sourire que nous.

Un très bel homme est assis à une table, à côté de la cuisine ouverte. Ses cheveux sont bruns, sa peau a la couleur des amandes grillées et il a un sourire ravageur. Toutefois, ce n'est pas ce qui pousse ma sœur à se couvrir la bouche. Ce sont ses yeux ambrés, les mêmes que les siens, qui sont désormais pleins de larmes.

Ian, car il est évident que c'est lui, laisse tomber son journal et se lève brusquement.

Casey pose son sac de courses sur le plan de travail, et tout le monde nous regarde.

– Ces jeunes femmes attendaient dans leur voiture, devant la maison. Elles viennent voir Izzy. Apparemment, vous avez un ami en commun ?

J'ouvre la bouche pour parler.

– Euh... peut-être qu'on devrait revenir une autre fois ?

Suda Kaye saisit mon avant-bras et plante ses ongles dedans.

– Je suis désolée mais... on a un ami en commun ? demande Isabeau en essuyant ses mains sur un torchon.

– Tu lui ressembles tellement, chuchote Ian en venant vers nous. Catori...

Il lève la main pour caresser le visage de ma sœur, mais elle recule en me tirant avec elle.

– Suda Kaye ? dit-il d'une voix torturée.

– Non, c'est impossible... dit Casey en avançant.

– Evie ? demande alors Ian en me regardant, étudiant les traits de mon visage.

Je hoche la tête.

– Est-ce que quelqu'un peut me dire ce qui se passe ? demande Isabeau en prenant la main du jeune homme à la tenue multicolore.

Peut-être que c'est son frère ou un ami ? Elle a dit qu'il aimait les mecs à la peau chocolat, donc j'imagine que ce n'est pas son petit ami

– Izzy, ma chérie, ton père et moi avons quelque chose à te dire, déclare Casey alors que Suda Kaye et moi restons muettes.

Ses paroles me ramènent sur terre, car il est évident qu'Isabeau ne sait rien de notre mère ni de nous deux. Or, elle ne peut pas l'apprendre devant nous.

Je plonge ma main dans mon sac et en sors les lettres de maman ainsi qu'une copie du testament de papa.

– Excusez-nous d'être venues sans prévenir. Hélas, j'ai des choses à te donner, Isabeau.

Elle fronce les sourcils et m'étudie froidement.

– Vous êtes qui ?

– Je suis Evie, et voici Suda Kaye Ross. Tes pères t'expliqueront tout ça plus en détail, je dis en donnant les lettres de maman à Casey. Voici le testament et les dernières volontés de notre père… je continue en prenant la chemise cartonnée.

Ian grimace et regarde Suda Kaye comme si elle était un mirage.

– Et Catori ? demande-t-il.

– Elle est décédée il y a onze ans… Désolée, je déclare froidement, peinant à garder le contrôle de mes émotions.

Je ne savais pas à quoi m'attendre, mais découvrir qu'ils n'ont jamais parlé à Isabeau de maman me fait un mal de chien.

– Ce document explique tout, je poursuis en tendant la chemise à Ian. Papa a laissé une large somme à Isabeau, son avocat a besoin de la contacter.

– Quoi ? Qui m'a laissé quoi ? Et pourquoi tu as parlé de ma mère ? Il ne peut pas y avoir des dizaines de Catori dans le monde.

Je ferme les yeux, ne pouvant retenir mes larmes, et j'inspire lentement alors que ma sœur pleure contre mon épaule.

– Pourquoi a-t-il fait ça ? demande Casey en me regardant tendrement.

– Parce qu'il aimait notre mère et les enfants qu'elle a mis au monde, qu'ils soient de lui ou non. Il voulait protéger sa descendance.

– Ses enfants… Vous insinuez que vous deux, dit Isabeau en nous pointant du doigt, vous êtes mes demi-sœurs ?

Je regarde Casey, puis Ian, qui n'a pas quitté Suda Kaye des yeux.

– Catori Ross était votre mère aussi ? Mon Dieu ! s'exclame-t-elle en souriant. Vous êtes des dons d'ovocytes aussi, et vous m'avez retrouvée ? C'est génial ! s'écrie-t-elle en sautillant sur place. Je parie qu'on doit avoir plein de frères et sœurs !

Je penche la tête sur le côté, ne sachant pas comment lui dire qu'elle se trompe.

– Euh... pas exactement, non. Comme je l'ai dit, il fallait qu'on t'apporte ces éléments, mais on va partir maintenant, je dis en sortant une carte de visite de mon sac à main pour la poser sur le plan de travail. Mais euh... quand tu auras eu le temps de digérer tout ça, si tu veux, tu peux appeler ce numéro. C'est mon portable. On reste en ville encore quelques jours.

– Vous habitez où ? demande Ian, les yeux rivés sur ma sœur.

– On habite dans le Colorado. Je suis à Pueblo, Evie est à Colorado Springs.

C'est la première chose qu'elle dit depuis qu'on est arrivés, et je suis fière d'elle.

– Suda Kaye, il faut qu'on parle, dit Ian avant de me regarder. On a tous besoin de parler.

– Oui, on est d'accord, mais je crois que vous avez un sujet plus important à aborder, je réponds en désignant Isabeau d'un mouvement de tête.

– Vous n'êtes pas des dons d'ovocytes, hein ? dit-elle.

Je secoue la tête.

– Je ne comprends pas, reprend-elle en fronçant les sourcils tandis que son ami la prend dans ses bras et l'embrasse sur la tempe.

– Tu comprendras bientôt. Merci de nous avoir reçues. On va y aller, maintenant.

Nous reculons pour partir, mais Ian saisit ma sœur par le bras et l'attire contre lui. Il caresse ses cheveux alors que les larmes ruissellent sur ses joues, Suda Kaye lève des mains tremblantes pour les passer dans son dos.

– J'ai rêvé de ce moment. Chaque jour de ma vie depuis vingt-huit ans, j'ai rêvé de te tenir dans mes bras. Ma fille, dit-il avant de reculer et de prendre son visage dans ses mains. Tu es superbe. Comme ta mère. Une véritable merveille.

– Ta fille ? s'exclame Isabeau en posant sa main sur son cœur.

– Chéri, laisse-la partir, dit Casey.

– Je ne veux jamais la lâcher. Plus jamais. Je n'aurais jamais dû...

Ma sœur se dégage et tourne les talons, elle s'enfuit en courant, claquant la porte derrière elle. Ian s'effondre dans les bras de son mari, sanglotant contre lui, plantant ses doigts dans son dos, comme si son cœur se brisait sous nos yeux.

– Je suis désolée. On n'aurait pas dû venir, je dis d'une voix rauque.

– Non, vous avez bien fait. Je regrette seulement que ça n'ait pas été vingt-cinq ans plus tôt, répond Casey d'un ton solennel. On aurait dû insister. On l'a su dès qu'elle est partie, quand Isabeau avait trois mois, mais on avait tous les trois fait une promesse.

– Il y a des promesses qu'il ne faut jamais briser, je réponds, mais mon sang se glace.

Je tourne les talons et m'en vais à mon tour, mais je n'ai fait que quelques pas dehors lorsqu'une voix m'interpelle.

– Eh !

Je m'arrête et me retourne vers ma demi-sœur. Au soleil, ses cheveux auburn sont flamboyants et sublimes. Elle porte un legging et un débardeur moulant qui révèle les courbes de sa silhouette.

– Quand tout sera réglé, là-dedans, dit-elle en désignant sa maison, je t'appellerai.

– Et je répondrai.

Elle sourit, et cela me transperce le cœur. J'ai envie de courir vers elle, de lui dire que quoi qu'il arrive, tout ira bien. Or, il n'existe pas de garanties en matière d'amour et de famille. On va devoir affronter les prochaines étapes une par une.

– Ça va aller ? demande-t-elle en désignant Suda Kaye, qui est assise dans la voiture et sanglote dans ses mains.

– Oui, ça va aller. Je vais m'en assurer. C'est à ça que servent les sœurs. On prend soin les unes des autres, je chuchote.

– Alors j'ai hâte, répond-elle en souriant une dernière fois avant de rentrer dans la maison et de fermer la porte derrière elle.

Je lève la tête en sentant une brise légère caresser tendrement ma peau, apaisant tous mes sens.

– On s'en occupe, maman. La boucle finira par être bouclée, je murmure dans le vent avant de marcher jusqu'à la voiture.

Je monte et Suda Kaye se tourne aussitôt vers moi.

– Je suis désolée de m'être enfuie.

– Ne sois pas désolée. Ils nous appelleront et on trouvera un moyen pour que ça marche, je dis en prenant sa main dans les miennes.

– Tant que je suis avec toi, je peux affronter n'importe quoi, Evie.

– On est ensemble. Et bientôt, on aura Isabeau, aussi.

– Et Ian ? demande-t-elle d'une voix tremblante.

– Sœurette, il voulait te tenir dans ses bras et ne plus jamais te lâcher, je réponds en souriant. Il faudra juste du temps. Vous avez beaucoup de choses à vous dire, mais je compte rester à tes côtés et t'aider autant que je le pourrai.

♦

Ce soir-là, mon téléphone a sonné. C'était Ian qui voulait parler à Suda Kaye. J'ai fait le tour de la chambre d'hôtel, de la salle de bains et du balcon, pour qu'elle ait son intimité sans qu'elle se sente seule. Ils se sont parlé pendant deux heures. À un moment, elle s'est mise à pleurer si fort que je l'ai prise dans mes bras, comme Milo le fait avec moi. Elle s'est agrippée à moi mais n'a pas raccroché, libérant sa frustration de ne jamais l'avoir connu, sa colère de savoir qu'il n'a jamais exigé de la voir, et tout le reste.

La conversation a été maladroite, pleine d'émotion et difficile, mais elle a raccroché en ayant de l'espoir, et c'est tout ce qu'on pouvait espérer, à ce stade.

Le lendemain, c'est Isabeau qui nous a appelées. Elle semblait fatiguée et avait du mal à comprendre où était sa place dans cette nouvelle situation, à comprendre son lien avec les autres filles biologiques de sa mère, et elle nous a demandé de lui laisser du temps.

Honnêtement, avec Suda Kaye nous avons également besoin de temps. La route va être longue, mais l'issue sera belle, je le sens.

Je prends la main de ma sœur tandis que notre avion atterrit à Denver. Nous n'avons pas beaucoup parlé durant le vol, toutes les deux perdues dans nos pensées.

Toutefois, main dans la main, nous marchons vers la sortie et trouvons Milo et Camden qui nous attendent côte à côte, deux forces de la nature, prêts à prendre soin de nous, émotionnellement, mentalement et physiquement.

Ma sœur et moi nous regardons en souriant jusqu'aux oreilles, puis nous nous lâchons la main pour courir vers nos hommes. Suda Kaye saute dans les bras de Camden et entoure sa taille avec ses jambes, ne perdant pas de temps pour s'emparer de sa bouche.

Milo m'empoigne par la taille et me serre fort contre lui. Je niche mon nez dans ses superbes cheveux pour respirer son parfum de cuir et de feu de bois. Il prend mon visage dans ses mains et me regarde longtemps dans les yeux.

– Tu souffres, déclare-t-il.

– L'amour est parfois blessant, j'admets.

– Pas le nôtre, répond-il en caressant mon visage du bout du doigt, comme s'il ne m'avait pas vue depuis plusieurs mois.

– Non, en effet. Et j'ai l'espoir que tout le reste rentrera dans l'ordre.

Milo m'embrasse lentement, tendrement, pendant longtemps. Je soupire contre sa bouche et laisse mon cœur se remplir de joie et de beauté, comme si je rechargeais mes batteries émotionnelles après un énième chamboulement dans ma vie.

– Rentrons à la maison, dit-il en passant son bras dans mon dos.

Je vois Camden tirer l'énorme valise que Suda Kaye a été obligée d'enregistrer, alors que je n'ai pris qu'un bagage cabine.

Je salue ma sœur de la main, et elle en fait de même.

– Languis-toi de moi ! crie-t-elle à travers le hall, attirant l'attention des autres passagers.

– Et toi de moi ! je réponds en riant.

Je lève la main, paume tournée vers elle, et elle en fait de même, comme si nous nous touchions à distance.

– Toujours ! s'exclame-t-elle en souriant jusqu'aux oreilles, la main en l'air, me rappelant qu'elle a fait la même chose il y a onze ans, quand elle est partie pour se trouver.

Mais, cette fois, elle ne part pas pour dix ans. Elle rentre chez elle, avec son mari qui la gardera en sécurité et l'aimera plus que tout au monde. Et c'est à trente minutes de chez moi. Je n'aurais pas pu rêver mieux pour elle.

– Rentrons à la maison, Nizhoni. Tu m'as manqué et je veux te souhaiter la bienvenue comme il se doit. En privé, murmure-t-il contre mon oreille, me faisant frissonner d'excitation et de joie.

Je lève les yeux vers l'homme de mes rêves, celui qui sera bientôt mon époux, et j'appuie ma tête contre son corps puissant tandis qu'il m'escorte à sa voiture pour rentrer à la maison.

À notre maison.

En fait, le bonheur de Suda Kaye n'est pas la seule chose dont j'ai rêvé...

ÉPILOGUE

À peine plus d'un an plus tard…

Le vent agite mes longs cheveux tandis que je lève la tête vers le ciel, laissant le soleil me réchauffer. Milo détache une ceinture après l'autre, soulevant notre précieux chargement dans ses mains avant de faire le tour de la voiture.

Je me retourne et avance doucement, prenant soin de me ménager après avoir vécu cette expérience aussi épuisante que merveilleuse. Je baisse la poignée et ouvre la porte de la maison où j'ai grandi.

– Toko ! je crie, surprise qu'il ne nous ait pas attendus sur le porche comme d'habitude.

J'entre dans le salon où je le trouve profondément endormi dans son fauteuil, les mains jointes sur son ventre.

Milo me suit et pose les nacelles sur le canapé.

– Toko ? je dis en tapotant ses mains.

– Taabe, vous avez mis du temps, dit-il en ouvrant les yeux.

– On a dû s'arrêter pour cause de petite boule puante, je réponds en riant.

Mon grand-père se frotte les mains et les tourne, paumes vers le ciel.

– Apporte-les-moi, dit-il, comme s'il n'y avait pas une minute à perdre.

Milo défait les harnais et prend notre fille, dont les cheveux noirs sont recouverts d'un bonnet rose. J'en fais de même avec l'autre harnais et prends mon précieux paquet contre moi pour amener notre fils à son arrière-grand-père, qui le prend dans un bras, appuyé sur sa cuisse, sa tête dans sa main.

– Toko, je te présente Adam Tahsuda Chavis.

Il lève ses yeux noirs en entendant son nom et esquisse un petit sourire empli de fierté. Il enlève le bonnet bleu de mon fils sans le réveiller, puis il baisse la tête et l'embrasse longtemps sur le front avant de lui parler en comanche.

– Tu es mon sang. Tu es comanche, un guerrier de naissance. Le soleil et la lune te guideront toute ta vie durant, dit-il avant de l'embrasser de nouveau sur le front, puis dans chacune de ses mains. Tu es aimé, profondément.

Mes hormones font encore rage en moi, puisque ça ne fait qu'une semaine que j'ai accouché, et je me mords la lèvre, essayant de ne pas fondre en larmes. J'avais vraiment hâte de présenter mes enfants à leur arrière-grand-père.

– Et notre fille, dit Toko en levant sa main vide comme s'il avait fait ça toute sa vie, alors que c'est la première fois qu'il tient des jumeaux.

Milo me passe notre fille, et je la présente à mon grand-père.

– Et ce petit amour est Sannah Kaye Chavis.

Le regard de Toko transperce le mien et je vois toute son émotion dans ses yeux tandis qu'il prend ma fille sur son bras.

– Kaku serait honorée, tout comme moi.

J'enlève le bonnet de Sannah et il sourit jusqu'aux oreilles en découvrant ses cheveux ébène, comme son papa, sa grand-mère Catori, son Toko et son homonyme Topsannah. Elle ouvre les yeux, qui sont bleus, cette fois comme les miens et ceux de mon père. Elle sort sa petite main de la couverture et la pose sur le visage de Toko, comme si elle savait qui il était, et il l'embrasse.

– Tu es mon sang. Tu es comanche, et ta lumière est guérisseuse. Le soleil et la terre guideront ton énergie bienfaitrice toute ta vie durant. Tu es aimée, ma fleur des champs.

Il dépose un baiser sur son front et, encore une fois, dans chacune de ses mains.

Milo me prend dans ses bras et je sors mon téléphone pour prendre une photo de Toko et de mes enfants. Elle trônera fièrement sur la cheminée, dans notre maison.

♦

Plus tard, alors que le soleil décline derrière les falaises, je suis assise sur un plaid, ma fille dans mes bras. À mes côtés, face au coucher du soleil, mon mari tient notre fils contre lui.

– Tu vois, Sannah, c'est ici que papa et moi nous nous sommes mariés, il y a dix mois. Tu ne trouves pas la lumière magique ? je chuchote dans son oreille.

Milo embrasse son fils, qui regarde son papa plutôt que la vue spectaculaire.

– Fils, cet endroit nous appartient. À ta maman, à moi, à ta sœur et à toi.

Il soulève Adam pour qu'il puisse voir les falaises avant de le ramener contre lui.

– Un jour, tu tomberas amoureux et tu amèneras cette personne ici pour partager avec elle la magie de ce lieu.

Je souris et me penche pour embrasser l'épaule de Milo, qui se tourne pour s'emparer de ma bouche. Nous nous embrassons jusqu'à ce que le soleil disparaisse derrière la montagne et cède la place au ciel étoilé.

– C'est le vœu que j'ai fait, j'avoue à mon mari. Quand on est venus ici après avoir enterré mon père, j'ai choisi mon étoile et je lui ai demandé un fils et une fille. Une famille à moi.

Sa bouche tressaute et il éclate soudain de rire, ses yeux pétillent de joie.

Je souris à mon tour.

– Quoi ?

– C'est le vœu que j'ai fait, moi aussi. Un garçon et une fille. Notre famille. C'est tout ce dont j'ai toujours rêvé, Evie. Toi, moi, nos enfants. Je n'aurai jamais besoin de rien de plus.

Je l'embrasse amoureusement, déversant toute ma joie dans ce baiser jusqu'à être à bout de souffle, puis je recule et le regarde en souriant.

– Tu penses qu'on devrait faire un nouveau vœu ? demande-t-il en levant les yeux vers le ciel.

– Non. J'ai tout ce dont j'ai toujours rêvé, et plus encore. Laissons les vœux pour ceux qui en ont vraiment besoin.

Ensemble, nos enfants dans les bras, côte à côte, nous levons la tête et je chuchote :

– Où que tu sois, j'espère que tu me vois, maman. Tu avais raison. Les vœux deviennent réalité.

Soudain, une brise chaude et réconfortante se lève, portant avec elle un parfum de patchouli et d'agrumes, et glisse sur notre peau comme la plus tendre des caresses.

Je souris, ferme les yeux et autorise son esprit à passer ce moment magique avec nous.

Fin

AUDREY CARLAN
NEW ROMANCE®
3.
WISH
Isabeau
Hugo Roman
À PARAÎTRE LE 4 FÉVRIER

AUDREY CARLAN
NEW ROMANCE®
4
WISH
Catori
Hugo Roman
À PARAÎTRE LE
4 MARS